Nachtgeflüster 3: Die tödliche Bedrohung

Wo ist Liz? Bis jetzt hat der Anwalt Colt Nightshade vergeblich nach der 13-Jährigen gesucht, die spurlos verschwunden ist. Ein Treffen mit einem Kontaktmann soll endlich den entscheidenden Hinweis bringen. Doch nach einem tödlichen Schuss auf den Informanten ist Colt wieder um eine Hoffnung ärmer. Dafür sind jetzt die Cops auf ihn aufmerksam geworden. Man verlangt, dass er von nun an mit Lieutenant Althea Grayson ermittelt. Colt, von Altheas umwerfendem Aussehen geblendet, hält es für ausgeschlossen, dass sie in ihrem Job hart durchgreifen kann. Erst eine dramatische Wendung in dem Fall zeigt ihm, dass er nicht nur auf ihren Mut und ihr Können angewiesen ist, sondern Althea auch in seinem Leben braucht ...

Nora Roberts

Nachtgeflüster 3
Die tödliche Bedrohung

Roman

Aus dem Amerikanischen von
Emma Luxx

MIRA®

MIRA® TASCHENBUCH
Band 25146
1. Auflage: Juli 2005

MIRA® TASCHENBÜCHER
erscheinen in der Cora Verlag GmbH & Co. KG,
Axel-Springer-Platz 1, 20350 Hamburg

Titel der nordamerikanischen Originalausgabe:
Nightshade

erschienen bei: Silhouette Books, Toronto
Published by arrangement with
Harlequin Enterprises II B.V., Amsterdam

Konzeption/Reihengestaltung: fredeboldpartner.network, Köln
Umschlaggestaltung: pecher und soiron, Köln
Titelabbildung: by GettyImages, München
Autorenfoto: © by Harlequin Enterprise S.A., Schweiz
Satz: D.I.E. Grafikpartner, Köln
Druck und Bindearbeiten: Ebner & Spiegel, Ulm
Printed in Germany
ISBN 3-89941-185-4

www.mira-taschenbuch.de

PROLOG

Es war ein verflucht ungemütlicher Ort für eine Verabredung mit einem Spitzel. Eine kalte Nacht, eine dunkle Straße und der Geruch nach Whiskey und Schweiß, der durch die Ritzen der Kneipentür hinter ihm drang. Colt zog leicht an einer schlanken Zigarre, während er das Knochengestell musterte, das bereit war, ihm Informationen zu verkaufen. Nicht gerade hübsch anzusehen, der Kerl, überlegte Colt, während er den Mann, der klein, spindeldürr und hässlich war wie hausgemachte Sünde, musterte. Im Schein der Neonreklame wirkte er fast komisch.

Obwohl die Sache selbst alles andere als komisch war.

„Sie sind nicht leicht aufzutreiben, Billings."

„Tja ..." Billings kaute sich ein Stückchen Nagelhaut von seinem Daumen ab, während sein Blick die Straße absuchte. „So bleibt man gesund. Hab gehört, dass Sie nach mir suchen." Er taxierte Colt mit einem nervösen Blick von Kopf bis Fuß. „Jemand wie ich muss vorsichtig sein, klar? Die Art Informationen, die Sie kaufen wollen, sind kein Pappenstiel. Außerdem ist es gefährlich. Mir wäre es lieber, wenn mein Cop dabei wäre. Normalerweise läuft alles über sie, aber ich habe sie heute den ganzen Tag über nirgends auftreiben können."

„Mir ist es aber ohne lieber. Und schließlich bin ich es, der zahlt." Um seinen Worten Nachdruck zu verleihen, zog Colt zwei Fünfziger aus seiner Hemdtasche. Er beobachtete, wie Billings' Blick zu den Scheinen glitt und sich daran festsaugte. Obwohl Colt ein risikofreudiger Mann war, war er doch nicht bereit, die Katze im Sack zu kaufen, deshalb hielt er das Geld außer Reichweite.

„Könnte 'n Drink brauchen, da lässt es sich leichter reden." Billings wandte den Kopf und schaute auf die Kneipe in seinem Rücken. Das Auflachen einer Frau, hoch und schrill, barst wie ein Schuss durch das Glas.

„Sie reden doch schon sehr gut mit mir." Colt registrierte, dass der Kerl so nervös war, dass er auf dem Zahnfleisch ging. Und als er sein Gewicht von dem einen Bein aufs andere verlagerte, konnte Colt fast seine Knochen klappern hören. Wenn er jetzt nicht ein bisschen Druck machte, würde der Bursche das Weite suchen wie ein verängstigter Hase. Und das durfte er unter keinen Umständen zulassen, dafür stand einfach zu viel auf dem Spiel.

„Sie sind nicht von hier. Hab Sie jedenfalls noch nie zuvor hier gesehen."

„Nein." Colt zog fragend eine Augenbraue hoch. „Ist das ein Problem?"

„Würde ich nicht so sagen. Im Gegenteil. Aber wenn die Wind von Ihnen bekommen ..." Billings fuhr sich mit dem Handrücken über den Mund. „Obwohl, so wie Sie aussehen, wissen Sie sich schon zu helfen."

„Dafür bin ich bekannt." Colt nahm noch einen letzten langen Zug aus seiner Zigarre, bevor er sie in den Gully schnippte, wo sie wie ein rotes Auge weiterglühte. „Aber kommen wir jetzt zum Geschäft." Als vertrauensbildende Maßnahme wedelte Colt mit einem Fünfziger unter Billings' Nase herum. „Die Informationen, Billings."

In dem Moment, in dem sich Billings' gierige Finger nach

dem Geldschein ausstreckten, wurde die kalte Nachtluft von einem durchdringenden Reifenquietschen zerrissen.

Colt brauchte die Panik in Billings' Augen nicht zu lesen. Adrenalin und Instinkt übernahmen das Kommando, und noch bevor der erste Schuss aufpeitschte, sprang er in Deckung.

1. KAPITEL

Althea fand, dass nach einem schweren Arbeitstag gegen ein bisschen Langeweile eigentlich nichts einzuwenden war. Auf diese Weise konnten sich Geist und Körper regenerieren. Und es machte ihr auch nicht wirklich etwas aus, sich nach einer harten Zehnstundenschicht und einer noch härteren Sechzigstundenwoche in ein Cocktailkleid zu schmeißen oder ihre müden Füße in sieben Zentimeter hohe Stilettos zu zwängen. Sie hatte nicht einmal etwas dagegen, dass sie während des Essens im Ballsaal des Brownhauses eine todlangweilige Rede nach der anderen über sich ergehen lassen musste.

Wogegen sie allerdings wirklich etwas hatte, war, dass die Hand des Mannes, mit dem sie ausgegangen war, unter dem weißen Tischtuch an ihrem Oberschenkel unaufhaltsam weiter nach oben glitt.

Männer waren ja so furchtbar berechenbar.

Nach ihrem Weinglas greifend, wandte sie sich zu ihrem Begleiter um und flüsterte ihm zärtlich ins Ohr: „Jack?"

Seine Finger kletterten höher. „Hmm?"

„Wenn du deine Hand nicht – na, sagen wir, in zwei Sekunden – da wegnimmst, steche ich mit meiner Dessertgabel zu. Es wird nicht sehr angenehm sein, Jack, du solltest es dir also gut überlegen." Nach diesen Worten lehnte sie sich zurück und trank einen Schluck von ihrem Wein. Als er erstaunt eine Augenbraue hochzog, lächelte sie ihn über den Rand ihres Glases hinweg an. „Du könntest dann nämlich einen ganzen Monat nicht Racketball spielen."

Jack Holmsby, heiß begehrter Junggeselle, in Ganovenkreisen gefürchteter Staatsanwalt und Ehrengast beim Denver Bar Association Banquet, wusste sehr gut, was Frauen brauchen. Und er versuchte jetzt schon seit Monaten, dieser Frau hier zu geben, was sie brauchte.

„Thea ..." Er flüsterte ihren Namen, wobei er sein charmantestes Verführerlächeln zum Einsatz brachte. „Hier ist sowieso gleich Schluss. Warum gehen wir nicht zu mir? Wir könnten ..." Er selbst hielt den Vorschlag, den er ihr ins Ohr flüsterte, für bahnbrechend.

Althea blieb eine Antwort erspart – und Jack eine kleinere Operation –, weil ihr Piepser sich meldete. Augenblicklich begannen sämtliche Leute in ihrem Umkreis in ihren Taschen zu kramen. Sie neigte den Kopf und erhob sich.

„Entschuldigen Sie. Ich glaube, das war bei mir." Sie drehte sich um und ging mit einer leichten Drehung der Hüften davon, wobei sich der Seitenschlitz an ihrem Kleid öffnete und ein langes schlankes Bein aufblitzte. Der durchtrainierte muskulöse Körper in dem rückenfreien, mit winzigen Perlen bestickten purpurroten Kleid veranlasste mehr als einen Kopf, sich umzudrehen. Pulsfrequenzen erhöhten sich. Fantasien wurden gesponnen.

Althea schlenderte ungerührt aus dem Saal in die Lobby zu den Telefonen. Dort angelangt, öffnete sie ihre perlenbesetzte Abendhandtasche, die Puderdose, Lippenstift, Dienstausweis, ein bisschen Kleingeld und ihre Dienstwaffe enthielt, fischte einen Quarter heraus und machte ihren Anruf.

„Grayson." Beim Zuhören schüttelte sie ihr schulterlanges leuchtend rotes Haar zurück und kniff die gelblich braunen Augen zusammen. „Alles klar, bin schon unterwegs."

Nachdem sie aufgelegt und sich wieder umgedreht hatte, sah sie Jack Holmsby auf sich zukommen, der objektiv betrachtet ein attraktiver Mann war, wie sie jetzt dachte. Hübsch poliert an der Außenseite. Bloß schade, dass er innen drin so absolut gewöhnlich war.

„Entschuldige, Jack. Ich muss weg."

Zwischen seinen Augenbrauen bildete sich eine steile Falte. Zu Hause warteten eine Flasche Cognac Napoleon, ein Stapel Holz, mit dem man im Kamin ein schönes Feuer machen konnte, und ein mit weißer Satinbettwäsche frisch bezogenes Bett. „Herrgott, Thea, kann das nicht jemand anders übernehmen?"

„Nein." Die Arbeit kam für sie an erster Stelle, das war noch nie anders gewesen. „Gut, dass ich mit dem eigenen Auto da bin. Du brauchst dich also nicht weiter stören zu lassen. Viel Spaß dann noch."

Aber er dachte gar nicht daran, so schnell schon aufzugeben. Er folgte ihr durch die Lobby nach draußen in die kalte Herbstnacht. „Was hältst du davon, wenn du später noch bei mir vorbeikommst? Dann machen wir einfach dort weiter, wo wir aufgehört haben."

„Wir haben noch gar nicht angefangen." Sie reichte dem Parkwächter ihren Parkschein. „Aber du musst endlich anfangen aufzuhören, Jack, weil ich nicht die Absicht habe, irgendetwas mit dir anzufangen."

Als er ungeachtet ihrer Worte seine Arme um sie legte, stieß sie nur einen Seufzer aus. „Also wirklich, Thea. Du kannst mir doch nicht weismachen, dass du heute Abend nur mitgekommen bist, um ein Steak zu essen und dir todlangweilige

Reden anzuhören.“ Er beugte sich zu ihr herunter und murmelte an ihren Lippen: „Außerdem hättest du ganz bestimmt nicht so ein Kleid an, wenn du mich auf Abstand halten wolltest. Du hast es doch nur angezogen, um mich scharf zu machen. Und das ist dir gelungen, dessen kannst du dir sicher sein.“

Ihre leise Verärgerung schlug in Gereiztheit um. „Hör zu, ich bin heute Abend hier, weil ich dich für einen guten Juristen halte.“ Der fast beiläufige Rippenstoß, mit dem sie versuchte, ihn sich vom Leib zu halten, veranlasste ihn, vor Schmerz scharf die Luft einzuziehen, und gestattete es ihr, einen Schritt zurückzutreten. „Und weil ich geglaubt habe, wir könnten zusammen einen netten Abend verbringen. Was ich anziehe, ist meine Sache, Hornsby, aber ich habe dieses Kleid ganz bestimmt nicht angezogen, damit du mich unterm Tisch betatschst und mir hanebüchene Vorschläge ins Ohr flüsterst.“

Sie wurde nicht laut, aber sie gab sich auch keine Mühe, besonders leise zu sein. In ihrer Stimme schwang jetzt unüberhörbar Wut mit, wie Eis unter einer dünnen Schneedecke. Jack zerrte peinlich berührt an seinem Krawattenknoten und schaute sich nach links und nach rechts um.

„Um Himmels willen, Althea, wenn dich die Leute hören.“

„Dasselbe wollte ich eben auch zu dir sagen“, konterte sie in zuckersüßem Ton.

Obwohl der Parkwächter lange Ohren machte, räusperte er sich beim Herankommen höflich. Althea drehte sich um, um ihren Autoschlüssel in Empfang zu nehmen. „Danke.“ Sie schenkte ihm ein Lächeln und ein großzügiges Trinkgeld. Als er das Lächeln sah, begann sein Herz sofort schneller zu schlagen.

Er schaute den Geldschein nicht an, bevor er ihn in seine Tasche steckte, weil er zu viel damit zu tun hatte zu träumen.

„Äh ... fahren Sie vorsichtig, Miss. Und kommen Sie bald wieder. Sehr bald."

„Danke." Sie schüttelte sich das Haar zurück, dann glitt sie geschmeidig hinters Steuer ihres überholten Mustang Cabriolets. „Wir sehen uns im Gerichtssaal, Herr Staatsanwalt." Damit startete Althea und fuhr aus der Parklücke.

Alle Tatorte, an denen ein Mord geschehen war, hatten, ganz egal in welcher Umgebung, eines gemeinsam: die Aura von Tod, die man dort spüren konnte. Mit ihren nahezu zehn Jahren Berufserfahrung als Polizistin hatte Althea gelernt, sie zu sichten, die Informationen aufzunehmen und nach Ablauf der präzisen und technischen Ermittlungen schließlich zu den Akten zu legen.

Als Althea eintraf, sah sie, dass man einen halben Häuserblock abgesperrt hatte. Die Polizeifotografen hatten ihre Arbeit gerade beendet und waren dabei, ihre Ausrüstung einzupacken. Die Leiche war bereits identifiziert worden. Das war der Grund, weshalb man sie, Althea, gerufen hatte.

Auf der Straße standen zwei schwarzweiße Streifenwagen mit kreisendem Blaulicht und eingeschaltetem Polizeifunk, obwohl man im Moment nur krachende Störungsgeräusche hörte. Zuschauer – der Tod schien die Leute geradezu magisch anzuziehen – drängten sich neugierig gegen das gelbe Absperrband, um einen Blick auf den Toten zu erhaschen, der ihnen bestätigen sollte, dass sie selbst noch am Leben waren.

Weil die Nacht kalt war, schnappte sie sich ihre Stola, die auf dem Rücksitz lag. Die smaragdgrüne Seide wärmte ihre Arme und ihren Rücken. Als sie an dem Neuling vorbeikam, der die Menge unter Kontrolle zu halten versuchte, zeigte sie ihren Polizeiausweis vor, dann schlüpfte sie unter der Absperrung durch. Sie war froh, als sie Sweeney entdeckte, einen hartgesottenen Polizisten, der zweimal so lange im Dienst war wie sie, es aber immer noch nicht eilig hatte, seine Uniform an den Nagel zu hängen.

„Lieutenant." Er nickte ihr zu, bevor er ein Taschentuch aus der Tasche zog und sich lautstark die Nase schnaubte.

„Was ist denn passiert, Sweeney?"

„Im Vorbeifahren. Das Opfer stand da vor der Kneipe und unterhielt sich." Der Polizist deutete auf die zersplitterte Glastür des Tick Tock. „Laut Augenzeugen fuhr das Auto mit hoher Geschwindigkeit heran, bremste scharf ab, dann fielen die Schüsse und gleich darauf raste der Wagen in Richtung Norden davon."

Althea konnte immer noch das Blut riechen, obwohl es nicht mehr frisch war. „Sonst noch jemand verletzt?"

„Nichts Ernsthaftes. Ein paar Leute haben kleinere Schnitte von durch die Luft fliegenden Glassplittern abbekommen, das ist alles. Der oder die Täter haben ihr Ziel gleich getroffen." Er schaute über seine Schulter auf den Boden, wo der Tote lag. „Tut mir Leid, Lieutenant, aber er hatte keine Chance."

„Ja, mir tut es auch Leid." Ihr Blick wanderte zu der Gestalt, die in einer großen Blutlache auf dem Gehsteig lag. Sie hatten nicht viel in der Hand, womit sie anfangen konnten. Er war fünfundfünfzig Jahre alt, ein Meter fünfundsechzig groß und klapperdürr, mit einem Gesicht, das zu lieben wahrscheinlich nicht mal seiner Mutter leicht gefallen war.

Wild Bill Billings, Schmalspurzuhälter, Schmalspurganove und Polizeispitzel.

Und zwar ihrer, verdammter Mist.

„Der Gerichtsmediziner?“

„Schon wieder weg“, erklärte Sweeney. „Können ihn auf Eis legen.“

„Dann macht es. Gibt es eine Liste mit Zeugen?“

„Ja. Aber die Aussagen kann man größtenteils knicken. Einmal war es ein schwarzes Auto, dann wieder ein blaues. Ein Besoffener behauptet steif und fest, eine von roten Teufeln gezogene Kutsche gesehen zu haben.“ Da er Althea gut genug kannte, um zu wissen, dass sie keinen Anstoß daran nehmen würde, stieß er eine Reihe äußerst erfindungsreicher Flüche aus.

„Wir müssen uns mit dem, was wir bekommen, begnügen.“ Sie ließ ihre Blicke über die neugierige Menge schweifen – Kneipengänger, erlebnishungrige Jugendliche, ein paar Obdachlose und ...

Als ihr Blick auf einem der Umstehenden liegen blieb, gerieten ihre Sensoren in Schwingungen. Im Gegensatz zu allen anderen wirkte er weder beunruhigt noch abgestoßen oder aufgeregt. Er stand einfach nur ruhig da, mit offener Lederjacke, obwohl ein kalter Wind wehte. Unter der Lederjacke sah man ein Kambrikhemd, das am Hals, an dem eine Silberkette glitzerte, offen stand. An die langen Beine schmiegte sich eine enge, verwaschene Jeans, die über ramponierten Stiefeln endete. Seine Haare, eine Mischung zwischen Blond und Braun, waren leicht gewellt, windzerzaust und so lang, dass sie über den Kragen wuchsen.

Er zog ab und zu an einer schlanken Zigarre, während seine Augen unablässig über den Tatort wanderten, als ob sie versuchten, sich jede Einzelheit genau einzuprägen. Trotz des fahlen Lichts wirkte er braun gebrannt, was gut zu seinen scharf geschnittenen Gesichtszügen passte. Seine Augen lagen tief in den Höhlen, und die Nase war groß und kräftig. Seine Lippen waren voll, aber man konnte sich gut vorstellen, wie sie unversehens schmal wurden und sich zu einem höhnischen Grinsen verzogen.

Noch bevor sich ihre Blicke trafen und verhakten, sagte ihr Instinkt ihr aus irgendeinem Grund, dass sie es hier mit einem Profi zu tun hatte.

„Wer ist denn der Cowboy dort, Sweeney?“

„Der ... oh.“ Sweeneys müdes Gesicht verzog sich zu etwas, das ganz knapp noch für ein Lächeln durchgehen konnte. „Ein Zeuge“, gab er zurück. „Er hat sich gerade mit dem Opfer unterhalten, als geschossen wurde.“

„Ach ja?“ Sie hörte, wie die Leiche eingeladen wurde, aber sie drehte sich nicht um. Sie wusste auch so genau, was hinter ihrem Rücken vorging.

„Er ist der Einzige, der uns eine vernünftige Schilderung des Tathergangs geben konnte.“ Sweeney zog sein Notizbuch heraus, leckte sich über den Daumen und blätterte die Seiten durch. „Sagt, dass es eine schwarze ’91er Buicklimousine war, mit Nummernschildern aus Colorado. Behauptet, dass er die Zahlen nicht erkennen konnte, weil die Nummernschildbeleuchtung aus war und er es ein bisschen eilig hatte, in Deckung zu gehen. Er hat ausgesagt, dass die Waffe wie eine AK-47 klang."

„Ach, ja?" Interessant. Diesen Zeugen sollte sie im Auge behalten. „Vielleicht ..." Sie unterbrach sich, als sie sah, dass ihr Chef die Straße überquerte. Captain Boyd Fletcher ging schnurstracks auf den Zeugen zu, schüttelte erst ungläubig den Kopf, dann grinste er und umarmte sein Gegenüber. Anschließend folgte ein beiderseitiges nicht enden wollendes Schulterklopfen.

„Sieht ganz danach aus, als ob sich der Captain fürs Erste um ihn kümmert." Althea steckte ihre Neugier weg wie eine Belohnung, die man sich für später aufhebt. „Machen wir erst mal hier fertig, Sweeney."

Colt hatte sie von dem Moment an nicht mehr aus den Augen gelassen, in dem sich das erste lange, glatte Bein aus der Tür des Mustang geschoben hatte. Eine Lady wie sie war es wert, dass man sie nicht mehr aus den Augen ließ – mehr als wert. Es war schön anzuschauen, wie sie sich bewegte – mit der Geschmeidigkeit eines Athleten und der sparsamen Grazie eines Menschen, der weder Zeit noch Energie zu verschwenden hat. Und noch schöner war sie selbst anzuschauen. Ihr schön gewachsener, sexy Körper hatte gerade ausreichend Kurven, um einem Mann den Mund wässrig zu machen, und mit all dieser grünen und purpurroten Seide, die sich im Wind bewegte ... Das flammend rote Haar, aus einem kühlen Kameengesicht gestrichen, veranlasste einen Mann, an wesentlich mehr zu denken als an die Familienerbstücke seiner Großmutter.

Es war eine kalte Nacht, aber ein einziger Blick auf diese

wohl proportionierte Frau bewirkte, dass es Colt ganz heiß wurde.

Was ganz gewiss nicht die schlechteste Art war, sich während des Wartens warm zu halten. Vor allem, weil er normalerweise zu den Menschen gehörte, die selbst unter besten Umständen nicht gern warten.

Es hatte ihn nicht überrascht, als sie dem Babyface an der Absperrung ihren Dienstausweis unter die Nase gehalten hatte. Sie trug auf ihren muskulösen Schwimmerinnenschultern unübersehbar Autorität. Anfangs hatte er sie für die Stellvertretende Bezirksstaatsanwältin gehalten, doch als er gesehen hatte, wie sie mit Sweeney gesprochen hatte, war ihm klar geworden, dass er sich geirrt hatte.

Der Lady stand das Wort *Cop* quer über die Stirn geschrieben.

Ungefähr Ende zwanzig, überlegte er, und auch ohne diese Schwindel erregend hohen Absätze wahrscheinlich fast ein Meter siebzig groß.

Die Polizistinnen waren heutzutage wirklich ziemlich interessant verpackt, das musste sogar er zugeben.

Und so wartete er, während er das, was sich da vor seinen Augen abspielte, einzuschätzen versuchte. Wild Bill Billings' sterblichen Überresten brachte er keine wie auch immer gearteten Gefühle entgegen. Der Mann nutzte ihm jetzt nichts mehr.

Doch trotz allem würde er etwas herausfinden. Colt Nightshade war kein Mann, der sich durch einen Mord von seinem Ziel abbringen ließ.

Als er spürte, dass sie ihn beobachtete, zog er ruhig an seiner

Zigarre und stieß eine Rauchwolke aus. Dann suchte er ihren Blick. Der Stromstoß, der ihn durchzuckte, kam jäh – und war ursprünglich und rein sexuell bedingt. Dieser eine flüchtige Moment, in dem sein Gehirn so blank geputzt war wie eine Glasscheibe, kam mehr als unerwartet. Er war nicht vorherzusehen gewesen. Stärke prallte auf Stärke. Sie machte einen Schritt auf ihn zu. Er ließ den Atem heraus, den er unbewusst angehalten hatte.

Er war so in Anspruch genommen, dass er Boyd nicht herankommen sah.

„Colt! Du alter Mistkerl!"

Colt fuhr überrascht herum, doch dann verschwand die gespannte Aufmerksamkeit aus seinen Augen und machte einem Grinsen Platz, bei dem jede Frau sogar noch in zehn Schritt Entfernung dahingeschmolzen wäre.

„Fletch." Mit der überströmenden Herzlichkeit, die er allein für seine Freunde reserviert hatte, erwiderte er Boyds Umarmung, dann trat er einen Schritt zurück, um Bestandsaufnahme zu machen. Er hatte Boyd seit fast zehn Jahren nicht mehr gesehen und stellte jetzt zu seiner Genugtuung fest, dass sich wenig verändert hatte. „Du hast ja immer noch dieses hübsche Gesicht."

„Und du bist auch noch ganz der Alte. Gott, tut es gut, dich mal wiederzusehen. Seit wann bist du hier? Warum hast du dich nicht längst gemeldet?"

„Seit zwei Tagen. Ich wollte erst noch ein paar Dinge erledigen, bevor ich mich melde."

Boyd schaute an ihm vorbei zu dem Wagen, in den eben der Tote eingeladen wurde. „Das da zum Beispiel?"

„Das war ein Teil davon. Ich wusste deine Direktheit schon immer zu schätzen, Boyd."

„Hmm." Boyd entdeckte Althea und begrüßte sie mit einem kaum wahrnehmbaren Nicken. „Jetzt mal ehrlich, Colt, hast du die Polizei gerufen oder einen Freund?"

Colt schaute auf seinen Zigarrenstummel, schnippte ihn in den Rinnstein und trat ihn mit dem Absatz aus. „Gut zu wissen, dass du beides bist."

„Hast du den Kerl umgebracht?"

Boyd stellte die Frage in so leidenschaftslosem Ton, dass Colt wieder grinsen musste. Er wusste, dass Boyd ihm kein Haar gekrümmt hätte, wenn er an Ort und Stelle ein Geständnis abgelegt hätte. „Nein."

Boyd nickte wieder. „Gut. Wirst du mich ins Bild setzen?"

„Ja."

„Setz dich in meinen Wagen. Ich bin in einer Minute da."

„*Captain* Boyd Fletcher." Colt schüttelte mit einem leisen Auflachen den Kopf. Obwohl es bereits weit nach Mitternacht war, saß er hellwach und entspannt mit einer Tasse schlechtem Kaffee in der Hand, die Beine mit den ramponierten Stiefeln lang auf der Tischplatte ausgestreckt, vor Boyds Schreibtisch. „Hört sich wirklich gut an."

„Ich dachte, du züchtest in Wyoming Pferde und Rinder."

„Das mache ich auch." Colts Tonfall war schleppend, mit einem ganz leichten Näseln. „Ab und zu jedenfalls."

„Und was ist mit deinem Juraabschluss passiert?"

„Der muss noch irgendwo in einer Schublade rumfliegen."

„Und die Air Force?"

„Fliegen tue ich noch. Aber die Uniform habe ich an den Nagel gehängt. Was meinst du, wie lange das mit der Pizza noch dauert?"

„Gerade lange genug, dass sie kalt und nicht mehr essbar ist." Boyd lehnte sich behaglich in seinem Stuhl zurück. Er fühlte sich in seinem Büro wohl. Und er dachte gern an seine gemeinsame Schulzeit mit Colt.

„Du hast den Schützen nicht erkennen können?"

„Himmel, Fletch, ich hatte gerade noch Zeit, mir das Auto anzuschauen, bevor ich in Deckung ging. Nicht, dass uns das besonders viel weiterhelfen würde. Die Chancen stehen gut, dass es gestohlen war."

„Lieutenant Grayson wird versuchen, es zu finden. Warum erzählst du mir nicht, was du mit Wild Bill zu besprechen hattest?"

„Ich hatte gehofft, dass er mir in einer bestimmten Sache weiterhelfen kann. Ich war ..." Er unterbrach sich, als Althea mit einem flachen Karton hereingeschlendert kam. Sie hatte sich nicht die Mühe gemacht anzuklopfen.

„Sind das eure Pizzen?" Sie stellte den Karton auf Boyds Schreibtisch ab und streckte die Hand aus. „Zehn Mäuse, Fletcher."

„Althea Grayson, Colt Nightshade. Colt ist ein alter Freund von mir." Boyd zog einen Zehner aus seiner Brieftasche. Nachdem Althea den Schein fein säuberlich gefaltet und in ihrem Portemonnaie verstaut hatte, legte sie ihre perlenbestickte Abendhandtasche auf einem Stapel Aktenordner ab.

„Mr. Nightshade."

„Mrs. Grayson."

„*Lieutenant* Grayson", stellte sie richtig. Sie lüftete den Deckel des Pizzakartons, inspizierte den Inhalt, suchte sich ein Stück Pizza aus. „Ich glaube, Sie waren an meinem Tatort."

„So sieht es aus." Er nahm die Beine vom Schreibtisch, damit er sich vorbeugen und sich ebenfalls ein Stück Pizza nehmen konnte. Über den Geruch von abkühlender Salami hinweg erhaschte er ihren Duft. Der weitaus verführerischer war.

„Danke", murmelte sie, als Boyd ihr eine Serviette reichte. „Mich würde interessieren, wie es kommt, dass Sie in die Schießerei mit meinem Informanten verwickelt wurden."

Colt verengte die Augen. „Mit Ihrem Informanten?"

„Richtig." Ähnlich wie bei seinen Haaren ließ sich auch bei seinen Augen nicht entscheiden, was für eine Farbe sie hatten. Sie changierten zwischen Blau und Grün. Und im Moment waren sie so kalt wie der Wind, der an die Fenster klopfte.

„Bill hat verlauten lassen, dass er den ganzen Tag über versucht hat, seinen Polizeikontakt zu erreichen."

„Ich war an der Front."

Colt zog eine Augenbraue hoch, während er seinen Blick über die wehende smaragdgrüne Seide gleiten ließ. „Schöne Front."

„Lieutenant Grayson hat heute den ganzen Tag über versucht, Drogendealern das Handwerk zu legen", mischte sich Boyd ein. „He, Leute, warum fangen wir nicht mit dem Anfang an?"

„Keine Einwände." Althea deponierte ihr angebissenes Stück Pizza auf dem Deckel des Pizzakartons, dann legte sie vorsichtig ihre Stola ab.

Colt biss die Zähne zusammen, um zu verhindern, dass ihm die Kinnlade herunterfiel. Da sie von ihm abgewandt dastand, hatte er das quälende Vergnügen, ermessen zu können, wie sehr ein nackter Rücken entzücken konnte, wenn er schlank, gerade und von purpurroter Seide eingerahmt war.

Nachdem sie ihren Schal auf einem Aktenschrank abgelegt hatte, langte Althea wieder nach ihrem Stück Pizza und ließ sich auf der Kante von Boyds Schreibtisch nieder.

Sie ist sich ihrer Wirkung auf Männer sehr wohl bewusst, dachte Colt. Er konnte dieses süffisante, leicht belustigte Wissen in ihren Augen lesen. Er hatte schon immer den Verdacht gehegt, dass jede Frau ihr Waffenarsenal bis in die letzte Wimper hinein ganz genau kannte, aber es war schwer für einen Mann, wenn die Frau so bis an die Zähne bewaffnet war wie diese hier.

„Also, kommen wir zu Wild Bill, Mr. Nightshade", begann Althea. „Was haben Sie mit ihm gemacht?"

„Geredet." Er wusste, dass seine Antwort wenig weiterführend war, aber im Moment war er zu sehr damit beschäftigt zu entscheiden, ob der sexy Lieutenant und sein alter Freund etwas miteinander hatten. Sein alter *verheirateter* Freund, setzte er in Gedanken hinzu. Doch als er zwischen den beiden nicht das leiseste erotische Knistern spürte, war er aus unerfindlichen Gründen erleichtert, aber auch überrascht.

„Worüber?" Althea klang immer noch geduldig, sogar freundlich. Als ob sie versucht, einen kleinen Jungen auszufragen, der einen leichten Dachschaden hat, überlegte Colt.

„Der Tote war Theas Informant", erinnerte Boyd Colt. „Wenn sie den Fall will ..."

„Und ich will ihn."

„Dann hat sie ihn."

Um Zeit zu schinden, streckte Colt die Hand nach einem weiteren Stück Pizza aus. Ihm schwante, dass er nicht umhinkommen würde, etwas zu tun, das ihm ganz und gar nicht schmeckte, etwas, das ihm aller Voraussicht nach im Hals stecken bleiben würde wie verfaultes Hackfleisch. Er würde um Hilfe bitten müssen. Und um diese zu erhalten, würde er das, was er wusste, teilen müssen.

„Ich habe zwei geschlagene Tage damit verbracht, Billings aufzustöbern und ihn dazu zu bringen, mit mir zu reden." Außerdem hatte es ihn zwei Hunderter Schmiergeld gekostet, den Weg freizumachen, aber er gehörte nicht zu den Leuten, die die Kosten schon vor Ende der Veranstaltung aufmachten. „Er war nervös und wollte ohne seinen Polizeikontakt eigentlich nicht mit der Sprache rausrücken. Also musste ich dafür sorgen, dass es sich für ihn lohnt."

Er drehte sich zu Althea um. Die Lady war allem Anschein nach niedergeschlagen. Die Erschöpfung war nicht leicht auszumachen, aber sie war da – sie zeigte sich in den leicht hängenden Lidern, den Schatten unter den Augen.

„Tut mir Leid, dass Sie ihn verloren haben, aber ich bezweifle, dass es etwas geändert hätte, wenn Sie dort gewesen wären."

„Das werden wir nie erfahren." Sie gestattete es sich nicht, ihr Bedauern in ihrer Stimme mitschwingen oder sich ihr Urteilsvermögen davon trüben zu lassen. „Warum war es Ihnen so wichtig, mit Wild Bill zu sprechen?"

„Er hatte ein Mädchen, das für ihn anschaffen ging. Jade. Wahrscheinlich ihr Straßenname."

Althea versuchte sich zu erinnern, nickte. „Ja, richtig. Klein und blond, schrecklich jung. Soweit ich weiß, ist sie schon seit vier oder fünf Wochen nicht mehr auf dem Strich gewesen."

„Kann gut sein." Colt stand auf, um sich noch mehr von dem Klärschlamm aus der elektrischen Kaffeemaschine einzuschenken. „So lange ist es ungefähr her, seit Billings ihr einen Job verschafft hat. Beim Film." Wenn er sich schon Gift zuführen musste, würde er es nehmen wie ein Mann, ohne Milch oder Zucker. Er trank einen Schluck, dann drehte er sich wieder um. „Wobei ich nicht von Hollywood rede, wie Sie sich wahrscheinlich denken können, sondern von Videofilmen für Privatkunden. Harte Pornos für Genießer sozusagen." Er zuckte die Schultern und setzte sich wieder. „Ich könnte nicht behaupten, dass mich das besonders stören würde, sofern wir von freiwilligen Übereinkünften zwischen Erwachsenen reden. Obwohl mir persönlich Sex in natura wesentlich lieber ist."

„Es geht jetzt nicht um Ihre persönlichen Vorlieben, Mr. Nightshade."

„Oh, Sie brauchen mich nicht Mister zu nennen, Lieutenant. Es hört sich so förmlich an, wo wir doch über so ein heißes Thema sprechen." Er lehnte sich lächelnd zurück. Er hatte immer noch Lust, ihr das Federkleid zu zerrupfen, und zwar aus Gründen, die näher zu erforschen er sich nicht die Zeit nahm, aber er wollte es gut und angemessen tun. „Tja, und dann ist irgendetwas passiert, das Jade einen Schrecken eingejagt hat. Ich gehöre nicht zu den Leuten, die dem Glauben anhängen, dass Huren ein Herz aus Gold hätten, aber diese hier hat zumindest ein Gewissen. Sie schrieb Mr. und Mrs. Frank Cook einen Brief." Er schaute Boyd an. „Frank und Marleen Cook."

„Marleen?“ Boyd zog überrascht die Augenbrauen hoch. „Marleen und Frank?“

„Genau die.“ Colt lächelte schief. „Noch mehr alte Freunde, Lieutenant. Zufälligerweise hatte ich mit Mrs. Cook vor einer halben Ewigkeit das, was man ein intimes Verhältnis nennt. Da sie aber eine gute Menschenkenntnis hat, hat sie Frank geheiratet. Die beiden sind nach Albuquerque gezogen und haben inzwischen ein paar bildhübsche Kinder.“

Althea setzte sich bequemer hin und schlug mit einem Rascheln von Seide ihre Beine übereinander. Der silberne Anhänger an seiner Kette war eine Sankt-Christophorus-Medaille, wie sie sah. Der Schutzheilige der Reisenden. Sie überlegte, ob Mr. Nightshade glaubte, den Schutz eines Heiligen zu brauchen.

„Ich darf doch hoffentlich annehmen, dass das irgendwo hinführt und Sie nicht nur in alten Erinnerungen schwelgen, oder?“

„Oh, es führt direkt vor Ihre berufliche Haustür, Lieutenant. Ich nehme nur gern ab und zu ein paar Umwege.“ Er nahm eine Zigarre heraus und ließ sie durch seine langen Finger gleiten, bevor er seine Taschen nach seinem Feuerzeug abklopfte. „Vor ungefähr einem Monat wurde Marleens älteste Tochter ... sie heißt Elizabeth ... kennst du Elizabeth, Boyd?“

Boyd schüttelte den Kopf. Ihm schwante, wohin das führen würde, und das gefiel ihm gar nicht. Kein bisschen. „Ich habe sie nur einmal gesehen, da war sie noch ein Baby. Wie alt ist sie jetzt, zwölf?“

„Dreizehn. Gerade geworden.“ Colt zündete seine Zigarre an und zog, bis sie brannte. „Bildhübsch, ganz die Mama. Und

Marleens hitziges Temperament hat sie auch geerbt. Eines Tages gab es irgendwelche Probleme zu Hause, so wie sie bei den meisten Familien ab und zu vorkommen, und da ist Liz abgedampft."

„Sie ist einfach weggelaufen?" Das konnte Althea gut verstehen. Allzu gut.

„Ja, hat ihren Rucksack gepackt und ab durch die Mitte. Ich brauche wahrscheinlich nicht eigens zu betonen, dass Marleen und Frank seitdem in der Hölle leben. Sie haben Liz bei der Polizei als vermisst gemeldet, aber der offizielle Weg hat sie keinen Schritt weitergebracht." Er stieß eine Rauchwolke aus. „Ich hoffe, dass sich hier niemand auf den Schlips getreten fühlt. Vor zehn Tagen haben sie mich angerufen."

„Warum?" fragte Althea.

„Ich sagte es bereits. Wir sind befreundet."

„Machen Sie so etwas öfter für Freunde? Zuhälter aufspüren und Kugeln ausweichen, meine ich."

Ganz schön sarkastisch, die Frau, dachte Colt. Es war noch eine zusätzliche Waffe in ihrem Arsenal. „Man hilft, wo man kann."

„Haben Sie eine Zulassung als Privatdetektiv?"

Colt studierte eingehend das brennende Ende seiner Zigarre. „Ich halte nicht besonders viel von Zulassungen. Ich habe ein bisschen meine Fühler ausgestreckt, und dabei ist es mir gelungen, ihre Spur nach Norden zu verfolgen. Dann bekamen die Cooks Jades Brief." Er klemmte sich seine Zigarre zwischen die Zähne und zog aus der Innentasche seiner Jacke einen auf geblümtem Briefpapier geschriebenen zusammengefalteten Brief. „Hier, lies selbst", sagte er zu Boyd, während er ihm den Brief reichte. Althea stand auf, stellte sich hinter Boyd und legte ihm eine Hand auf die Schulter, während sie ebenfalls las.

Es war eine seltsam intime und doch vollkommen asexuelle Geste. Eine, die Freundschaft und Vertrauen ausdrückt, entschied Colt.

Die Handschrift war ebenso kindlich wie das Briefpapier. Aber der Inhalt hatte absolut nichts mit Blumen, Schleifchen und Kinderträumen zu tun.

Lieber Mr. und liebe Mrs. Cook,

ich habe Liz in Denver getroffen. Sie ist ein liebes Mädchen. Ich weiß, dass es ihr echt Leid tut, dass sie von zu Hause abgehauen ist, und dass sie auf der Stelle zurückkommen würde, wenn sie es könnte. Ich hätte ihr gern geholfen, aber ich musste untertauchen. Liz steckt schlimm in der Patsche. Ich würde ja zur Polizei gehen, aber ich glaube nicht, dass man dort jemand wie mir überhaupt zuhören würde. Liz ist für so ein Leben nicht gemacht, aber ich bin mir sicher, dass sie sie nicht mehr weglassen. Sie ist so jung und so hübsch, dass sie mit den Videos von ihr bestimmt einen Haufen Geld machen. Ich bin jetzt schon seit fünf Jahren im Geschäft, aber manche Sachen, die wir vor der Kamera machen müssen, fand ich immer ganz grässlich. Und jetzt glaube ich, dass sie eins von den Mädchen umgebracht haben, und weil ich Angst habe, dass sie mit mir dasselbe machen, bin ich abgehauen. Liz hat mir Ihre Adresse gegeben und mich gebeten, Ihnen diesen Brief zu schreiben und Ihnen zu sagen, dass es ihr ganz schrecklich Leid tut. Sie hat so Angst, und ich hoffe, dass Sie sie finden und dass alles gut wird.

Jade
PS: Sie haben ein Haus in den Bergen, wo sie die Filme drehen. Und auf der Second Avenue in Denver gibt es eine Wohnung.

Boyd gab den Brief nicht zurück, sondern legte ihn auf seinen Schreibtisch. Er hatte selbst eine Tochter. Als er an die süße sechsjährige Allison dachte, packte ihn eine ohnmächtige Wut.

„Du hättest dich gleich an mich wenden können. Du hättest es sogar tun *müssen*."

„Ich bin es gewohnt, allein zu arbeiten." Colt zog ein letztes Mal an seiner Zigarre, bevor er sie ausdrückte. „Aber ich hatte vor zu kommen. Ich wollte vorher nur noch ein paar Informationen zusammentragen. Ich hatte den Namen von Jades Zuhälter und wollte versuchen, etwas aus ihm herauszubekommen."

„Und jetzt ist er tot", sagte Althea mit ausdrucksloser Stimme, während sie sich umwandte, um aus dem Fenster zu schauen.

„Ja." Colt studierte nachdenklich ihr Profil. Was er an ihr spürte, war nicht nur Wut, sondern noch viel mehr. „Irgendwie muss es sich herumgesprochen haben, dass ich ihn suche. Das deutet daraufhin, dass wir es hier mit einem gut organisierten Pack zu tun haben, das auch vor Mord nicht zurückschreckt."

„Das ist ein Fall für die Polizei", sagte Boyd ruhig.

„Kein Widerspruch." Bereit, mit sich verhandeln zu lassen,

breitete Colt die Hände aus. „Aber es ist auch eine persönliche Angelegenheit. Ich werde weitere Nachforschungen anstellen, Fletcher. Das ist nicht gegen das Gesetz. Ich bin von den Cooks beauftragt worden ... als ihr Anwalt, wenn das Kind unbedingt einen Namen braucht."

„Aber sind Sie das denn?" Althea, die ihre Gefühle mittlerweile wieder unter Kontrolle hatte, drehte sich zu ihm um. „Sind Sie Anwalt?"

„Wenn es mir passt. Ich will euch nicht bei euren Ermittlungen in die Quere kommen", sagte er zu Boyd. „Alles, was ich möchte, ist, dass die Kleine wohlbehalten zu Marleen und Frank zurückkommt. Ich bin bereit, mit euch zusammenzuarbeiten, und das bedeutet, dass ich alles, was ich in Erfahrung bringe, an euch weitergebe. Aber ich will eine Gegenleistung dafür. Gib mir einen Cop, der den Fall bearbeitet, Boyd."

Er lächelte ganz leicht, und es hatte fast den Anschein, als ob er sich über sich selbst amüsiere. „Es gibt wahrscheinlich niemanden, der sich besser vorstellen kann als du, wie sehr es mir gegen den Strich geht, offizielle Hilfe anzufordern. Aber hier geht es um Liz und um nichts sonst." Er beugte sich vor. „Du weißt, dass ich meine Arbeit gut mache und nicht lockerlasse. Gib mir deinen besten Mann, dann kaufen wir uns dieses Pack."

Boyd presste sich den Daumen und den Zeigefinger gegen seine müden Augen. Er könnte Colt natürlich sagen, dass er die Finger von der Sache lassen sollte. Obwohl das nur Energieverschwendung wäre. Er könnte sich weigern, mit Colt zusammenzuarbeiten, er könnte sich weigern, seine Informationen mit ihm zu teilen. Aber der einzige Effekt wäre, dass Colt versuchen würde, ihn zu umgehen. Ja, er wusste, dass Colt seine Sache gut machen würde, weil er schon immer alles, was er angepackt hatte, gut gemacht hatte.

Es wäre nicht das erste Mal, dass Boyd Fletcher sich nicht peinlich genau an die Spielregeln hielte. Nachdem er seine Entscheidung getroffen hatte, deutete er auf Althea.

„Da. Sie ist mein bester Mann."

2. KAPITEL

Wenn ein Mann schon unbedingt eine Partnerin haben musste, dann sollte sie wenigstens hübsch sein. Auf jeden Fall hatte Colt weniger die Absicht, mit Althea zusammenzuarbeiten, als vielmehr, sich ihrer zu bedienen. Sie würde sein Verbindungsstück zum offiziellen Teil der Ermittlung sein. Er würde sein Wort halten – das tat er immer, außer wenn es ihm nicht ratsam erschien – und sie mit Informationen füttern, mit welchen auch immer. Obwohl er nicht damit rechnete, dass sie viel damit machen würde.

Es gab nur eine Hand voll Polizisten, die Colt respektierte und achtete, und Boyd stand auf seiner Liste ganz oben. Was Lieutenant Grayson anbelangte, so nahm Colt an, dass sie vor allem dekorativ, nicht aber nennenswert hilfreich und wenig sonst sein würde.

Aber ihr Dienstausweis, ihr Aussehen und ihr Sarkasmus könnten sich unter Umständen als nützlich herausstellen, wenn sie mit Leuten reden mussten, die möglicherweise mit der Sache zu tun hatten.

Immerhin hatte er letzte Nacht ausreichend geschlafen ... sechs Stunden insgesamt. Er hatte keine Einwände erhoben, als Boyd darauf bestanden hatte, ihn für die Dauer seines Aufenthalts bei sich zu Hause unterzubringen. Colt mochte Familien – zumindest die von anderen – und auf Boyds Frau war er neugierig gewesen.

Er hatte ihre Hochzeit verpasst. Obwohl er kein Freund von zeremoniellen Feierlichkeiten war, wäre er gern gekommen. Aber von Beirut bis Denver war es ein weiter Weg, und er war damals mit Terroristen beschäftigt gewesen.

Von Cilla war er ausgesprochen angetan. Die Frau hatte keine Miene verzogen, als ihr Mann um zwei Uhr morgens einen Fremden angeschleppt hatte. In einen Bademantel gewickelt, hatte sie ihm das Gästezimmer gezeigt, wobei sie ihm geraten hatte, sich, falls er ausschlafen wollte, das Kopfkissen über den Kopf zu ziehen. Die Kinder standen offenbar um sieben auf, da sie zur Schule mussten.

Er hatte geschlafen wie ein Stein, und als er von Gebrüll und trampelnden Schritten aufgewacht war, hatte er sich an den Rat seiner Gastgeberin erinnert und noch eine Stunde mit dem Kissen überm Kopf geschlafen.

Und jetzt war er, gestärkt von einem hervorragenden Frühstück und drei Tassen erstklassigem Kaffee, den die Haushälterin der Fletchers zubereitet hatte, bereit zu neuen Taten.

Zuerst nahm er Boyds Angebot an und fuhr mit ihm aufs Revier. Er plante, kurz bei Althea reinzuschauen, um in Erfahrung zu bringen, ob sie etwas über irgendwelche Spießgesellen von Billings wusste, und dann seiner Wege zu gehen.

Allem Anschein nach führte sein alter Freund ein strenges Regiment. Es gab zwar das übliche ständige Telefonklingeln, das Geklapper von Computertastaturen und Stimmengewirr. Außerdem waren da die gewohnten Gerüche nach Kaffee, starken Reinigungsmitteln und Schweiß. Aber dies alles konnte nicht über eine Arbeitsatmosphäre hinwegtäuschen, die von Organisation und Zielstrebigkeit bestimmt war.

Der Beamte am Empfang notierte sich seinen Namen, dann

händigte er Colt einen Besucherausweis aus und erklärte ihm den Weg zu Altheas Büro. Am Einsatzraum vorbei, gelangte er auf einen kleinen Flur, wo hinter der zweiten Tür links ihr Büro war. Weil die Tür geschlossen war, klopfte er vor dem Eintreten an. Er wusste, dass Althea da war, noch bevor er sie sah. Er witterte sie wie ein Wolf seine Gefährtin. Oder seine Beute.

Die kühne Seide war verschwunden, aber sie wirkte immer noch weitaus eleganter als eine Polizistin normalerweise. Der gut sitzende Hosenanzug in Rauchgrau wirkte nicht im Mindesten männlich. Und es war auch nicht davon auszugehen, dass sie ihn trug, um ihr Geschlecht zu verleugnen, weil sie ihn mit einer rosa Bluse kombiniert hatte und am Revers eine mit Brillanten besetzte sternförmige Anstecknadel trug. Ihre leuchtend rote Mähne hatte sie sich aus dem Gesicht gekämmt und im Nacken zu einem komplizierten Zopf gebändigt. An ihren Ohrläppchen glänzten ineinander verflochtene goldene Ohrringe.

Das Ergebnis dieses sorgfältigen Prozesses wirkte so aus dem Ei gepellt, dass jede Gouvernante stolz darauf gewesen wäre, und hatte trotzdem die K.-o.-Wirkung von unterkühltem Sex.

Ein Geringerer hätte sich bestimmt die Lippen geleckt.

„Grayson."

„Nightshade." Sie deutete auf einen Stuhl. „Nehmen Sie Platz."

Es gab nur einen einzigen Stuhl in dem Raum, mit gerader Lehne, die Sitzfläche aus Holz. Colt drehte ihn um und setzte sich mit gespreizten Beinen darauf. Während er es tat, registrierte er, dass ihr Büro noch weniger als halb so groß war wie das von Boyd und penibel aufgeräumt. Alle Aktenschränke waren geschlossen, die Unterlagen auf ihrem Schreibtisch fein säuberlich gestapelt, Bleistifte so gespitzt, dass sie als Mordwerkzeuge hätten dienen können. In einer Ecke des Schreibtischs stand eine Topfpflanze, die garantiert regelmäßig gegossen wurde. Familienfotos oder Fotos von Freunden gab es keine. Der einzige Farbtupfer in dem kleinen fensterlosen Raum war ein abstraktes Gemälde in leuchtenden Blau-, Grün- und Rottönen. Kühne bunte Pinselstriche, die sich farblich eher bekriegten, als dass sie sich mischten.

Irgendein Gefühl sagte ihm, dass das haargenau zu ihr passte.

„So." Er verschränkte seine Arme auf der Rückenlehne und beugte sich vor.

„Haben Sie schon irgendetwas über das Auto, aus dem geschossen wurde, herausgefunden?"

„Kinderspiel. Es stand heute Morgen auf der Liste der gestohlenen Autos." Sie langte nach ihrer Kopie und hielt sie ihm hin. „Es wurde letzte Nacht um elf als gestohlen gemeldet. Die Besitzer waren beim Essen, und als sie aus dem Restaurant kamen, war das Auto weg. Mr. und Mrs. Wilmer, beide Zahnärzte, die zur Feier ihres fünften Hochzeitstages ausgegangen waren. So wie es aussieht, unbescholtene Leute."

„Wahrscheinlich." Er warf die Kopie wieder auf ihren Schreibtisch. Er hatte nicht wirklich damit gerechnet, durch das Auto auf eine Spur zu stoßen. „Und bis jetzt ist es noch nicht wieder aufgetaucht?"

„Bis jetzt noch nicht. Ich habe mir Jades Vorstrafenregister geholt, falls Sie Interesse haben." Nachdem sie die Liste wieder an ihren Platz zurückgelegt hatte, griff sie nach einem Aktenordner. „Janice Willowby. Alter zweiundzwanzig. Einige Vorstrafen wegen Ansprechen potenzieller Kunden – ein paar davon schon als Jugendliche, und ein Arrest wegen Rauschgiftbesitz, auch als Jugendliche. Da hat man sie mit zwei Joints in der Handtasche erwischt. Nach ihrer Entlassung hat sich die Fürsorge ihrer angenommen; sie kam in eine Art Erziehungsheim mit therapeutischer Betreuung, bis sie volljährig war; dann ging sie wieder anschaffen."

Es war immer das alte Lied. „Hat sie Familie? Vielleicht ist sie ja nach Hause zurückgegangen."

„Ihre Mutter lebt in Kansas – zumindest hat sie sich vor achtzehn Monaten in Kansas City aufgehalten. Ich versuche sie zu finden."

„Sie haben schon genug Arbeit."

„Nicht für jeden fängt der Tag erst um ..." Sie warf einen Blick auf ihre Uhr. „... zehn an."

„Ich bin nachts besser, Lieutenant." Er zog eine Zigarre heraus.

Althea schaute darauf, schüttelte den Kopf. „Nicht hier drin, Kumpel."

Bereitwillig ließ Colt die Zigarre wieder in seiner Brusttasche verschwinden. „Wem hat Billings außer Ihnen noch getraut?"

„Ich weiß nichts davon, dass er überhaupt irgendwem getraut hat." Aber es tat weh, weil sie wusste, dass er jemanden hatte vertrauen müssen. Er hatte ihr vertraut, doch sie hatte irgendetwas übersehen. Und jetzt war er tot. „Wir hatten eine Vereinbarung. Ich gab ihm Geld, er gab mir Informationen."

„Welcher Art?"

„Verschiedenster. Wild Bill hatte seine Finger in vielen Sachen drin. Keine großen, meistens jedenfalls." Sie rückte ein paar Papierstapel auf ihrem Schreibtisch herum, wobei sie sorgsam darauf achtete, dass die Ränder akkurat aneinander stießen. „Er war nur ein kleines Licht, aber er hatte lange Ohren und verstand es, sich im Hintergrund zu halten, so dass man vergaß, dass er überhaupt da war. Die Leute passten nie sonderlich auf, was sie in seiner Nähe sagten, weil er aussah, als ob er nicht bis drei zählen könnte. Aber er war gewieft." Ihr Tonfall veränderte sich, und Colt hörte etwas heraus, das sie sich bis jetzt noch nicht einmal selbst eingestanden hatte. Sie trauerte. „Gewieft genug, um nicht die Grenze zu überschreiten, wo er ernsthafte Schwierigkeiten bekommen hätte. Gewieft genug, um nicht den falschen Leuten auf die Zehen zu trampeln. Bis letzte Nacht."

„Ich habe kein Geheimnis daraus gemacht, dass ich ihn suchte, weil ich eine Information von ihm wollte. Aber ich wollte ganz bestimmt nicht, dass er tot ist."

„Ich mache Ihnen keinen Vorwurf."

„Nein?"

„Nein." Sie stieß sich so weit vom Schreibtisch ab, dass sie mit ihrem Stuhl zu ihm herumschwenken konnte. „Leute wie Bill haben keine besonders hohe Lebenserwartung, selbst wenn sie noch so gewieft sind. Wenn es ihm gelungen wäre, sich mit mir in Verbindung zu setzen, hätte er mich vielleicht gebeten, ebenfalls zu dem Treffpunkt zu kommen, an dem Sie sich mit ihm getroffen haben, und das Ergebnis wäre dasselbe gewesen." Darüber hatte sie nachgedacht, sorgfältig, schonungslos. „Auch wenn ich Ihren Stil nicht unbedingt mag, würde ich doch nie auf die Idee kommen, Ihnen die Schuld an dieser Sache zu geben, Nightshade."

Er registrierte, dass sie sehr still dasaß, ohne Gesten, ohne Schulterzucken, ohne dass sie nervös mit den Fingern auf dem Schreibtisch herumtrommelte. Wie das Gemälde hinter ihr an der Wand kommunizierte sie leidenschaftlich, aber bewegungslos mit ihrer Umgebung.

„Und was genau ist mein Stil, Lieutenant?"

„Sie sind ein Desperado, Nightshade. Nicht genug damit, dass Sie sich weigern, sich an die geltenden Spielregeln zu halten, es macht Ihnen auch noch Spaß, sie zu brechen." Ihre Augen waren ruhig und kühl wie ein See an einem windstillen Frühlingstag. Er fragte sich, was passieren musste, dass sie wärmer wurden. „Sie fangen Sachen an, aber Sie bringen Sie nicht immer zu Ende. Vielleicht, weil Sie sich schnell langweilen oder weil Sie überschüssige Energie haben. So oder so wirken Sie dadurch nicht sonderlich zuverlässig."

Ihre Einschätzung ärgerte ihn, doch als er dann das Wort ergriff, schwang in seinem schleppenden Südwestslang ein belustigter Unterton mit: „Und das haben Sie sich alles letzte Nacht überlegt?"

„Ich habe ein paar Nachforschungen über Sie angestellt. Dass Sie mit Boyd im Internat waren, hat mich überrascht." Ihre Lippen kräuselten sich belustigt, aber die Augen mussten noch warm werden. „Irgendwie kommen Sie mir gar nicht wie der Internatstyp vor."

„Meine Eltern dachten wohl, es würde mich zähmen." Er grinste. „Scheint ein Irrtum gewesen zu sein."

„Genauso wenig wie es Harvard geschafft hat, wo Sie Ihr

Examen gemacht haben ... von dem Sie nicht viel Gebrauch machen. Ein Teil Ihrer Militärlaufbahn ist geheim, aber alles in allem weiß ich Bescheid." Auf ihrem Schreibtisch stand eine Schale mit gebrannten Mandeln. Althea lehnte sich vor und suchte sich nach sorgfältiger Überlegung eine Mandel aus. „Ich arbeite nicht mit Leuten, die ich nicht kenne."

„Ich auch nicht. Und warum erzählen Sie mir dann nicht ein bisschen was über Althea Grayson?"

„Ich bin bei der Polizei", erwiderte sie steif. „Und Sie sind es nicht. Ich nehme an, Sie haben ein neueres Foto von Elizabeth Cook?"

„Ja." Aber er dachte gar nicht daran, es ihr zu zeigen. So etwas brauchte er sich von einer Glamourtussi mit Polizeiausweis wahrlich nicht bieten zu lassen. „Lieutenant, erzählen Sie mir doch mal, wer Ihnen diesen Stock ins Kreuz gerammt ..."

Er wurde durch das Klingeln des Telefons unterbrochen, was wahrscheinlich gut so war, weil Altheas Augen bei seinen Worten wütend aufblitzten. Zumindest wusste er jetzt, wie er diese Augen zum Lodern bringen konnte.

„Grayson." Sie wartete einen Herzschlag lang, dann notierte sie sich etwas auf einem Notizblock. „Sagen Sie der Spurensicherung Bescheid. Ich bin gleich da." Sie stand auf und steckte den Zettel in ihre Handtasche. „Wir haben den Wagen gefunden." Die Stirn runzelnd, hängte sie sich die Tasche über die Schulter. „Da Boyd möchte, dass Sie an diesen Ermittlungen beteiligt werden, können Sie mitfahren – aber nur als stummer Beobachter, ist das klar?"

„Aber ja. Glasklar."

Er verließ nach ihr den Raum, holte sie jedoch mit ein paar

schnellen Schritten ein. Obwohl die Frau die beste Hinteransicht diesseits des Mississippi hatte und Colt im Grunde genommen nichts dagegen hatte, abgelenkt zu werden.

„Ich bin letzte Nacht nicht mehr dazu gekommen, mir alles von Boyd erzählen zu lassen“, begann er. „Unter anderem frage ich mich, wie es kommt, dass Sie zu Ihrem Vorgesetzten so ein ... entspanntes Verhältnis haben.“

Sie blieb auf der Treppe zur Tiefgarage stehen und schaute ihn scharf an.

„Was ist?“ fragte er.

„Ich versuche zu entscheiden, ob Sie mich und Boyd beleidigen wollen – und in diesem Fall würde ich Ihnen Schmerz zufügen müssen – oder ob Sie sich einfach nur ungeschickt ausgedrückt haben.“

Er zog eine Augenbraue hoch. „Versuchen Sie es mit der zweiten Möglichkeit.“

„Na schön.“ Sie ging weiter. „Wir waren mehr als sieben Jahre Partner.“ Sie erreichte den Fuß der Treppe und wandte sich nach rechts. Die flachen Absätze ihrer Wildlederstiefeletten klackerten geschäftig auf dem Zementboden. „Mit dem Menschen, dem man tagtäglich sein Leben anvertraut, sollte man besser entspannt umgehen.“

„Und dann wurde er zum Captain befördert.“

„Richtig.“ Nachdem sie ihre Autoschlüssel herausgenommen hatte, schloss sie ihre Tür auf. „Tut mir Leid, aber den Beifahrersitz kann man nicht zurückschieben, er klemmt. Ich habe es bis jetzt noch nicht geschafft, ihn reparieren zu lassen.“

Colt schaute bedauernd auf den flotten Sportwagen. Gewiss

ein nettes Gefährt, aber solange der Sitz so weit vorn war, würde er sich wie eine Ziehharmonika zusammenfalten und mit unterm Kinn eingeklemmten Knien dasitzen müssen. „Und Sie haben kein Problem damit, dass Boyd ... dass er jetzt Ihr Vorgesetzter ist?“

Althea glitt geschmeidig hinters Steuer und musste sich ein Grinsen verkneifen, als Colt sich ächzend neben ihr einzurichten versuchte. „Nein. Bin ich ein ehrgeiziger Mensch? Ja. Habe ich etwas dagegen, den besten Cop, mit dem ich je zusammengearbeitet habe, zum Vorgesetzten zu haben? Nein. Rechne ich damit, innerhalb der nächsten fünf Jahre ebenfalls Captain zu sein? Darauf können Sie wetten.“ Sie setzte eine verspiegelte Sonnenbrille auf. „Schnallen Sie sich an, Nightshade.“ Damit fuhr sie rückwärts aus der Parklücke und schoss die Rampe hinauf auf die Straße.

Er kam nicht umhin, ihren Fahrstil zu bewundern. Ihm blieb gar nichts anderes übrig, weil sie hinterm Steuer saß und sein Leben in ihren Händen hatte. Entspannt? überlegte er. Na klar! „Dann sind Sie und Boyd also Freunde.“

„Richtig. Warum?“

„Ich wollte nur sichergehen, dass nicht alle gut aussehenden Männer eines gewissen Alters Sie auf die Palme bringen.“ Er grinste sie an. „Mir gefällt nämlich die Vorstellung, dass nur ich das schaffe. Dabei fühle ich mich als etwas Besonderes, verstehen Sie?“

Das veranlasste sie zu lächeln und ihm einen Blick zuzuwerfen, den man vielleicht sogar als freundlich hätte bezeichnen können. Mehr als freundlich war er jedoch ganz bestimmt nicht, und er hätte keinesfalls dazu führen dürfen, dass sein Herz einen langsamen Purzelbaum schlug. „Ich würde nicht sagen, dass Sie mich auf die Palme gebracht haben, Nightshade. Es ist nur einfach so, dass ich zu Hitzköpfen kein besonders großes Vertrauen habe. Aber da wir dasselbe Ziel haben und Boyd ein Freund von uns beiden ist, sollten wir vielleicht versuchen, halbwegs miteinander auszukommen."

„Klingt einleuchtend. Damit hätten wir schon zwei Gemeinsamkeiten, und vielleicht finden wir ja noch ein paar weitere." Sie stellte ihr Radio lauter. Als Colt den langsamen, die Pulsfrequenz in die Höhe treibenden Blues hörte, nickte er beifällig. „Das ist noch eine weitere. Und was halten Sie von mexikanischem Essen?"

„Ich mag mein Chili scharf und meine Margaritas kalt."

„Wir machen Fortschritte." Als er sich anders hinzusetzen versuchte, knallte er mit dem Knie gegen das Armaturenbrett und fluchte. „Das nächste Mal nehmen wir mein Auto."

„Unter Umständen." Als der Polizeifunk mit einem Krachen zum Leben erwachte, stellte sie das Radio wieder leiser.

„511. Alle Einheiten im näheren Umkreis von Sheridan und Jewell anrücken."

Althea fluchte, während der Sender seine Durchsage wiederholte. „Das ist gleich da unten." Sie bog links ab und warf Colt einen kurzen unschlüssigen Blick zu. „Eine Schießerei", sagte sie. „Eine Polizeiangelegenheit, klar?"

„Klar."

„Hier Einheit sechs", sagte sie ins Mikro. „Bin am Einsatzort." Nachdem sie mit quietschenden Reifen angehalten hatte, machte sie die Tür auf. „Sie bleiben hier.“ Nach diesem knappen Befehl sprang sie aus dem Auto und rannte, im Laufen ihre Waffe ziehend, auf den Eingang eines vierstöckigen Apartmenthauses zu.

Sie blieb tief durchatmend an der Tür stehen. In dem Moment, in dem sie das Haus betrat, hörte sie einen Schuss aufpeitschen.

Ein Stockwerk höher, dachte sie. Vielleicht auch zwei. Flach an die Wand gepresst und alle Sinne hellwach angespannt, blieb sie stehen und schaute sich um, dann begann sie die Treppe hinaufzugehen. Gleich darauf hörte sie Schreie ... nein, Weinen. Ein Kind. Mit kühlem Kopf und ruhigen Händen richtete sie die Mündung ihrer Waffe auf den ersten Treppenabsatz, dann ging sie den Flur hinunter. Links von ihr ging eine Wohnungstür auf. Althea ging in Deckung und schaute gleich darauf in das von Panik gezeichnete Gesicht einer älteren Frau.

„Polizei“, sagte Althea. „Bleiben Sie in der Wohnung.“

Die Tür wurde wieder geschlossen. Ein Riegel wurde vorgeschoben. Althea ging zur nächsten Treppe. Dann fiel ihr Blick auf die beiden. Auf den einen Polizisten, der blutend auf dem Boden lag, und dem anderen, der sich über ihn beugte.

„Officer.“ In ihrer Stimme schwang unüberhörbar Autorität mit. Sie legte dem Polizisten eine Hand auf die Schulter. „Was ist passiert?“

„Er hat auf Jim geschossen. Er rannte mit dem Kind aus der Wohnung und eröffnete das Feuer.“

Der Polizist war ebenso kalkweiß wie sein Partner, der den Treppenabsatz voll blutete. Sie hätte nicht sagen können, wer von beiden mehr zitterte. „Wie heißen Sie?“

„Harrison. Don Harrison." Er presste ein blutdurchtränktes Taschentuch auf die Schulterwunde seines Partners.

„Officer Harrison, ich bin Lieutenant Grayson. Geben Sie mir einen Lagebericht und zwar schnell."

„Sir." Er holte zweimal kurz und schnell Atem. „Häuslicher Streit. Schüsse. Ein Weißer versuchte die Frau in Apartment 2-D zu überwältigen. Als wir ankamen, eröffnete er das Feuer auf uns und rannte mit einem kleinen Mädchen nach oben."

In diesem Moment kam aus der Wohnung gegenüber eine Frau herausgetaumelt. Sie presste sich eine Hand in die Seite, und zwischen ihren Fingern sickerte Blut hervor. „Er hat mein Baby", wimmerte sie. „Charlie hat mein Baby mitgenommen. Bitte, Gott ..." Sie fiel schluchzend auf die Knie. „Er hat den Verstand verloren. Bitte, Gott ..."

„Officer Harrison." Ein Geräusch an der Treppe veranlasste Althea herumzuwirbeln, dann stieß sie einen Fluch aus. Sie hätte es sich gleich denken können, dass Colt nicht im Auto bleiben würde. „Gehen Sie wieder nach unten und rufen Sie Verstärkung", forderte sie ihn auf. „Ein Officer und eine Zivilistin verletzt. Geiselnahme. Sagen Sie mir jetzt, was für eine Waffe er hat", fuhr sie an den Polizisten gewandt fort.

„Sah aus wie ein 45er."

„Geben Sie es ebenfalls durch und kommen Sie dann als Rückendeckung wieder hoch", sagte sie zu Colt. „Machen Sie sich nützlich. Tun Sie für die beiden hier, was Sie können."

Sie rannte die Treppe nach oben. Jetzt weinte das Kind wieder. Lange verängstigte Schluchzer, die in den engen Fluren widerhallten. In dem Moment, in dem sie das oberste Stockwerk erreichte, hörte sie eine Tür zuknallen. Die Tür, durch die man aufs Dach kam, entschied sie. Flach gegen die Wand gepresst machte sie die Tür auf und betrat geduckt das Dach.

Er gab aufs Geratewohl einen Schuss ab. Die Kugel zischte ein ganzes Stück rechts neben ihr vorbei. Althea ging unbeirrt auf ihn zu.

„Polizei!“ schrie sie. „Werfen Sie die Waffe weg!“

Er stand weit vorn am Rand des Daches, ein großer Mann. Die Statur eines Footballspielers, entschied sie. Sein Gesicht war rot angelaufen vor Wut, seine Augen wirkten glasig, was darauf hindeutete, dass er unter Alkohol- oder Drogeneinfluss stand. Damit würde sie zurechtkommen. Bei seiner Waffe handelte es sich tatsächlich um eine 45er. Damit kam sie auch zurecht. Aber ob sie mit dem Kind, einem kleinen ungefähr zweijährigen Mädchen, das er keinen Meter vom Rand entfernt über den Abgrund hielt, auch zurechtkommen würde, wusste sie nicht.

„Ich lasse sie fallen!“ brüllte er. „Ich mache es! Ich mache es todsicher. Ich schwöre bei Gott, dass ich sie fallen lasse wie einen Stein.“ Er schüttelte das Kind, das immer lauter schrie. Ein kleiner rosa Schuh fiel in die Tiefe.

„Sie wollen doch bestimmt keinen Fehler machen, Charlie, oder?“ Althea schob sich Zentimeter um Zentimeter an ihn heran, wobei sie mit ihrer Pistole auf seine breite Brust zielte. „Kommen Sie, treten Sie vom Rand zurück.“

„Ich lasse das kleine Biest fallen.“ Er bleckte grinsend die Zähne, seine Augen glitzerten. „Sie ist genau wie ihre Mutter. Dauernd am Winseln und Heulen. Haben gedacht, dass sie einfach so abhauen können, die beiden. Aber ich hab sie doch gekriegt, stimmts? Und jetzt tut es Linda Leid. Jawohl, echt verdammt Leid tut es ihr jetzt."

„Ja, das stimmt." Sie musste ihm unbedingt das Kind abnehmen. Irgendeinen Weg musste es doch geben. Plötzlich schossen ihr alte Erinnerungen durch den Kopf. Geschrei, Drohungen, Angst. Althea zertrat sie wie Kakerlaken. „Wenn Sie der Kleinen was antun, ist alles vorbei, Charlie."

„Erzählen Sie mir nicht, dass irgendwas vorbei ist." Wütend schüttelte er das Kind, als wäre es ein Wäschesack. Althea blieb vor Schreck das Herz stehen, und das Schreien hörte auf. Jetzt schluchzte die Kleine nur noch leise und hilflos in sich hinein, die großen blauen Augen starr vor Angst und weit aufgerissen. „Sie wollte Schluss machen. ‚Es ist vorbei, Charlie'", äffte er seine Frau mit schriller Stimme nach. „Da hab ich der blöden Kuh eine gescheuert, na und? Das hat sie weiß Gott verdient, wo sie die ganze Zeit nur rumgenervt hat. Von wegen, dass ich mir Arbeit suchen soll und lauter so Zeugs. Kaum war das Kind da, hat sich alles verändert. So eine Schlampe brauche ich nicht in meinem Leben. Aber der Einzige, der sagt, wann es aus ist, bin ich."

Unten auf der Straße ertönte Sirenengeheul. Althea spürte eine Bewegung hinter sich, drehte sich jedoch nicht um. Wagte es nicht. Sie wollte, dass sich der Mann allein auf sie konzentrierte. „Wenn Sie das Kind reinbringen, kommen Sie ja vielleicht ungeschoren davon. Und Sie wollen doch ungeschoren davonkommen, Charlie, oder nicht? Kommen Sie. Geben Sie mir die Kleine."

„Sie halten mich wohl für total bescheuert, was?" Seine Lippen verzerrten sich zu einem höhnischen Grinsen. „Sie sind genauso eine Schlampe."

„Ich halte Sie überhaupt nicht für bescheuert." Aus dem Augenwinkel erhaschte sie eine Bewegung. Es war nicht Harrison. Es war Colt, der wie ein Schatten unbemerkt in einen toten Winkel neben dem Mann glitt. „Ich glaube nicht, dass Sie töricht genug sind, um dem Kind etwas anzutun." Sie war jetzt näher dran, etwa fünf Fuß entfernt. Aber es hätten genauso gut fünfzig sein können.

„Ich bring sie um!" schrie er. „Und Sie bring ich auch um und jeden anderen, der sich mir in den Weg stellt, auch! Der Einzige, der sagt, dass es aus ist, bin ich!"

Und dann geschah es, eine blitzschnelle Bewegung wie ein Schatten am Rand eines Traums. Mit einem einzigen Satz war Colt bei dem Mann und schlang seinen Arm um das Kind. Althea sah das Aufblitzen von Metall in seiner Hand und erkannte es als eine 32er. Er hätte die Waffe vielleicht sogar benutzt, wenn es nicht wichtiger gewesen wäre, das Kind zu retten. Die Kleine mit seinem Körper schützend, wirbelte er herum, und dann hatte er sie dem Mann auch schon entrissen.

Althea sah, wie die Mündung des 45ers umschwenkte und sich auf Colt und die Kleine richtete. Jetzt blieb ihr keine andere Möglichkeit mehr als zu schießen. Der Mann taumelte und brach am Rand des Daches in die Knie. Und dann stürzte er und nicht seine Tochter wie ein Stein in die Tiefe.

Althea gestattete sich nicht einmal ein erleichtertes Aufseufzen. Sie schob ihre Waffe ins Holster und ging zu Colt, der das weinende Kind zu beruhigen versuchte. „Ist sie okay?"

„Sieht so aus." Mit einer Bewegung, die so natürlich wirkte, als ob er sein ganzes Leben lang nichts anderes getan hätte, setzte er sich das Kind auf die Hüfte und wischte ihm die Tränen ab. „So, jetzt bist du in Sicherheit, Kleine. Jetzt wird dir keiner mehr etwas tun."

„Mama." Immer noch leise in sich hineinschluchzend, barg die Kleine ihr Gesicht an Colts Brust. „Mama."

„Keine Sorge, du kommst gleich zu deiner Mama." Colt hatte immer noch seine Pistole in der Hand, aber mit der anderen fuhr er dem Mädchen über das weiche blonde Haar. „Gute Arbeit, Lieutenant."

Althea schaute über die Schulter. Im Treppenhaus hörte man bereits die polternden Schritte von Polizisten. „Ich habe schon bessere geleistet."

„Sie haben ihn dazu gebracht, dass er nicht aufhört zu reden, damit das Kind noch eine Chance hat, und dann haben Sie ihn überwältigt. Dabei sollten wir es besser belassen." Von dem Moment an, in dem sie mit dem Blut eines Kollegen an den Händen die Treppe nach oben gelaufen war, war in ihren Augen ein Ausdruck aufgeblitzt, der bis jetzt noch nicht erloschen war. Ein Ausdruck, den Colt kannte. Es war der Blick eines Kriegers.

Ihr Blick hielt seinen noch für einen Moment fest, dann sagte sie nur: „Okay. Gehen wir."

„Schön." Sie gingen zusammen zur Tür.

„Ach, übrigens, Nightshade."

Er lächelte leicht, überzeugt davon, dass jetzt für sie der Moment gekommen war, ihm zu danken. „Was denn?"

„Haben Sie für diese Kanone eigentlich eine Lizenz?"

Er blieb abrupt stehen, starrte sie an. Dann verzog sich sein Mund zu einem tiefen volltönenden Lachen. Die Kleine hörte es und hob den Kopf, schniefte und lächelte, immer noch mit Tränen in den Augen.

Sie dachte nicht darüber nach, dass sie einen Menschen getötet hatte. Sie gestattete es sich nicht. Sie hatte bereits vorher getötet, und sie würde es wahrscheinlich wieder tun müssen. Aber darüber nachdenken wollte sie nicht. Sie wusste, dass sie Gefahr lief, innerlich abzusterben, wenn sie über diesen traurigen Aspekt ihres Berufs zu viel nachdachte. Oder schlimmer noch – unendlich viel schlimmer –, dass sie irgendwann anfangen könnte, es zu genießen.

Deshalb verfasste sie ihren Bericht und vergaß es. Oder versuchte es zumindest zu vergessen.

Mit einer Kopie des Berichts ging sie zu Boyd. Als sie ihm das Blatt auf den Schreibtisch legte, schaute er darauf, dann sah er zu ihr auf. „Der Cop – Barkley – ist immer noch im OP. Die Frau ist außer Lebensgefahr."

„Gut. Und was wird aus der Kleinen?"

„Sie hat eine Tante in Colorado Springs. Die Fürsorge hat sich bereits mit ihr in Verbindung gesetzt. Dieser Dreckskerl war der Vater der Kleinen. Hatte eine Menge Vorstrafen wegen Körperverletzung und Drogenmissbrauch. Die Frau ist vor einem Jahr mit der Kleinen in ein Frauenhaus geflüchtet und hat die Scheidung eingereicht. Vor drei Monaten hat sie Arbeit bekommen und ist mit ihrer Tochter in eine eigene Wohnung gezogen."

„Aber er hat sie gefunden."

„Ja."

„Na, jetzt wird er sie nicht mehr finden." Althea machte

Anstalten zu gehen, aber Boyd war bereits aufgestanden und ging um seinen Schreibtisch herum. „Thea." Er schloss die Tür, so dass der Lärm aus dem Einsatzraum nur noch gedämpft herüberdrang. „Bist du okay?"

„Klar. Bis jetzt kann ich nicht sehen, dass mich der IAD diesmal wieder belästigt."

„Ich rede nicht von der Abteilung für Innere Angelegenheiten." Er legte den Kopf auf die Seite. „Ein oder zwei freie Tage könnten dir bestimmt nicht schaden."

„Helfen aber auch nicht." Sie hob die Schultern, ließ sie wieder fallen. Zu Boyd konnte sie Dinge sagen, die sie sonst zu niemandem sagen konnte. „Ich glaube nicht, dass ich es geschafft hätte, die Kleine zu retten. Ich habe sie nämlich nicht gerettet", fügte sie hinzu. „Das war Colt. Und er hätte eigentlich gar nicht da oben sein dürfen."

„Er war aber oben." Boyd legte ihr sanft die Hände auf die Schultern. „Oh je, da ist er wieder, der Supercop-Komplex. Ich sehe es ganz genau. Sie kann alles, Kugeln ausweichen, Berichte verfassen, auf dunklen Seitenstraßen Streife gehen, Karten für den Polizeiball verkaufen, die Welt vor dem Bösen und Katzen aus Baumkronen retten. Sie kann wirklich absolut alles."

„Halt die Klappe, Fletcher." Aber sie lächelte. „Für die Katzen ist die Feuerwehr zuständig."

„Hast du nicht Lust, heute Abend zu uns zum Essen zu kommen?"

Sie blieb, die Hand bereits an der Türklinke, noch einmal stehen. „Was gibts denn?"

Er zuckte die Schultern. Grinste. „Keine Ahnung. Maria hat heute ihren freien Tag."

„Cilla kocht?“ Sie warf ihm einen entsetzten Blick zu. „Ich dachte, wir sind Freunde.“

„Dann lassen wir eben Tacos kommen.“

„Einverstanden.“

Als sie durch den Einsatzraum ging, entdeckte sie Colt. Er saß, die Beine hochgelegt, an einem Schreibtisch und telefonierte. Sie schlenderte hinüber, setzte sich auf die Kante und wartete, bis er sein Gespräch beendet hatte.

„Na, der Papierkram schon fertig?“ fragte er.

„Nightshade, ich nehme nicht an, dass ich Sie extra darauf hinweisen muss, dass dieser Schreibtisch, dieses Telefon und dieser Stuhl Polizeieigentum sind und dass Zivilisten gefälligst ihre Finger davon zu lassen haben.“

Er grinste sie an. „Nein. Aber wenn es Ihnen Spaß macht, machen Sie ruhig weiter. Sie sehen nämlich zum Anbeißen aus, wenn Sie sich so aufplustern.“

„Ihre Komplimente sind wirklich atemberaubend.“ Sie stieß seine Füße vom Schreibtisch. „Der gestohlene Wagen wurde sichergestellt. Im Moment kümmert sich die Spurensicherung darum, deshalb sehe ich für uns keinen Grund zur Eile.“

„Haben Sie einen Alternativvorschlag?“

„Ich will ein paar von Wild Bills’ Stammkneipen abklappern und mich mit ein paar Leuten unterhalten. Ich werde mit dem Tick Tock anfangen.“

„Gut, ich bin mit von der Partie.“

„Das brauchen Sie mir nicht extra unter die Nase zu reiben.“

Als sie den Weg zur Tiefgarage einschlagen wollte, sagte er: „Aber diesmal nehmen wir mein Auto, okay?“

Mit einem Schulterzucken ging sie mit ihm nach draußen zu

seinem ziemlich ramponiert wirkenden schwarzen Jeep. Hinter seinem Scheibenwischer klemmte ein Strafzettel. Colt riss ihn heraus und stopfte ihn in die Hosentasche. „Ich nehme nicht an, dass ich Sie bitten kann, das für mich zu erledigen?"

„Nein." Althea kletterte ins Auto.

„Okay. Dann übernimmt es eben Fletch."

Sie warf ihm einen Blick zu, der möglicherweise sogar als ein Lächeln hätte durchgehen können, bevor sie sich abwandte und wieder durch die Windschutzscheibe nach draußen schaute. „Das mit der Kleinen heute haben Sie gut gemacht." Es ärgerte sie ein bisschen, das zugeben zu müssen, aber sie kam nicht drum herum. „Ich glaube nicht, dass sie ohne Sie noch am Leben wäre."

„Ohne uns", stellte er richtig. „Manche Leute nennen so was Teamarbeit."

Sie langte nach ihrem Sicherheitsgurt und schnallte sich an. „Manche ja."

„Nehmen Sie es nicht so schwer, Thea." Er pfiff leise durch die Zähne, während er in den ersten Gang schaltete und aus der Parklücke herausfuhr. „Okay. Wo waren wir vorhin eigentlich stehen geblieben, bevor wir unterbrochen wurden? Ach ja, Sie haben mir von sich erzählt."

„Das möchte ich ernsthaft bezweifeln."

„Na schön, dann versuche ich mir eben meinen eigenen Reim auf Sie zu machen. Sie sind eine Frau, für die feste Strukturen wichtig sind, die sich darauf verlässt. Oder nein, vielleicht bestehen Sie nur darauf, dass es sie gibt", fuhr er fort. „Und sind deshalb so gut in Ihrem Job, weil Ihnen Recht und Ordnung so viel bedeuten."

Sie schnaubte. „Sie sollten auf Psychiater umsatteln, Nightshade. Wer hätte gedacht, dass für einen Cop Recht und Ordnung wichtig sind?"

„Unterbrechen Sie mich nicht. Jetzt bin ich dran. Sie sind ... siebenundzwanzig ... achtundzwanzig?"

„Zweiunddreißig. Jetzt sind Sie ein bisschen ins Schleudern gekommen."

„Macht nichts, wird gleich wieder." Er schaute auf ihren nackten Ringfinger. „Und Sie sind nicht verheiratet."

„Eine weitere brillante Schlussfolgerung."

„Außerdem haben Sie einen Hang zum Sarkasmus und eine Vorliebe für Seide und teure Parfüms. Sehr gute Parfüms, Thea, und zwar von der Art, die einem Mann zu Kopf steigt, noch bevor sein Körper in Mitleidenschaft gezogen wird."

„Haben Sie es schon mal mit Werbetexten versucht?"

„An der Sexualität, die Sie ausstrahlen, ist absolut nichts Unterschwelliges. Sie ist einfach da, in riesigen leuchtenden Lettern. Andere Frauen würden daraus vielleicht Kapital schlagen und noch andere würden versuchen, es zu kaschieren. Sie tun weder das eine noch das andere. Vermutlich, weil Sie irgendwann beschlossen haben, dass jeder Mann selbst damit zurechtkommen muss. Und das ist nicht nur klug, sondern weise."

Sie zog es vor, nicht darauf zu antworten.

„Sie verschwenden weder Zeit noch Energie. Auf diese Weise verfügen Sie über beides, wenn Sie es brauchen. Ihr Polizistengehirn kann jede Situation in Sekundenschnelle einschätzen und dementsprechend handeln. Und wahrscheinlich handhaben Sie einen Mann genauso kühl wie Ihre Dienstwaffe."

„Eine interessante Analyse, Nightshade."

„Sie haben vorhin keine Miene verzogen, als Sie auf diesen Typ geschossen haben. Sie wollten es eigentlich nicht, sahen jedoch keine andere Möglichkeit und haben keine Miene verzogen." Er hielt vor dem Tick Tock an und machte den Motor aus. „Wenn ich mit jemandem zusammenarbeiten müsste – eine Arbeit, bei der immer die Gefahr besteht, dass man in eine hässliche Situation gerät –, wäre es mir auch lieber, wenn er oder sie keine Miene verzieht."

„Oh, vielen Dank. Dann kann ich ja jetzt endlich aufhören, mir Sorgen zu machen, dass ich vielleicht nicht Ihren Beifall finden könnte." Wutschnaubend sprang sie aus dem Auto und knallte die Tür zu.

„Na endlich ..." Colt war mit ein paar langen Schritten bei ihr und legte ihr lässig einen Arm um die Schultern. „... zeigen Sie mal ein bisschen Leidenschaft. Es ist wirklich eine Erleichterung zu sehen, dass es da drin auch ein paar Emotionen gibt."

Sie überraschte sie beide, indem sie ihm einen harten Rippenstoß versetzte. „Und wenn ich diesen Emotionen freie Bahn ließe, wären Sie garantiert nicht mehr erleichtert, darauf können Sie Gift nehmen."

Die nächsten zwei Stunden verbrachten sie damit, Kneipen abzuklappern. Doch erst in einer finsteren Spelunke namens Clancy's wurden sie fündig.

Das Licht war schummrig, damit die frühen Trinker leichter vergessen konnten, dass die Sonne noch hoch am Himmel stand. Aus einem vorsintflutlichen Radio hinter der Theke ertönte ein trauriger Countrysong von Liebe und Betrügen und leeren Schnapsflaschen. Mehrere dieser frühen Gäste saßen bereits verstreut an der Bar oder an Tischen, die meisten von ihnen regelmäßige und einsame Trinker.

Der Alkohol war gepanscht, die Gläser waren trübe, aber der Whiskey kostete wenig und die Atmosphäre war einem richtigen Besäufnis förderlich.

Althea ging ans Ende der Theke und bestellte sich ein Mineralwasser, von dem sie jetzt schon wusste, dass sie es nicht trinken würde. Colt entschied sich für ein gezapftes Bier. Sie zog eine Augenbraue hoch.

„Sind Sie kürzlich gegen Tetanus geimpft worden?"

Als ihre Getränke serviert wurden, zog sie einen Zwanziger aus ihrer Tasche und legte ihn auf die Theke, hielt ihn aber an einer Ecke fest. „Wild Bill war ziemlich regelmäßig hier."

Der Barkeeper schaute auf den Geldschein und dann wieder auf Althea. Er musterte sie geringschätzig, während er ein Bier zapfte. Seine blutunterlaufenen Augen und die Landkarte geplatzter Äderchen, die sich über sein breites Gesicht zog, legten Zeugnis ab von der Tatsache, dass sich seine Trinkgewohnheiten nicht von denen seiner Gäste unterschieden.

„Wild Bill Billings", präzisierte Althea.

„Ach ja?"

„Er war ein Freund von mir."

„Dann haben Sie wohl einen Freund verloren."

„Ich war ein paarmal mit ihm hier." Althea zog den Zwanziger ein kleines Stück zurück. „Vielleicht erinnern Sie sich."

„Ich erinnere mich zwar immer nur an das, woran ich mich erinnern will, aber ich habe ganz bestimmt kein Problem damit, einen Cop zu erkennen."

„Gut. Dann haben Sie sich ja vielleicht schon gedacht, dass Bill und ich eine Abmachung hatten."

„Vielleicht denke ich ja, dass diese Abmachung dran schuld ist, dass er auf der Straße verblutet ist."

„Dann würden Sie sich irren. Er war nicht für mich unterwegs, als er erschossen wurde, und ich bin eben sentimental. Ich will, dass der, der das getan hat, geschnappt wird, und bin bereit, dafür zu bezahlen." Sie schob den Schein ein bisschen näher zu ihm hin. „Viel mehr als das."

„Ich weiß von nichts." Der Zwanziger verschwand dennoch in seiner Tasche.

„Aber Sie könnten vielleicht über drei Ecken etwas in Erfahrung bringen." Sie beugte sich vor, ein Lächeln in ihren Augen. „Wenn Sie sich ein bisschen umhören, würde ich mich erkenntlich zeigen."

Er zuckte die Schultern und wollte weggehen, aber sie legte ihm eine Hand auf den Arm. „Ich finde, für diesen Zwanziger sind Sie mir noch eine oder zwei Minuten schuldig. Bill hatte ein Mädchen namens Jade, das für ihn anschaffen ging. Sie ist untergetaucht. Er hatte doch noch ein paar andere, oder?"

„Ein paar. War bloß 'n kleines Licht."

„Können Sie mir Namen nennen?"

Er griff nach einem schmierigen Tuch und begann die schmierige Theke zu wienern. „Da ist so eine Schwarzhaarige, Meena. Die war manchmal auch hier, aber in letzter Zeit hab ich sie nicht gesehen."

„Rufen Sie mich an, wenn Sie sie sehen." Althea nahm eine Visitenkarte heraus und legte sie auf die Theke. „Wissen Sie irgendwas von Videofilmen? Für private Zwecke, mit sehr jungen Mädchen?"

Althea sah seine Augen ganz kurz aufblitzen, dann machte er ein unwissendes Gesicht und zuckte die Schultern. „Hab keine Zeit, mir Filme anzuschauen, und mehr kriegen Sie nicht für Ihren Zwanziger."

„Danke." Althea schlenderte zur Tür. „Geben wir ihm eine Minute", sagte sie leise zu Colt. Draußen spähte sie durch die schmutzige Scheibe ins Innere der Bar. „Na, sieh mal einer an. Komisch, dass er ausgerechnet jetzt jemand anrufen muss."

Colt beobachtete, wie der Barkeeper zum Telefon an der Wand ging und einen Quarter in den Münzschlitz steckte. „Also, mir gefällt Ihr Stil, Lieutenant."

„Warten Sie ab, ob er Ihnen nach ein paar Stunden Warten in einem kalten Auto immer noch gefällt. Wir müssen uns heute Abend auf die Lauer legen, Nightshade."

„Ich kann es schon gar nicht mehr abwarten."

3. KAPITEL

Sie hatte Recht gehabt, ihn vor der Kälte zu warnen. Obwohl es ihm nicht besonders viel ausmachte, nicht mit den langen Unterhosen und der dicken Schaffelljacke. Viel mehr störte Colt, dass er zu lähmender Untätigkeit verurteilt war. Und er hätte schwören mögen, dass Althea dabei regelrecht aufblühte.

Sie hatte es sich auf dem Beifahrersitz bequem gemacht und löste im schwachen Schein der Armaturenbrettbeleuchtung ein Kreuzworträtsel.

Sie ging methodisch dabei vor, aber sie brauchte trotzdem endlos, wie er fand, während er versuchte, sich seine Langeweile mit einer B.B.-King-Retrospektive im Radio zu vertreiben.

Er dachte an den Abend bei den Fletchers, den sie sich beide hatten entgehen lassen. Ein warmes Essen, ein schönes warmes Kaminfeuer, ein angewärmter Brandy. Er hatte sogar gehofft, dass Althea ein bisschen auftauen würde. Obwohl es wahrscheinlich nicht besonders hilfreich war, so an sie zu denken – sie sich als eine dahinschmelzende Eisprinzessin vorzustellen –, war es doch zumindest ein bisschen Stoff für seine ruhelosen Gedanken.

In Wirklichkeit jedoch war sie eine Polizistin und gefühlsmäßig so weit entfernt von ihm wie der Mond. Aber in seinem Tagtraum, der von dem langsamen Blues aus dem Radio noch angefeuert wurde, war sie ganz und gar Frau – verführerisch wie die schwarze Seide, in der er sie sich ausmalte, verlockend wie das knackende Kaminfeuer, das er vor sich sah, weich wie der weiße Fellteppich, auf dem sie sich niederließen.

Und schmecken tat sie wie honigsüßer Whiskey. Ein starker Geschmack, der ihm den Kopf vernebelte und sich mit ihrem Duft vermischte, bis alles eins war. Ein Rauschmittel, nach dem ein Mann süchtig werden konnte.

Seide glitt mit einem leisen Rascheln auseinander, Zentimeter für verführerischen Zentimeter, und enthüllte das alabasterweiße Fleisch darunter. Weich wie ein Blütenblatt, makellos wie Glas, fest und weich wie Wasser. Und als sie die Arme nach ihm ausstreckte und ihn an sich zog, flüsterten ihre Lippen an seinem Ohr eine zärtliche Einladung.

„Was ist, wollen Sie noch Kaffee?"

„Hm?" Er schrak zusammen und riss den Kopf herum, um sie in dem halbdunklen Auto anzuschauen. Sie hielt ihm die Thermoskanne hin. „Was?"

„Noch Kaffee?" Völlig perplex von seinem Gesichtsausdruck, griff sie nach seinem Becher und füllte ihn halb auf. Wenn sie nur flüchtig hingesehen hätte, hätte sie es wahrscheinlich für Wut gehalten, Wut, die kurz davor war zu explodieren. Aber sie kannte diesen Blick, sie kannte ihn nur allzu gut. Das war keine Wut, sondern Verlangen, und zwar genauso bereit zu explodieren. „Haben Sie gerade in Gedanken einen kleinen Abstecher gemacht, Nightshade?"

„Jaaa." Er nahm den Becher entgegen und trank einen langen Schluck, obwohl ihm im Moment ein doppelter Whiskey wesentlich lieber gewesen wäre. Aber seine Lippen verzogen sich trotzdem zu einem Lächeln, das nicht frei von Selbstironie war. „Und was für einen."

„Na, verschieben Sie es noch ein bisschen, okay?" Sie trank ebenfalls einen Schluck, dann hielt sie ihm eine Tüte mit Kandiszucker hin, während sie mit einem Auge die Straße beobachtete. „Da kommt wieder einer." Vorsichtig stellte sie ihren Becher ab und griff nach ihrer Kamera. Sie machte zwei schnelle Aufnahmen von dem Mann, der gerade die Bar betrat. Er war erst der zweite Gast im Verlauf der vergangenen Stunde.

„Ein florierendes Unternehmen scheint das ja nicht gerade zu sein, was?"

„Die meisten Leute wollen zu ihren Drinks eben ein freundlicheres Ambiente, könnte ich mir vorstellen."

„Zimmerpalmen und Musikkonserven?"

Sie legte die Kamera wieder hin. „Vor allem saubere Gläser. Ich bezweifle, dass wir hier einen unserer Filmmogule antreffen."

„Und warum sitzen wir dann um elf Uhr abends in einem kalten Auto vor einer finsteren Spelunke?"

„Weil es mein Job ist." Sie nahm sich ein Stück Kandiszucker aus der Tüte und warf es sich in den Mund. „Und weil ich auf etwas anderes warte."

Er horchte auf. Das war ja etwas ganz Neues. „Wären Sie vielleicht so freundlich, mich aufzuklären?"

„Nein." Sie suchte sich noch ein Stück Kandiszucker aus und vertiefte sich wieder in ihr Kreuzworträtsel.

„So, jetzt reichts mir aber." Er riss ihr die Zeitung weg. „Wollen Sie Spielchen mit mir spielen, Grayson? Schön, dann will ich Ihnen mal was sagen. Ich bekomme nämlich ausgesprochen schlechte Laune, wenn man versucht, mich für blöd zu verkaufen. Und noch schlechtere Laune bekomme ich, wenn ich mich so langweile, dass ich das Gefühl habe, durchzudrehen. Dann werde ich zum Tier."

„Bitte, entschuldigen Sie", piepste sie in einem hilflosen Ton, der in krassem Widerspruch zu ihren vor Wut blitzenden Augen stand. „Ich bekomme vor Angst kaum ein Wort heraus."

„Sie wollen, dass ich Ihnen Angst mache?" Er bewegte sich schnell, unheimlich schnell. Auszuweichen wäre unmöglich gewesen, deshalb versuchte sie es erst gar nicht und wehrte sich nicht, als er sie an den Schultern packte. „Genau besehen müsste ich es eigentlich schaffen, Ihnen ein bisschen Gottesfurcht beizubringen, Thea."

„Hände weg, und zwar auf der Stelle. Das ist es, worauf ich die ganze Zeit gewartet habe."

„Was?"

Ohne sie loszulassen wandte er den Kopf, was Althea in die Lage versetzte, seinen Daumen packen und mit aller Kraft umbiegen zu können. Als er laut fluchte, ließ sie los. „Meena. Wild Bills' anderes Mädchen." Althea griff nach ihrer Kamera und schoss wieder ein Foto. „Ich habe heute Nachmittag ein paar Nachforschungen über sie angestellt. Sie ist mehrmals vorbestraft, unter anderem wegen Prostitution, verbotenem Glücksspiel, ungebührlichem Benehmen und so weiter."

„Ein reizendes Kind, unsere Meena."

„*Ihre* Meena", sagte Althea. „Da Sie so gut das Großmaul spielen können, gehen Sie rein und wickeln Meena mit ihrem Charme um den kleinen Finger, und dann locken Sie sie unter irgendeinem Vorwand nach draußen, damit wir ein bisschen reden können." Althea öffnete ihre Handtasche und nahm einen Umschlag mit fünf nagelneuen Zehndollarscheinen heraus.

„Sie wollen, dass ich reingehe und mich als Freier ausgebe?"

„So in etwa."

„Na schön.“ Er hatte im Lauf seiner Karriere schon Schlimmeres gemacht, als in einer zwielichtigen Bar den scharfen Hans zu markieren. Aber den Umschlag legte er ihr wieder auf den Schoß. „Ich habe mein eigenes Geld.“

Althea schaute ihm nach, wie er in der Bar verschwand. Dann lehnte sie sich zurück, schloss die Augen und holte tief Luft, um sich zu entspannen.

Ziemlich gefährlich, dieser Colt Nightshade, überlegte sie dabei. Brandgefährlich sogar. Sie hatte nicht nur Wut verspürt, als er sie eben so blitzschnell gepackt hatte. Da war noch viel mehr gewesen, komplexe, verwirrende Gefühle, die sie sich nicht erklären konnte. Oder vielleicht doch? War das nicht Begehren gewesen, wildes, unverhülltes Begehren, versetzt mit einer Dosis Urangst und schäumender Wut?

Das sieht dir gar nicht ähnlich, überlegte sie, während sie versuchte, wieder einen klaren Kopf zu bekommen. Es sah ihr absolut nicht ähnlich, die Kontrolle zu verlieren, nur weil ein Mann die falschen Knöpfe gedrückt hatte – oder waren es die richtigen gewesen?

Egal, auf jeden Fall war sie diejenige, die die Knöpfe drückte. Das war Althea Graysons unumstößliche Regel. Und wenn Colt glaubte, gegen diese Regel verstoßen zu können, würde er bitter enttäuscht werden.

Sie hatte zu hart an sich gearbeitet, um aus sich das zu machen, was sie heute war, sie hatte sich Ziele gesteckt und alles getan, um sie zu erreichen. Sie kam aus dem Chaos und hatte es abgewehrt. Natürlich war es notwendig, das Muster von Zeit zu Zeit leicht zu verändern. Sie war nicht so festgefahren. Aber nichts, absolut nichts konnte dieses Grundmuster erschüttern.

Wahrscheinlich hatte es ja mit dem Fall zu tun. Das Mädchen, von Fremden festgehalten, mit ziemlicher Sicherheit missbraucht.

Wieder ein Muster, dachte sie bitter. Das ihr nur allzu bekannt vorkam.

Und das Kind heute Vormittag, erinnerte sie sich. Hilflos zerrieben zwischen den Erwachsenen.

Sie schob den Gedanken weg und griff nach der zerknitterten Zeitung, um sie ordentlich zusammenzufalten und beiseite zu legen.

Vielleicht bist du ja einfach nur müde, überlegte sie. Diese Drogengeschichte letzte Woche war hässlich gewesen. Und danach gleich in die nächste hässliche Sache zu schliddern, würde jeden ein bisschen mitnehmen. Sie brauchte wahrscheinlich Urlaub. Ja, sie brauchte ein wenig Entspannung und Luxus, um wieder auftanken zu können. Sie lächelte in sich hinein, als sie sich einen warmen weißen Sandstrand ausmalte, blaues Wasser, einen glitzernden Hotelkomplex hinter sich. Ein großes Bett, Zimmerservice, Schlammpackungen und einen Whirlpool ganz für sich allein.

Und genau das würde sie sich gönnen, wenn sie diesen Fall abgeschlossen und Colt Nightshade auf seine Rinderfarm oder in seine Anwaltskanzlei, oder womit auch immer er sich seine Brötchen verdiente, zurückgeschickt hatte.

Als sie wieder auf die Bar schaute, nickte sie unwillkürlich anerkennend. Seit Colts Weggang waren kaum zehn Minuten vergangen, und er kam mit Meena im Schlepptau heraus.

„Oh, eine Gruppennummer?“ Meena musterte Althea aus dick schwarz umrahmten Augen. Sie schob ihre festgesprühten

Locken zurück und grinste süffisant. „Ist nichts dagegen zu sagen, Süßer, aber das kostet natürlich extra."

„Kein Problem." Colt half ihr galant beim Einsteigen.

„Ich schätze mal, ein Kerl wie du schafft leicht zwei auf einmal." Sie brachte beim Einsteigen eine dicke Wolke billigen Parfüms mit ins Auto.

„Ich glaube nicht, dass er das beweisen muss." Althea zog ihren Polizeiausweis heraus und hielt ihn Meena unter die Nase.

Meena stieß eine Verwünschung aus und schleuderte Colt einen vernichtenden Blick zu, dann verschränkte sie die Arme. „Hat die Polizei nichts Besseres zu tun, als uns Huren Ärger zu machen?"

„Wenn Sie uns ein paar Fragen beantworten, lassen wir Sie gleich wieder laufen, Meena", sagte Althea. „Fahren Sie ein bisschen durch die Gegend, Colt, okay?" Nachdem er angefahren war, drehte sie sich wieder zu Meena herum. „Wild Bill war ein Freund von mir."

„Ganz bestimmt."

„Doch, wirklich. Er hat mir ab und zu einen Gefallen getan. Und ich habe mich dafür revanchiert."

„Ja, das wette ..." Meena unterbrach sich, verengte die Augen. „Ach, dann sind Sie das also, mit der er zusammengearbeitet hat? Die ist okay, hat er immer gesagt." Meena entspannte sich ein bisschen. Es bestand eine ziemlich gute Chance, dass sie die Nacht nicht hinter Gittern verbringen würde. „Und dass Sie ihm ohne großes Getue immer mal wieder 'n paar Scheine rüberschieben."

Althea registrierte Meenas gieriges Lächeln und zog eine Augenbraue hoch. „Ich bin gerührt. Vielleicht hätte er dazusagen sollen, dass ich nur für das bezahle, was zu kaufen sich auch lohnt. Kennen Sie Jade?“

„Klar. Sie hat sich schon seit ein paar Wochen nicht mehr blicken lassen. Bill hat gesagt, dass sie untergetaucht ist.“ Meena kramte eine ganze Weile in ihrer roten Vinyltasche und zog schließlich eine Zigarette heraus. Als Colt ihr Feuer gab, legte sie ihre hohle Hand über seine und warf ihm unter dick getuschten Wimpern einen schwülen Blick zu. „Heißen Dank, Süßer.“

„Was ist mit diesem Mädchen? Schon mal gesehen?“ Colt zog den Schnappschuss von Elizabeth aus seiner Tasche. Nachdem er das Deckenlicht angeknipst hatte, gab er ihn an Meena weiter.

„Nein.“ Sie wollte ihm das Foto wieder zurückgeben, dann stutzte sie. „Ich weiß nicht. Vielleicht.“ Während sie überlegte, stieß sie eine Rauchwolke aus. „Nicht beim Anschaffen. Aber vielleicht woanders.“

„Mit Bill?“ fragte Althea.

„Himmel, nein. Bill hat sich doch nicht an Kindern vergriffen.“

„Wer macht so etwas?“

Meena richtete ihren Blick auf Colt. „Georgie Cool hat ein paar ziemlich junge Pferdchen laufen. Aber so jung auch wieder nicht.“

„Hat Bill Ihnen einen Gig verschafft, Meena? Beim Film?“ fragte Althea.

„Kann sein.“

„Die Antwort ist ja oder nein.“ Althea nahm das Foto von Liz wieder an sich. „Sie verschwenden meine Zeit, aber ich habe nicht die Absicht, auch noch mein Geld zu verschwenden.“

„Na ja, ist mir doch egal, wenn mich irgend so 'n Typ bei der Arbeit filmen will. Sie haben noch mal extra dafür bezahlt."

„Haben sie auch einen Namen?"

Meena schnaubte verächtlich.

„Klar doch, wir haben unsere Visitenkarten ausgetauscht, Schätzchen."

„Aber Sie können mir doch bestimmt eine Beschreibung geben. Und wie viele es waren. Wo es war."

„Könnte schon sein." Der durchtriebene Ausdruck war wieder da, als Meena Rauch ausstieß. „Wenn ich einen Anreiz hätte."

„Ihr Anreiz ist, nicht die Nacht mit einer zweihundert Pfund schweren Schwedin namens Big Jane in einer Zelle zu verbringen", sagte Althea milde.

„Sie können mich nicht einsperren. Ich würde mich beschweren."

„Beschweren Sie sich, soviel Sie wollen. Bei Ihrer Latte an Vorstrafen würde der Haftrichter nur leise auflachen."

„Kommen Sie, Thea." Colt sprach noch schleppender als normalerweise. „Jetzt ist es aber gut. Die Lady versucht doch mit uns zu kooperieren, hab ich Recht, Meena?"

„Klar." Meena drückte ihre Zigarette aus und leckte sich über die Lippen. „Klar versuche ich es."

„Blödsinn. Sie versucht mich zu verarschen." Althea war blitzartig klar geworden, dass sie und Colt, ohne sich vorher darüber verständigt zu haben, die Guter-Cop-Böser-Cop-Masche abzogen. „Aber ich will Antworten."

„Sie ist doch schon dabei, sie uns zu geben." Er lächelte Meena im Rückspiegel an. „Lassen Sie sich ruhig Zeit."

„Sie waren zu dritt“, sagte Meena und verzog schmollend die kirschrot geschminkten Lippen. „Der Typ mit der Videokamera und ein anderer Typ, der immer in einer Ecke saß. Ich konnte sie nicht sehen. Und dann noch der Typ, der ... na ja ... der mit mir vor der Kamera rumgemacht hat. Der Kameramann hatte eine Glatze. Das war ein Schwarzer, ein echter Kleiderschrank ... Body wie ’n Ringer oder so was. Die ganze Nummer hat eine Stunde gedauert, aber er hat kein einziges Mal den Mund aufgemacht.“

Althea schlug ihr Notizbuch auf. „Haben sie sich mit Namen angeredet?“

„Nee.“ Meena überlegte, schüttelte den Kopf. „Nee, gar nicht. Komisch, was? Ich kann mich überhaupt nicht erinnern, dass sie irgendwas gesagt hätten. Der Typ, mit dem ich zugange war, das war so ein kleiner Mickriger ... also, bis auf die echt lebensnotwendigen Körperteile, versteht sich.“ Sie kicherte und kramte noch eine Zigarette aus ihrer Handtasche. „Aber der hat geredet. Na ja, totalen Schrott, ist ja klar. Für die Kamera halt. Es gibt Leute, die stehen auf so was. Er war ... ich weiß nicht ... irgendwo in seinen Vierzigern vielleicht, und, wie ich schon sagte, ziemlich mickrig; die Haare hatte er sich zu einem Pferdeschwanz zusammengebunden. Er hat so auf einsamer Wolf gemacht.“

„Ich muss Sie bitten mitzukommen“, sagte Althea. „Ich möchte Phantombilder anfertigen lassen.“

„Niemals. Nicht noch mehr Cops, sonst krieg ich die Krätze.“

„Wir müssen es nicht auf dem Revier machen.“ Althea spielte ihre Trumpfkarte aus. „Wenn Ihre Personenbeschreibung so gut ist, dass wir diese Typen festnageln können, springt noch ein Hunderter extra für Sie raus."

„Na gut." Meena strahlte. „Okay."

Althea tippte mit ihrem Stift auf ihren Notizblock. „Wo fand das Shooting statt?"

„Das Shooting? Ach so, Sie meinen, wo gefilmt wurde. Drüben auf der Second. Ziemlich feudale Hütte. Mit Whirlpool im Bad und verspiegelten Wänden und so." Meena beugte sich vor und strich mit den Fingerspitzen über Colts Schulter. „Es war ziemlich ... anregend."

„Die Adresse?" fragte Althea.

„Weiß ich nicht. In einem dieser großen Apartmenthäuser auf der Second. Ganz oben. Das Penthouse."

„Ich wette, das Gebäude erkennen Sie doch wieder, wenn wir daran vorbeifahren, oder, Meena?" Colts Tonfall war genauso ermunternd wie das Lächeln, das er ihr über die Schulter zuwarf.

„Ja, klar würde ich es wiedererkennen."

Und sie erkannte es tatsächlich wieder. Als sie ein paar Minuten später langsam die Second hinunterfuhren, deutete sie aus dem Fenster. „Dort ist es, das da drüben. Die Wohnung ganz oben mit den großen Fenstern und der Dachterrasse. Da drin war es. Schnuckelige Wohnung. Weißer Teppichboden. Echt sexy Schlafzimmer, rote Vorhänge, riesige runde Spielwiese und so. Und im Bad waren goldene Armaturen, die geformt waren wie Schwäne. Du lieber Himmel. Das würde ich glatt noch mal machen."

„Waren Sie nur einmal dort?" fragte Colt.

„Ja. Sie haben Billy gesagt, dass ich nicht der richtige Typ bin.“ Mit einem verächtlichen Schnauben kramte sie die dritte Zigarette heraus. „Muss man sich echt mal vorstellen. Ich war ihnen zu alt. Dabei bin ich eben erst dreiundzwanzig geworden, und diese Blödmänner behaupten, dass ich zu alt bin. Ich war stocksauer ... he, Moment mal ...“ Sie unterbrach sich, offenbar weil ihr plötzlich etwas eingefallen war. Sie tippte Colt auf die Schulter. „Die Kleine. Du weißt schon, die auf dem Foto. Jetzt fällts mir wieder ein, dass es dort war, wo ich sie gesehen habe. Ich wollte gerade gehen, aber dann bin ich noch mal zurück, weil ich meine Zigaretten liegen gelassen hatte. Sie war in der Küche. Ich hab sie auf dem Foto nicht gleich wiedererkannt, weil sie an dem Tag so aufgebrezelt war.“

„Hat sie irgendetwas zu Ihnen gesagt?“ fragte Colt, wobei er Mühe hatte, seine Stimme ruhig zu halten. „Oder irgendetwas getan?“

„Nein, saß bloß so da. Ich hab gedacht, dass sie total zugedröhnt ist.“

Weil sie spürte, dass er Trost brauchte, schob Althea ihre Hand über den Sitz und legte sie über Colts. Sie war überrascht, wehrte sich jedoch nicht, als er seine Hand so umdrehte, dass ihre Hände Handfläche an Handfläche lagen.

„Ich werde noch einmal mit Ihnen reden müssen.“ Mit ihrer freien Hand holte Althea aus ihrer Tasche genug Geld heraus, um sich Meenas Kooperation für die Zukunft zu sichern. „Ich brauche eine Nummer, unter der ich Sie erreichen kann.“

„Kein Problem.“ Meena rasselte ihre Telefonnummer herunter, während sie das Geld zählte. „Ich schätze, Billy hatte Recht. Sie sind wirklich in Ordnung. He, vielleicht könnten Sie mich beim Tick Tock rauslassen. Ich glaube, ich gehe noch mal rein und trinke einen auf Wild Bill.“

„Ohne Durchsuchungsbefehl können wir nichts machen.“ Althea sagte es jetzt bereits zum dritten Mal, während sie in dem Haus, das Meena ihnen gezeigt hatte, im obersten Stockwerk aus dem Aufzug stiegen.

„Man braucht keinen Durchsuchungsbefehl, um irgendwo an die Tür zu klopfen.“

„Richtig.“

Aufseufzend schob Althea eine Hand in ihre Jackentasche, um ihre Waffe zu überprüfen. „Und bestimmt laden sie uns auf einen Kaffee ein. Wenn Sie mir zwei Stunden geben ...“

Als er herumwirbelte, blieb ihr der Mund offen stehen. Nachdem er bis jetzt alles so gelassen hingenommen hatte, war die nackte Wut, die sich auf seinem Gesicht jetzt widerspiegelte, überraschend. „Ich werde nicht mal zwei *Minuten* warten, um nachzuschauen, ob Liz da drin ist, haben Sie das kapiert, Lieutenant? Und wenn sie tatsächlich da drin sein sollte, werde ich keinen verdammten Durchsuchungsbefehl brauchen.“

„Schauen Sie, Colt, ich verstehe ja ...“

„Sie verstehen gar nichts.“

Sie machte den Mund auf, dann machte sie ihn wieder zu, schockiert darüber, dass sie knapp davor war, ihm ins Gesicht zu schreien, dass sie nur allzu gut verstand. Oh ja, sie verstand nur allzu gut. „Na gut, versuchen wir unser Glück“, sagte sie schroff, ging zu der Wohnungstür des Penthouses und klopfte.

Nachdem sich drin nichts tat, hämmerte Colt mit der Faust an die Tür. „Vielleicht sind sie ja schwerhörig.“ Er bewegte sich so schnell, dass Althea nicht mal Zeit hatte zu fluchen, und trat fast die Tür ein.

„Gut, wirklich gut, Nightshade. Ein Fingerspitzengefühl wie ein Holzklotz."

„Ich muss wohl ausgerutscht sein." Er zog seine Pistole aus seinem Stiefel. „Na so was, die Tür ist ja offen."

„Gehen Sie nicht rein ..." Aber er war bereits drin. Althea verfluchte Boyd und seine sämtlichen Jugendfreunde, zog ihre Waffe und betrat, instinktiv als Colts Rückendeckung agierend, die Wohnung. Sie brauchte das Licht, das Colt anknipste, nicht, um zu sehen, dass der vordere Raum leer war. Er war bis auf den Teppich und die Vorhänge an den Fenstern ausgeräumt.

„Ausgeflogen", murmelte Colt in sich hinein, während er schnell von Zimmer zu Zimmer ging. „Die Drecksbande ist über alle Berge."

Froh, dass sie sie nicht brauchen würde, steckte Althea ihre Pistole wieder weg. „Ich schätze, jetzt wissen wir, wen unser freundlicher Barkeeper heute Nachmittag angerufen hat. Wir werden sehen, was wir aus dem Mietvertrag und von den Nachbarn erfahren können." Obwohl sie sich in dieser Hinsicht keine allzu großen Hoffnungen machte.

Sie betrat das Bad. Es war genau so, wie Meena es beschrieben hatte, mit der Whirlpool-Badewanne, den Armaturen, die wie Schwäne geformt waren – allerdings aus Messing, nicht aus Gold –, und den verspiegelten Wänden. „Sie haben gerade die Vollständigkeit der Spuren an einem möglichen Tatort aufs Spiel gesetzt, Nightshade. Ich hoffe, Sie sind zufrieden."

„Sie hätte hier sein können", sagte er hinter ihr.

Sie schaute sich um, sah ihre Spiegelbilder in den verspiegelten Fliesen. Sein Gesichtsausdruck überraschte und rührte sie irgendwie. „Wir werden sie ganz bestimmt finden, Colt", sagte sie leise. „Wir werden sie wieder nach Hause bringen."

„Ja, klar." Er wollte etwas kaputtschmeißen. Er musste sich zusammenreißen, um nicht mit den Fäusten die Spiegelkacheln zu zertrümmern. „Jeder Tag, den sie in ihrer Gewalt verbringt, ist ein Tag, mit dem sie ihr ganzes Leben lang leben muss." Er bückte sich und schob seine Pistole wieder in seinen Stiefelschaft. „Gott, Thea, sie ist doch noch ein Kind."

„Kinder können mehr aushalten, als die meisten Leute denken. Sie verdrängen Dinge einfach, wenn sie es müssen. Und ihr wird es leichter fallen, weil sie eine Familie hat, die sie liebt."

„Leichter als was?"

Leichter als niemanden zu haben, dachte sie. „Einfach leichter." Sie war machtlos dagegen. Sie musste einfach die Hand ausstrecken und an seine Wange legen. „Lassen Sie nicht zu, dass es Sie auffrisst, Colt. Sie werden es vermasseln, wenn Sie es zulassen."

„Ja." Er unterdrückte ihn, diesen gefährlichen Gefühlsausbruch, der zu gefährlichen Fehlern führen konnte. Aber als sie ihre Hand sinken ließ und an ihm vorbeischlüpfte, hielt er sie am Handgelenk fest. „Wissen Sie was?" Vielleicht war es nur, weil er sich im Moment nach Körperkontakt sehnte, auf jeden Fall zog er sie ein paar Zentimeter näher an sich heran. „Eben waren Sie fast menschlich."

„Wirklich?" Ihre Körper streiften sich fast. Gar nicht gut, dachte sie. Aber es wäre feige gewesen, sich zurückzuziehen. „Und was bin ich normalerweise?"

„Perfekt.“ Er hob seine freie Hand – weil er es fast vom ersten Moment an, in dem er sie gesehen hatte, gewollt hatte – und schob seine Finger in ihr Haar. „Es ist beängstigend“, sagte er. „Es ist das ganze Päckchen ... dieses Gesicht, diese Haare, dieser Körper, dieser Verstand. Als Mann weiß man nicht, ob man den Mond anbellen oder sich Ihnen zu Füßen legen und winseln soll.“

Sie musste den Kopf in den Nacken legen, um ihm in die Augen schauen zu können. Dass ihr Herz ein bisschen schneller schlug, konnte sie ignorieren. Das war ihr früher auch schon passiert. Dass sie das leichte Ziehen der Neugier, ja sogar der Lust verspürte, war ebenfalls nicht das erste Mal, es konnte unter Kontrolle gebracht werden. Doch dass ihr Kopf plötzlich ganz leer wurde, war ein ernsthaftes Problem. Dagegen würde sie ankämpfen müssen.

„So wie ich Sie einschätze, sind Sie aber weder der Typ für das eine noch für das andere“, sagte sie und lächelte ein kühles, süffisantes Lächeln, das die meisten Männer veranlasst hätte, unter irgendeinem unsinnigen Gestammel den Rückzug anzutreten.

Colt war aber nicht wie die meisten Männer.

„Nie gewesen. Warum versuchen wir nicht mal etwas anderes?“ Er sagte es langsam, dann legte er blitzschnell seinen Mund auf ihren.

Wenn sie protestiert, wenn sie sich auch nur ganz leicht gewehrt hätte, hätte er sie sofort losgelassen und sich geschlagen gegeben. Vielleicht.

Aber sie tat es nicht. Das überraschte sie beide.

Sie hätte es tun können und sollen. Aber nachdenken würde

sie später. Sie hätte ihn mit einer ganzen Reihe defensiver oder offensiver Schritte aufhalten können. Aber seine Lippen waren so heiß, seine Arme so stark, und in ihrem eigenen Körper machte sich so ein Schwindel erregendes Begehren breit.

Oh ja, nachdenken würde sie später. Viel später.

Es war genau so, wie er es sich vorgestellt hatte. Und er hatte es sich oft vorgestellt. Dieser herbe extravagante Geschmack ihrer Lippen fand seine Entsprechung in dem, was er sich im Geiste ausgemalt hatte. Er machte so süchtig wie ein Opiat. Als sie den Mund für ihn öffnete, tauchte er tiefer ein und nahm sich noch mehr.

Sie war so schlank, so biegsam, wie es sich ein Mann nur wünschen konnte. Und so stark. Sie hatte ihre Arme fest um ihn gelegt, ihre Finger krallten sich in sein Haar. Der tiefe, leise Laut der Zustimmung, der in ihrer Kehle vibrierte, bewirkte, dass ihm das Blut wie ein rasant dahinfließender Fluss durch die Adern schoss.

Ihren Namen murmelnd, riss er sie herum und drängte sie, sich an sie pressend, gegen die verspiegelte Wand. Seine Hände fuhren gierig über ihren Körper, um zu nehmen und zu berühren und Besitz zu ergreifen. Dann zerrten seine Finger in dem verzweifelten Wunsch, die erste Barriere niederzureißen, an den Knöpfen ihrer Bluse.

Er wollte sie jetzt. Nein, falsch, er brauchte sie jetzt. Dringend. So dringend, wie man nach einem harten Tag Schlaf brauchte, so dringend, wie man nach einer langen Fastenzeit Essen brauchte.

Er riss seinen Mund von ihrem los und presste ihn auf ihren Hals, um den herrlichen Geschmack ihres Fleisches auszukosten.

Halb von Sinnen beugte sie sich zurück, leise in sich hineinstöhnend angesichts des Schauers, den sein gieriger Mund auf ihrer heißen Haut auslöste. Ohne die stützende Wand im Rücken wäre sie bereits auf den Boden gesunken, das wusste sie. Und dort, genau dort würde er über sie herfallen, würden sie übereinander herfallen. Auf den kühlen, harten Fliesen, mit den verspiegelten Wänden, die das Bild ihrer verzweifelten Körper zurückwerfen würden.

Hier und jetzt.

Und dann stahl sich wie ein Dieb in ein dunkles Haus ein Bild von Meena und dem, was in dieser Wohnung vor sich gegangen war, in ihren Kopf.

Was machte sie da? Herrgott noch mal, was machst du denn da? fragte sie sich wütend, während sie versuchte, sich von ihm zu lösen.

Sie war Polizistin, und sie hatte sich dazu hinreißen lassen, sich an einem Tatort in den Armen eines Mannes zu vergessen!

„Aufhören!" Ihre Stimme war heiser vor Verlangen, in das sich Selbstekel mischte. „Ich meine es ernst, Colt. Hör auf. Sofort!"

„Was?" Er schüttelte den Kopf wie ein Taucher, der aus unergründlichen Tiefen auftaucht, wobei er fast schwankte. Gott, hatte er weiche Knie. Um diesen Mangel zu kompensieren, stützte er sich mit einer Hand an der Wand ab, während er sie anstarrte. Er hatte ihre Haarspange aufgemacht, so dass ihr rotes Haar ungebändigt über die Schultern fiel. Ihre Augen waren jetzt mehr golden als braun, riesengroß und verführerisch verschleiert. Ihre Lippen waren voll und von dem fordernden Druck seines Mundes gerötet, ihre Haut war leicht gerötet.

„Du bist so schön. Atemberaubend schön.“ Sanft strich er ihr mit einem Finger über den Hals. „Wie eine exotische Blume hinter Glas. Man muss nur die Scheibe einschlagen und sie sich nehmen.“

„Nein.“ Sie packte ihn am Handgelenk, um zu verhindern, dass sie erneut den Kopf verlor. „Das ist verrückt. Total verrückt.“

„Ja.“ Er hätte ihr nicht mehr zustimmen können. „Und es hat sich absolut irre angefühlt.“

„Das hier ist eine Ermittlung, Nightshade. Und wir sind höchstwahrscheinlich am Tatort eines Schwerverbrechens.“

Er lächelte und hob ihre Hand, um ihre Fingerspitzen zu küssen. Nur weil sie an einem toten Punkt angelangt waren, hieß das noch lange nicht, dass sie ihre Aktivitäten ganz einstellen mussten. „Dann lass uns woanders hingehen.“

„Genau, wir gehen woanders hin.“ Sie schob ihn schnell von sich und knöpfte ihre Bluse zu. „Aber jeder in eine andere Richtung.“ Ihre Hände zitterten, wie sie feststellte. Verdammt, ihre Hände zitterten!

Weil er das Gefühl hatte, dass seine Hände im Moment in seinen Hosentaschen am sichersten aufgehoben waren, schob er sie dort hinein. Sie hatte Recht, hundertprozentig Recht, und das war das Schlimmste daran.

„Du willst so tun, als ob das nicht passiert wäre?“

„Ich will überhaupt nichts.“ Sie besann sich auf ihre Würde, indem sie sich das zerzauste Haar aus dem Gesicht schüttelte und ihre zerknitterte Jacke glatt strich. „Es ist passiert, und jetzt haben wir es hinter uns.“

„Noch lange nicht, Lieutenant. Wir sind beide erwachsen, und obwohl ich nur für mich sprechen kann, will ich doch sagen, dass so etwas beileibe nicht jeden Tag passiert."

„Da hast du Recht." Sie legte den Kopf schief. „Du kannst nur für dich sprechen." Sie ging schnell zurück ins Wohnzimmer, bevor er ihrer wieder habhaft werden konnte.

„Willst du, dass ich es dir hier und jetzt beweise?" Seine Stimme war ruhig, tödlich ruhig. „Oder ziehst du es vor, offen zu mir zu sein?"

„Also gut, schön." Da Lügen sinnlos erschien, blieb ihr keine andere Wahl, als die Wahrheit zu sagen. „Wenn ich an einer kurzen heißen Affäre interessiert wäre, würde ich dich bestimmt anrufen. Die Sache ist nur, dass ich im Moment zufälligerweise andere Prioritäten habe."

„Du hast eine Liste, richtig?"

Sie musste sich zusammenreißen, um nicht zu explodieren. „Glaubst du, damit könntest du mich beleidigen?" fragte sie in zuckersüßem Ton. „Ich ziehe es zufälligerweise vor, mein Leben zu organisieren."

„In Schubladen einzuteilen."

Sie zog eine Augenbraue hoch. „Was auch immer. Egal ob uns das gefällt oder nicht, aber wir haben eine Arbeitsbeziehung. Ich will dieses Mädchen genauso dringend finden wie du, Colt. Ich will, dass sie wieder zu ihrer Familie zurückkehrt, Hamburger in sich reinstopft und sich wegen der letzten Mathearbeit Sorgen macht. Und ich will die Dreckskerle drankriegen, die sie in ihrer Gewalt haben. Ich wünsche es mir mehr, als du wahrscheinlich verstehen kannst."

„Und warum hilfst du mir dann nicht, es zu verstehen?“

„Ich bin Polizistin“, sagte sie. „Das ist genug.“

„Nein, ist es nicht.“ In ihrem Gesicht hatte sich Leidenschaft gespiegelt, dieselbe Leidenschaft, die er gespürt hatte, als sie in seinen Armen gelegen hatte. Heiß und wild und knapp davor, der Kontrolle zu entgleiten. „Nicht für dich und für mich auch nicht.“

Er atmete tief aus und massierte sich den Nacken, wo sich der größte Teil seiner Anspannung konzentrierte. Sie waren beide müde, wie ihm klar wurde, müde und ausgelaugt. Es war weder der richtige Zeitpunkt noch der richtige Ort, um Motivationsforschung zu betreiben. Um herauszufinden, wie Althea Grayson gestrickt war, musste er erst noch ein bisschen objektiver werden.

„Hör zu, wenn ich mich eben einfach nur danebenbenommen hätte, würde ich mich ja entschuldigen. Aber wir wissen beide, dass es nicht so war. Ich bin hier, um Liz zurückzuholen, und ich bin wild entschlossen, es auch zu tun. Aber nachdem ich von dir gekostet habe, bin ich genauso wild entschlossen, noch mehr von dir zu bekommen, Thea.“

„Ich bin keine Tagessuppe, Nightshade“, sagte sie erschöpft. „Du wirst genau so viel bekommen, wie ich dir gebe.“

Über sein Gesicht huschte ein entspanntes Grinsen. „Genauso will ich es. Komm, ich fahre dich nach Hause.“

Althea folgte ihm wortlos. Dabei hatte sie das ungute Gefühl, dass sie das Problem noch nicht so perfekt gelöst hatten, wie ihr lieb gewesen wäre.

4. KAPITEL

Bewaffnet mit seiner zweiten Tasse Kaffee stand Colt im Auge eines Hurrikans. Es war nicht zu übersehen, dass es ein Unternehmen größeren Ausmaßes war, drei Kinder aus dem Haus und in einen Schulbus zu bringen. In seinen Augen war es nur erstaunlich, wie es drei Erwachsene schafften, diese Orchestrierung Tag für Tag hinzubekommen und dabei trotzdem nicht den Verstand zu verlieren.

„Das Müsli schmeckt total eklig", mäkelte Bryant. Er tauchte seinen Löffel in den Teller, dann hob er die Hand und ließ mit finsterem Gesicht den zähen Brei wieder zurückplatschen. „Es schmeckt nach nassen Bäumen."

„Du wolltest unbedingt, dass ich es kaufe, weil eine Pfeife drin war", erinnerte ihn Cilla, während sie Erdnussbutter-Marmeladen-Sandwichs zusammenklappte. „Und jetzt isst du es auch."

„Tu dir eine Banane rein", schlug Boyd vor, während er versuchte, Allisons weißblondes fliegendes Haar zu etwas, das als Zopf durchgehen konnte, zu flechten.

„Autsch! Daddy, es ziept!"

„Entschuldige. Wie heißt die Hauptstadt von Nebraska?"

„Lincoln", erwiderte seine Tochter mit einem Aufseufzen. „Ich hasse Erdkundetests. Wofür muss ich wissen, wie die blöden Bundesstaaten und ihre Hauptstädte heißen?"

„Weil Wissen heilig ist." Die Zunge zwischen den Zähnen eingeklemmt, kämpfte Boyd mit den Haarsträhnen, die immer wieder zu entwischen drohten. „Und was man einmal gelernt hat, vergisst man nie wieder."

„Ich weiß aber trotzdem nicht mehr, wie die Hauptstadt von Virginia heißt."

„Sie heißt ..." Weil ihm das geheiligte Wissen entfallen war, fluchte Boyd leise in sich hinein. Was zum Teufel interessierte es ihn, wie die Hauptstadt von Virginia hieß? Er lebte in Colorado. Eins der großen Probleme mit Kindern war in seinen Augen, dass man die Eltern praktisch zwang, ein zweites Mal zur Schule zu gehen. „Es wird dir schon wieder einfallen."

„Mom, Bry gibt Bongo sein Müsli." Allison warf ihrem Bruder ein süffisantes, gehässiges Lächeln von der Art zu, wie es nur eine Schwester konnte.

Cilla drehte sich genau in dem Moment um, in dem ihr Sohn seinen Teller mit Müsli dem Hund vor das gierige Maul schob. „Bryant Fletcher, pass auf, du wirst gleich was erleben."

„Aber schau doch, Mom, nicht mal Bongo will es fressen. Es schmeckt einfach scheiße."

„Du sollst nicht immer Scheiße sagen", tadelte ihn Cilla erschöpft. Aber sie registrierte, dass der große, zottelige Hund, der regelmäßig Wasser aus der Kloschüssel schlabberte, dem Müsliteller nach dem ersten Versuch die kalte Schulter zeigte. „Iss die Banane und zieh deinen Mantel an."

„Mom!" Kennan, der Jüngste, stürmte in die Küche. Er war barfuß und hielt einen schmuddeligen Turnschuh in der Hand. „Mein anderer Schuh ist weg. Ich hab schon überall gesucht. Den muss mir ein Einbrecher geklaut haben."

„Meld es der Polizei", brummte Cilla, während sie eilig das letzte Erdnussbutter-Marmeladen-Sandwich in eine große Lunchbox packte.

„Ich gehe rauf und suche ihn, *Señora*." Die Haushälterin Maria wischte sich die Hände an ihrer Schürze ab und wandte sich sofort zur Treppe.

„Gott segne Sie, Maria."

„Den haben die Bösen mitgenommen", sagte Keenan mit leiser ernster Stimme. „Sie sind mitten in der Nacht gekommen und haben ihn mir weggeschnappt. Aber Daddy fängt sie bestimmt und sperrt sie ein."

„Ja, ganz bestimmt macht er das." Genauso ernst nahm Maria ihn an der Hand und ging mit ihm zur Treppe. „Und jetzt suchen wir nach Spuren, *sí*?"

„Schirme." Cilla, die am Tresen stand, drehte sich um und fuhr sich mit der Hand durch ihr streichholzkurzes braunes Haar. „Haben wir Schirme?"

„Früher hatten wir mal welche." Boyd, der seine Friseurpflichten beendet hatte, schenkte sich noch eine Tasse Kaffee ein. „Irgendwer hat sie gestohlen. Vielleicht dieselbe Gang, die Keenans Turnschuh und Bryants Hausaufgabenheft gestohlen hat. Ich habe schon eine Task Force eingerichtet."

„Du bist wirklich eine große Hilfe." Cilla ging zur Tür. „Maria! Schirme!" Sie drehte sich um, stolperte über den Hund und schnappte sich drei Lunchboxen. „Mäntel anziehen, marsch, beeilt euch", befahl sie. „In fünf Minuten müsst ihr beim Bus sein."

Gleich darauf herrschte ein Riesendurcheinander, in dem Bongo beschloss, dass es der perfekte Zeitpunkt war, an jedem, der in Sichtweite war, hochzuspringen.

„Er hasst Abschiede", erklärte Boyd Colt, während er dem Köter kräftig den Hals rubbelte.

„Der Schuh war im Schrank", verkündete Maria, während sie Keenan in die Küche scheuchte.

„Die Diebe müssen ihn da drin versteckt haben. Echt teuflisch." Cilla beugte sich zu ihm herunter und hielt ihm seine Lunchbox hin. „Kuss."

Keenan grinste und gab ihr einen lauten Schmatz auf den Mund. „Ich bin die ganze Woche der Milchüberwacher."

„Es ist ein harter Job, aber ich weiß, dass du es kannst. Bry, die Bananenschale gehört in den Mülleimer." Während sie Bryant seine Lunchbox in die Hand drückte, schlang sie ihm einen Arm um den Hals und er kicherte, als sie ihm zum Abschied einen Kuss gab. „Allison, ich glaube, die Hauptstadt von Virginia heißt Richmond."

„Okay."

Nachdem alle mit Küssen versorgt waren – einschließlich Bongo, wie Colt mit leiser Belustigung registrierte –, hob Cilla eine Hand.

„Jeder, der seinen Regenschirm in der Schule vergisst, wird unverzüglich hingerichtet. Raus jetzt!"

Sie stürmten nach draußen. Die Tür knallte zu. Cilla schloss die Augen. „Ah, wieder ein schöner ruhiger Morgen bei den Fletchers. Colt, was kann ich Ihnen anbieten? Schinken, Eier, Whiskey?"

„Ich nehme erst mal den Schinken und die Eier. Heben Sie mir den Rest auf." Grinsend setzte er sich auf den Stuhl, den Bryant frei gemacht hatte. „Ist das jeden Morgen so ein Zirkus?"

„Mit Matineen an den Samstagen." Sie fuhr sich wieder durchs Haar, warf einen Blick auf die Uhr am Herd. „Ich würde euch ja gern noch ein bisschen Gesellschaft leisten, aber ich muss gleich los. Ich habe in einer Stunde eine Besprechung. Falls Sie irgendwann Langeweile haben sollten, kommen Sie einfach beim Sender vorbei, Colt. Ich führe Sie dann ein bisschen herum."

„Vielleicht mache ich es ja wirklich."

„Maria, soll ich irgendwas aus der Stadt mitbringen?"

„Nein, *Señora*." Der Schinken brutzelte bereits auf dem Herd. „*Gracias*."

„Ich müsste eigentlich gegen sechs zurück sein." Cilla blieb am Tisch stehen und fuhr ihrem Mann mit einer Hand über die Schulter. „Wie ich gehört habe, soll hier heute Abend ein großes Pokerspiel stattfinden." „Erzählt man sich." Boyd zog seine Frau zu sich herunter, und Colt sah, wie beide die Lippen zu einem Lächeln verzogen, bevor sie sich küssten. „Du schmeckst wirklich lecker, O'Roarke."

„Erdbeermarmelade. Bis später." Sie gab ihm noch einen letzten langen Kuss, bevor sie die Küche verließ.

Colt hörte, wie sie die Treppe hinaufrannte. „Du hast das große Los gezogen, stimmts, Fletch?"

„Hm?"

„Tolle Frau, tolle Kinder. Und alles gleich auf Anhieb."

„Scheint so. Ich glaube, ich wusste vom ersten Moment an, dass es nur Cilla sein kann." Bei der Erinnerung musste er lächeln. „Obwohl es eine Weile gedauert hat, bis ich sie davon überzeugt hatte, dass sie ohne mich nicht leben kann."

Colt fand es schwer, ihn um dieses Lächeln nicht zu beneiden. „Du und Althea, ihr wart schon Partner, bevor du Cilla kanntest, stimmts?"

„Ja. Thea war die erste Frau, die ich als Partner hatte. Und dann hat sie sich als der beste Partner herausgestellt, den ich jemals hatte.“

„Ich muss dir diese Frage stellen, aber du brauchst sie nicht zu beantworten, wenn du nicht willst.“ Doch wie es am besten ausdrücken? überlegte Colt, während er nach einer Gabel langte und damit auf der Tischkante herumklopfte. „Du und Thea ... vor Cilla ... da war nichts ... Persönliches zwischen euch?“

„Zwischen zwei Partnern, die so eng zusammenarbeiten und manchmal auch rund um die Uhr, gibt es eine Menge Persönliches.“ Boyd streckte mit einem entspannten Lächeln die Hand nach seiner Tasse aus. „Aber es war nichts Romantisches, falls es das ist, worauf du hinauswillst.“

„Es geht mich nichts an.“ Colt zuckte die Schultern, irritiert über die Erleichterung, die er in sich aufsteigen fühlte. „Ich war nur neugierig.“

„Neugierig, warum ich nicht versucht habe, bei einer Frau, die so aussieht wie sie, zu landen? Die so intelligent ist? Die so viel ... wie sagt man es am besten?“ Belustigt über Colts offensichtliches Unbehagen, lachte er leise in sich hinein, während Maria ihnen ihr Frühstück servierte. „Danke, Maria. Nennen wir es Stil in Ermangelung eines besseren Wortes. Ganz einfach, Colt. Ich will nicht behaupten, dass ich nie daran gedacht hätte. Und Thea hat vielleicht auch ein- oder zweimal ihre Zeit auf den Gedanken verschwendet. Aber wir haben uns als Partner und Freunde so gut ergänzt, dass wir einen dieser anderen Wege nicht eingeschlagen haben.“ Er spießte Rührei auf seine Gabel auf, zog amüsiert eine Braue hoch. „Hast du denn irgendwelche Absichten in dieser Richtung?“

Colt bewegte wieder seine Schultern, spielte mit einem Stück Speck herum. „Ich könnte nicht behaupten, dass wir als Partner besonders gut zusammenpassen – und als Freunde allem Anschein nach auch nicht. Aber ich glaube, dass wir schon auf eine dieser anderen Straßen abgebogen sind."

Boyd täuschte keine Überraschung vor. Jeder, der behauptete, Öl und Wasser vermische sich nicht, hatte beides einfach nicht lange genug verrührt, fand er. „Es gibt Frauen, die gehen einem unter die Haut, und andere, die steigen einem zu Kopf. Und manche tun beides."

„Das ist wohl wahr. Und wie ist sie so?"

„Sie ist eine gute Polizistin und ein Mensch, dem man rückhaltlos vertrauen kann. Wie wir alle hat sie ihr Päckchen zu tragen, und sie trägt ihres gut. Aber wenn du persönliche Dinge über sie wissen willst, wirst du sie schon selbst fragen müssen." Er hob seine Tasse. „Und ihr würde ich, was dich betrifft, dasselbe sagen."

„Hat sie denn gefragt?"

„Nein." Boyd trank einen Schluck von seinem Kaffee, um sein Grinsen zu kaschieren. „Aber warum erzählst du mir jetzt nicht von euren Fortschritten bei der Suche nach Liz? Was habt ihr bisher herausgefunden?"

„Wir haben einen Tipp für eine Wohnung auf der Second Avenue bekommen, aber da war niemand mehr." Es frustrierte ihn immer noch. Die ganze verdammte Sache frustrierte ihn. „Ich habe mir überlegt, dass ich mir als Erstes am besten die Hausverwaltung und die Nachbarn vornehme. Es gibt da eine Zeugin, die in der Lage sein könnte, einen oder mehrere von unseren Filmmagnaten zu identifizieren."

„Das ist ein guter Anfang. Gibt es irgendetwas, was ich tun kann?“

„Wenn es so weit ist, gebe ich dir Bescheid. Sie ist schon seit ein paar Wochen in ihrer Gewalt, Fletch. Ich werde sie zurückholen.“ Er schaute auf, und die stumme Wut in seinen Augen ließ keinen Zweifel an seinen Gefühlen. „Ich mache mir nur Sorgen, in was für einem Zustand sie dann ist.“

„Mach immer einen Schritt nach dem anderen.“

„Das klingt ganz nach dem Lieutenant.“ Aber Colt machte lieber große Sprünge. „Ich kann mich ihr erst heute Nachmittag wieder anschließen. Sie ist bei Gericht oder so was.“

„Bei Gericht?“ Boyd runzelte die Stirn, dann hellte sich sein Gesicht auf. „Ach ja, der Fall Marsten. Bewaffneter Raubüberfall. Sie hat den Einsatz geleitet. Soll ich dir in die Second Avenue einen Uniformierten mitgeben?“

„Nein danke, ich komme allein klar.“

Es war ein gutes Gefühl, wieder auf sich gestellt zu sein, fand Colt. Solange man allein arbeitete, brauchte man nicht zu befürchten, dass man seinem Partner auf die Zehen treten könnte, außerdem musste man nicht lang und breit über irgendwelche Vorgehensweisen diskutieren. Und was Althea anbelangte, bedeutete es, dass er sich nicht ständig davon abhalten musste, an sie als Frau zu denken.

Zuerst klingelte er den Hausverwalter namens Nieman heraus. Der kleine, bereits kahl werdende Mann war offenbar der Ansicht, dass für die Position, die er bekleidete, ein Dreiteiler, eine brutal festgezurrte Krawatte und Unmengen nach Fichtennadeln duftendes After Shave erforderlich waren.

„Ich habe meine Aussage bereits gemacht“, informierte er Colt durch den fünf Zentimeter breiten Spalt, den die vorgelegte Sicherheitskette an seiner Tür erlaubte.

„Und jetzt werden Sie sie mir gegenüber noch einmal wiederholen müssen.“ Colt sah keine Veranlassung, Nieman, der offensichtlich glaubte, einen Polizisten vor sich zu haben, von seinem Irrtum abzubringen. „Wollen Sie, dass ich Ihnen meine Fragen vom Flur aus zurufe, Mr. Nieman? Ist Ihnen das denn so lieber?“

„Nein.“ Nieman schob sichtlich gereizt die Kette zurück. „Ich habe weiß Gott schon genug Ärger. Ich war kaum aus dem Bett, da hämmerte schon jemand von Ihren Leuten an meine Tür. Und jetzt klingelt ununterbrochen das Telefon, weil die Mieter wissen wollen, was hier los ist und warum die Polizei das Penthouse versiegelt hat. Ich werde Wochen brauchen, um die Leute zu beruhigen.“

„Sie haben wirklich einen harten Job, Mr. Nieman.“ Colt schaute sich beim Eintreten unauffällig um. Die Wohnung war nicht so feudal und auch nicht so groß wie das leere Penthouse, aber wenn man nicht allzu hohe Ansprüche hatte, war sie durchaus ausreichend. Nieman hatte sie mit Rokokostilmöbeln eingerichtet. Colt wusste, dass seine Mutter ihre helle Freude daran gehabt hätte.

„Sie können sich das nicht vorstellen.“ Resigniert deutete Nieman auf einen mit kunstvollen Holzschnitzereien verzierten Sessel. „Mieter sind wie Kinder. Sie brauchen immer einen, der sie an der Hand nimmt und ihnen auf die Finger klopft, wenn sie sich nicht anständig benehmen. Ich bin jetzt seit zehn Jahren als Hausverwalter tätig, davon drei hier in diesem Gebäude, und

Sie würden es nicht glauben, was ich Ihnen für Geschichten erzählen könnte ..."

Weil Colt befürchtete, dass Nieman gleich genau das tun würde, fiel er ihm ins Wort, indem er ihn aufforderte: „Erzählen Sie mir doch mal ein bisschen was von den Mietern im Penthouse."

„Da gibt es nicht viel zu erzählen." Um seine Bügelfalten zu schonen, zog Nieman die Hosenbeine hoch, bevor er sich setzte. Er schlug die Beine an den Knöcheln übereinander, wobei seine gemusterten Acrylsocken freigelegt wurden. „Wie bereits gesagt, habe ich sie nie persönlich kennen gelernt. Sie haben nur vier Monate da oben gewohnt."

„Aber zeigen Sie denn den Mietern nicht vorher die Wohnung, Mr. Nieman?"

„Normalerweise schon. Aber in diesem Fall schickte der Mieter Referenzen und einen Scheck über die Miete per Post."

„Vermieten Sie auf diesem Weg öfter eine Wohnung?"

„Na ja ... normalerweise nicht ..." Nachdem er sich geräuspert hatte, fummelte Nieman an seinem Krawattenknoten herum. „Nach dem Brief kam ein Anruf. Mr. Davis – der Mieter – erklärte, dass er ein Freund von Mr. und Mrs. Ellison sei. Die beiden hatten vorher drei Jahre lang oben im Penthouse gewohnt. Ein reizendes Paar, sehr elegante Leute. Sie sind nach Boston umgezogen. Und da er mit ihnen befreundet war, brauchte er die Wohnung nicht zu sehen. Er behauptete, schon mehrmals zu Dinnerpartys und anderen Gelegenheiten im Penthouse gewesen zu sein. Es war ihm sehr wichtig, die Wohnung zu bekommen, verstehen Sie, und da er nur die besten Referenzen hatte ..."

„Sie haben sie überprüft?"

„Selbstverständlich." Nieman straffte die Schultern. „Ich nehme meine Pflichten sehr ernst."

„Was hat Davis beruflich gemacht?"

„Er hat als Ingenieur bei einer hiesigen Firma gearbeitet. Ich habe mich dort nach ihm erkundigt und nur das Allerbeste über ihn gehört."

„Was ist das für eine Firma?"

„Ich habe die Unterlagen noch hier." Nieman beugte sich über den Couchtisch und griff nach einem Schnellhefter. „Foxx Engineering", begann er, dann las er Adresse und Telefonnummer vor. „Natürlich habe ich mich auch bei seinem Vermieter erkundigt. Wir Hausverwalter haben einen Moralkodex. Mir wurde versichert, dass Mr. Davis ein idealer Mieter ist, ruhig, verantwortungsvoll, sauber, und dass er seine Miete immer pünktlich bezahlt. Und das war auch der Fall."

„Aber gesehen haben Sie Mr. Davis nie?"

„Das ist ein großes Haus. Es gibt hier immer wieder Mieter, die ich nie sehe. Nur diejenigen, die Scherereien machen, sieht man öfter, und Mr. Davis hat nie welche gemacht."

Nie irgendwelche Scherereien, dachte Colt grimmig. Er hatte sich von Nieman Kopien des Mietvertrags, der Referenzen und Davis' Brief geben lassen. Es war mittlerweile nach zwölf, und er hatte fast alle Mieter befragt, die auf sein Klopfen hin geöffnet hatten. Nur drei gaben an, den geheimnisvollen Mr. Davis je gesehen zu haben. Und nun musste Colt seinen Unterlagen drei Personenbeschreibungen hinzufügen, die sich deutlich voneinander unterschieden.

Das Polizeisiegel an der Tür des Penthouses hatte ihn am

Betreten der Wohnung gehindert. Er hätte das Band durchschneiden und das Schloss aufbrechen können, aber er hatte daran gezweifelt, dass es die Mühe – und den Ärger – wert gewesen wäre.

Und so hatte er oben angefangen und sich nach unten durchgefragt. Inzwischen war er ziemlich frustriert und mit beginnenden Kopfschmerzen im dritten Stock angelangt.

Nachdem er an die Tür von Apartment 302 geklopft hatte, spürte er, dass er durch den Spion beobachtet wurde. Gleich darauf klapperte die Sicherheitskette, dann wurde der Riegel zurückgeschoben. Einen Moment später sah er sich einer älteren Frau mit einem wilden, grellorange gefärbten Haarmopp gegenüber. Als sie ihre glitzernden blauen Augen zusammenkniff, um ihn zu mustern, bildeten sich in ihren Augenwinkeln unzählige kleine Fältchen. Ihr „Denver Broncos"-Sweatshirt hatte den Umfang eines Zelts, das Colts Schätzung nach etwa zweihundert Pfund Körpermasse bedeckte. Sie hatte ein Doppelkinn und arbeitete an einem dritten.

„Sie sehen zu gut aus, um mir etwas andrehen zu wollen, was ich nicht brauche."

„Richtig, Ma'am." Wenn Colt einen Hut aufgehabt hätte, hätte er jetzt an die Hutkrempe getippt. „Ich verkaufe nichts. Die Polizei führt hier eine Ermittlung durch, und ich würde Ihnen gern ein paar Fragen zu einem Ihrer Mitbewohner stellen."

„Sie sind von der Polizei? Dann müssten Sie einen Ausweis haben."

Offenbar war sie wesentlich heller als Nieman. „Nein,

Ma'am. Ich bin nicht von der Polizei. Ich führe eigene Ermittlungen durch."

„Ah, ein Privatdetektiv!" Die blauen Augen leuchteten auf wie Glühbirnen. „Wie Sam Spade? Ich schwöre, dass dieser Humphrey Bogart der aufregendste Mann der Welt war. Ich an Mary Astors Stelle hätte wegen so einem stummen Vogel ganz bestimmt nicht zweimal überlegt, wenn ich ihn hätte haben können."

„Nein, Ma'am." Colt brauchte einen Moment, bis ihm dämmerte, dass sie von dem Film *Der Malteser Falke* sprach. „Obwohl, am liebsten hätte ich ja mit Lauren Bacall getauscht. Die haben in *Der lange Abschied* die Puppen vielleicht zum Tanzen gebracht!"

Sie lachte auf. „Ja, wirklich. Na schön, kommen Sie rein. Macht doch keinen Sinn, im Hausflur rumzustehen."

Colt trat ein und musste sofort um Möbelstücke und Katzen herumgehen. Die Wohnung war so voll gestopft, dass sie aus allen Nähten platzte. Über den großen Wohnraum waren in wildem Durcheinander Tische, Stühle und Lampen verteilt, manche Stücke davon waren richtig wertvolle Antiquitäten, während man andere wahrscheinlich nicht mal auf einem billigen Trödelmarkt losgeworden wäre. Und inmitten des ganzen Durcheinanders hatte sich in seliger Selbstvergessenheit ein halbes Dutzend Katzen jeglicher Couleur breit gemacht.

„Ich sammle", berichtete sie ihm, dann ließ sie sich auf ein Louis-quinze-Zweiersofa plumpsen. Ihr Körperumfang nahm drei Viertel der Fläche ein, so dass Colt weise beschloss, mit einem schäbigen Lehnstuhl vorlieb zu nehmen, auf dessen verblasstem Stoff sich Kolonialsoldaten und Rotkittel eine Schlacht lieferten. „Ich bin Esther Mavis."

„Colt Nightshade." Colt nahm es gelassen, als sich eine schlanke graue Katze auf seinem Schoß einrollte und eine andere auf die Rückenlehne des Lehnstuhls sprang, um seine Haare zu beschnuppern.

„So, und was untersuchen wir denn, Mr. Nightshade?"

„Wir stellen Ermittlungen über den Mieter an, der zuletzt oben im Penthouse gewohnt hat."

„Der kürzlich ausgezogen ist?" Sie kratzte sich nachdenklich ihr Doppelkinn. „Gestern hab ich zufällig gesehen, wie ein paar riesige Kerle noch Sachen in einen Van einluden."

Wie verschiedene andere Leute auch, dachte Colt. Bloß dass niemand darauf geachtet hatte, ob auf dem Van der Name einer Umzugsfirma gestanden hatte.

„Ist Ihnen zufällig aufgefallen, was für eine Automarke der Van war, Mrs. Mavis?"

„Miss", stellte sie richtig. „Es war ein großer", erklärte sie. „Und sie kamen mir irgendwie nicht wie ganz normale Möbelpacker vor."

„Ach ja?"

„Sie waren schnell. Nicht wie Leute, die pro Stunde bezahlt werden, na ja, Sie wissen schon, die habens ja meistens nicht so eilig. Aber da waren ein paar schöne Stücke dabei." Ihre glitzernden Augen schweiften durch ihr Wohnzimmer. „Ich liebe Möbel. Da war dieser Belker-Tisch, ganz traumhaft, wirklich. Den hätte ich gern gehabt. Obwohl ich wirklich nicht wüsste, wo ich ihn hinstellen sollte, aber irgendwie findet sich am Ende doch immer noch ein Plätzchen."

„Können Sie irgendeinen von diesen Möbelpackern näher beschreiben?"

„Ich achte normalerweise nicht auf Männer, wissen Sie, außer, einer hat mal was ganz Besonderes an sich." Sie zwinkerte ihm listig zu.

„Und was ist mit Mr. Davis? Haben Sie ihn je gesehen?"

„Kann ich nicht sicher sagen. Von den meisten Leuten im Haus weiß ich ja nicht mal den Namen. Ich und meine Katzen, wir halten uns aus allem raus. Was genau hat er denn angestellt?"

„Wir sind erst dabei, Nachforschungen anzustellen. Bis jetzt wissen wir noch nicht mal, ob er überhaupt etwas angestellt hat."

„Immer schön bedeckt halten, was? Na ja, Bogey hätte es genauso gemacht. Dann ist er also ausgezogen?"

„Es sieht so aus."

„Schätze, dann werde ich ihm dieses Päckchen wohl nicht mehr geben können."

„Päckchen?"

„Ja. Es ist gestern gekommen. Der Postbote hat es versehentlich bei mir in den Briefkasten geworfen. Davis, Mavis ..." Sie schüttelte den Kopf. „Die Leute sehen heutzutage einfach nicht mehr genau hin."

„Ich weiß, was Sie meinen." Colt pflückte behutsam eine Katze von seiner Schulter. „Was ist das denn für ein Päckchen, Miss Mavis?"

„Ich kanns Ihnen ja mal zeigen." Unter lautem Ächzen und Stöhnen hievte sie sich aus dem Sofa hoch. „Habs im Schlafzimmer. Ich wollte es ihm heute raufbringen." Sie schlängelte sich mit panzerähnlicher Anmut zwischen den Möbelstücken hindurch und kam mit einem großen gepolsterten Umschlag zurück.

„Ma'am, wenn Sie gestatten, würde ich das gern mitnehmen. Falls Sie ein Problem damit haben, rufen Sie einfach Captain Boyd Fletcher, Denver DP, an."

„Ach, mir ist das gleich. Meinetwegen können Sie es gern mitnehmen." Sie reichte Colt das Päckchen. „Aber wenn Sie den Fall gelöst haben, würde ich mich freuen, wenn Sie noch mal vorbeikommen und mir erzählen, worum es eigentlich ging."

„Das mache ich ganz bestimmt." Auf eine spontane Eingebung hin zog er das Foto von Liz aus der Tasche. „Haben Sie dieses Mädchen schon mal gesehen?"

Miss Mavis betrachtete das Foto und überlegte, dann schüttelte sie den Kopf. „Nein, nicht dass ich mich erinnern könnte. Steckt sie in Schwierigkeiten?"

„Ja, Ma'am."

„Hat es was mit oben zu tun?"

„Ich nehme es an."

Sie gab ihm das Foto zurück. „So ein niedliches kleines Ding. Ich hoffe, Sie finden sie bald."

„Ich auch."

Es war nicht seine übliche Vorgehensweise. Aber Colt hätte beim besten Willen nicht sagen können, warum er sich dazu gedrängt gefühlt hatte, diesmal eine Ausnahme zu machen. Statt das Päckchen gleich zu öffnen und sich seinen Inhalt anzuschauen, ließ er es zu und fuhr zum Gericht.

Er kam gerade an, als Althea von der Verteidigung in den

Zeugenstand gerufen wurde. Sie trug ein rostfarbenes Kostüm, an dem eigentlich nichts Besonderes war, aber mit ihrem hochgesteckten roten Haar und der Perlenkette sah es umwerfend aus.

Colt suchte sich ganz hinten im Gerichtssaal einen Platz und hörte zu, wie sie mit ihrer Aussage das sorgfältig aufgebaute Gebäude der Verteidigung zum Einsturz brachte. Sie erhob nie ihre Stimme, kam nie ins Stottern. Jeder, der sie sah und hörte, einschließlich der Jury, konnte nicht anders, als in ihr einen kühlen, nüchternen Profi zu sehen.

Was sie auch ist, konstatierte Colt, während er die langen Beine ausstreckte. Und niemand ahnte wahrscheinlich, dass sie in den Armen eines Mannes hochging wie eine Rakete. In seinen Armen.

Niemand in diesem Raum würde je auf die Idee kommen, sich vorzustellen, dass sich diese Frau den fiebrigen Händen eines Mannes – seinen Händen – voller Verlangen entgegendrängte.

Aber er wollte verdammt sein, wenn er es vergessen konnte.

Doch während er sie jetzt, ohne dass es ihr bewusst war, beobachtete, begann er andere Dinge – Kleinigkeiten – an ihr zu registrieren.

Sie war müde. Das konnte er an ihren Augen sehen. Wenn sie aufgefordert wurde, irgendetwas zu wiederholen, schwang gelegentlich eine leise Spur von Ungeduld in ihrer Stimme mit. Sie wechselte die Sitzstellung, schlug die Beine übereinander. Es war eine geschmeidige Bewegung, sparsam, wie alles an ihr.

Doch darunter spürte er noch etwas anderes. Keine

Nervosität, wie ihm klar wurde. Unruhe. Sie wollte, dass es endlich vorbei war.

Nachdem sie den Zeugenstand verlassen hatte, verkündete der Richter eine Verhandlungspause. Sie erschrak, als er mit seinem Hammer auf den Tisch klopfte. Es äußerte sich nur in einem Schatten, der über ihr Gesicht huschte, aber Colt entging es nicht.

Jack Holmsby hielt sie am Ärmel fest, bevor sie an ihm vorbeigehen konnte. „Gute Arbeit, Thea."

„Danke. Du müsstest ihm damit eigentlich eine angemessene Strafe verpassen können."

„Darüber mache ich mir keine Sorgen." Er trat einen winzigen Schritt vor, gerade genug, um ihr den Weg abzuschneiden. „Hör zu, es tut mir Leid, dass es kürzlich mit uns beiden nicht so richtig geklappt hat. Warum versuchen wir es nicht noch mal? Hast du nicht Lust, morgen Abend mit mir essen zu gehen?"

Sie schwieg einen Moment, allerdings weniger aus Verblüffung über seine Hartnäckigkeit, sondern einfach aus Erschöpfung. „Sag mal, Jack, kannst du dir unter dem Wort *niemals* irgendetwas vorstellen?"

Er lachte nur und drückte vertraulich ihren Arm. Eine Sekunde lang erwog sie, ihm eine Ohrfeige zu geben und die Strafe wegen Körperverletzung in Kauf zu nehmen.

„Bitte, Althea. Ich möchte mein Verhalten von damals wieder gutmachen."

„Jack, wir wissen beide, dass du nur scharf drauf bist, mit mir ins Bett zu gehen, und das wird nicht passieren. So, und jetzt lass meinen Arm los. Immerhin stehen wir beide auf derselben Seite des Gesetzes."

„Es besteht keine Veranlassung …“

„Lieutenant?“ fragte Colt gedehnt. Er ließ seinen Blick über Holmsby wandern. „Hast du eine Minute Zeit?“

„Nightshade.“ Es ärgerte sie, dass er die Kabbelei mit Jack mitbekommen hatte. „Entschuldige mich, Jack. Ich habe zu tun.“

Sie schlenderte aus dem Gerichtssaal, wobei sie es Colt freistellte, ihr zu folgen oder nicht. „Wenn du mir etwas zu sagen hast, dann raus damit, aber stiehl mir nicht meine Zeit“, sagte sie ungnädig, nachdem er sie eingeholt hatte. „Ich bin auf Juristen im Moment nicht besonders gut zu sprechen.“

„Oh, Darling, bitte! Ich habe außer den Unterhosen, die ich anhabe, keine anderen dabei.“

„Du bist völlig unmöglich, Nightshade.“

„Du siehst aus wie eine Lady, der es gut bekommen würde, endlich mal wieder richtig zu lachen.“ Er nahm ihren Arm, und als sie sich versteifte, spürte er, wie Gereiztheit in ihm aufstieg. Er unterdrückte sie und zog Althea zur Tür. „Ich bin mit dem Auto da. Hast du nicht Lust, eine kleine Spazierfahrt zu machen, dann können wir uns gegenseitig auf den letzten Stand bringen.“

„Okay. Ich bin den kurzen Weg vom Revier zu Fuß gekommen. Du kannst mich zurückfahren.“

„In Ordnung.“ Hinter seinem Scheibenwischer klemmte wieder mal ein Strafzettel. Was nicht weiter überraschend war, da er im Halteverbot geparkt hatte. Er stopfte das Knöllchen in die Hosentasche und stieg ein. „Tut mir Leid, dass ich das Balzritual gestört habe.“

„Du kannst mich mal, Nightshade.“ Sie ließ ihren Sicherheitsgurt zuschnappen.

„Davon träume ich schon die ganze Zeit, Lieutenant." Er beugte sich zu ihr hinüber, öffnete das Handschuhfach und holte etwas heraus. Diesmal versteifte sie sich nicht, sondern schien sich nur ein bisschen in sich zurückzuziehen. „Hier."

„Was soll ich damit?" Sie schaute auf die Flasche mit Aspirintabletten.

„Gegen deine Kopfschmerzen."

„Mir geht es gut." Es ist nicht wirklich eine Lüge, dachte sie. Was sich in ihrem Kopf abspielte, konnte man schwerlich noch als Kopfschmerzen bezeichnen. Es fühlte sich vielmehr an, als ob ein Güterzug mit Volltempo hinter ihren Augen durchraste.

„Ich verabscheue Märtyrer."

„Lass mich in Ruhe." Um endlich ihre Ruhe zu haben, schloss sie die Augen.

Es ging ihr wirklich nicht gut. Sie hatte letzte Nacht kein Auge zugetan. An ein gewisses Maß an Schlaflosigkeit hatte sie sich im Lauf der Jahre schon gewöhnt. Aber in der vergangenen Nacht hatte sie überhaupt nicht geschlafen, und sie war zu stolz, die Schuld dort abzulegen, wohin sie gehörte. Direkt vor Colts Tür.

Sie hatte ständig an ihn denken müssen. Und sich selbst die heftigsten Vorwürfe gemacht. Wieder und wieder hatte sie die unmögliche Situation im Penthouse vor ihrem geistigen Auge Revue passieren lassen. Und sich nach ihm gesehnt. Dann hatte sie sich wieder Vorwürfe gemacht. Sie hatte es mit einem heißen Bad versucht, einem langweiligen Buch, Yogaübungen, einem angewärmten Brandy. Nichts hatte geholfen.

Und so hatte sie sich dann weiter herumgewälzt, bis sie irgendwann aufgestanden und ruhelos in der Wohnung auf und ab gelaufen war. Schließlich hatte sie beobachtet, wie die Sonne aufgegangen war.

Wenig später war sie aufs Revier gefahren. Inzwischen war es kurz nach eins, was hieß, dass sie seit fast acht Stunden ohne Pause im Dienst war. Und was die ganze Sache noch schlimmer, wenn nicht ganz und gar unerträglich machte, war die Tatsache, dass es durchaus möglich war, dass sie noch eine weitere Nacht mit Colt im Auto verbringen musste.

Als er ruckartig bremste, öffnete sie die Augen. Er hatte vor einem Supermarkt angehalten.

„Ich brauche etwas. Bin gleich wieder da", brummte er und knallte auch schon die Tür hinter sich zu.

Na toll, dachte sie und machte die Augen wieder zu. Komm bloß nicht auf die Idee zu fragen, ob ich vielleicht auch etwas brauchen könnte. Wie zum Beispiel eine Kettensäge, um mir den Kopf abzuschneiden.

Sie hörte ihn zurückkommen. Aus Abwehr oder vielleicht auch nur aus Trotz machte sie die Augen nicht auf.

„Da." Er drückte ihr etwas in die Hand. „Tee", sagte er, als sie ihre Augen schließlich doch öffnete und auf den Pappbecher schaute. „Zum Runterspülen." Er schraubte das Arzneifläschchen auf und schüttelte zwei Tabletten heraus. „So, und jetzt nimm gefälligst die verdammten Kopfschmerztabletten, Althea. Und iss das. Du hast wahrscheinlich den ganzen Tag außer Schokolade oder gebrannten Mandeln noch nichts im Magen. Mir ist noch nie eine Frau begegnet, die es in so kurzer Zeit schafft, ein ganzes Pfund Süßigkeiten in sich hineinzustopfen wie du."

„Zucker wird im Körper in Energie umgewandelt." Aber sie

nahm die Tabletten und den Tee. Die Tüte mit dem Käse und die Packung Cracker bedachte sie mit einem Stirnrunzeln. „Hatten sie kein Stück Kuchen oder so was?“

„Du brauchst Eiweiß.“

„In Kuchen ist garantiert auch Eiweiß.“ Der Tee war zu stark und viel zu bitter, aber er tat ihr trotzdem gut. „Danke.“ Sie trank noch einen Schluck, dann riss sie die Schachtel mit den Crackern auf. Es war wichtig, sich daran zu erinnern, dass sie für alles, was sie tat und fühlte, selbst verantwortlich war. Wenn sie nicht geschlafen hatte, war das ganz allein ihr Problem. „Die Leute von der Spurensicherung müssten im Penthouse inzwischen eigentlich fertig sein.“

„Sie sind fertig. Ich war dort.“

„Es wäre mir wirklich lieber, wenn du nicht so auf eigene Faust losziehen würdest“, brummte sie mit vollem Mund.

„Ich kann nicht dauernd irgendwen bitten, für mich Kindermädchen zu spielen. Ich habe mit dem Hausverwalter gesprochen. Er hat den Mieter aus dem Penthouse nie gesehen.“

Während Althea sich mit Käse und Crackern voll stopfte, brachte er sie auf den letzten Stand.

„Das mit Davis wusste ich schon“, sagte sie, nachdem er fertig erzählt hatte. „Ich habe Nieman heute Morgen aus dem Bett geklingelt. Die Referenzen habe ich bereits überprüft. Bei beiden existiert der Telefonanschluss nicht mehr. Eine Firma namens Foxx Engineering gibt es weder unter der angegebenen Adresse noch sonst wo in Denver. Und was die zweite Referenz betrifft, ist zu vermelden, dass die früheren Mieter des Penthouses, Mr. und Mrs. Ellison, nie von ihm gehört haben.“

„Du warst fleißig.“ Während er sie beobachtete, trommelte

er mit zwei Fingern auf dem Lenkrad herum. „Was soll das heißen, dass es dir lieber wäre, wenn ich nicht so auf eigene Faust losziehen würde?"

Sie lächelte ein bisschen. Die Kopfschmerzen hatten etwas nachgelassen. „Weil ich einen Dienstausweis habe", sagte sie todernst. „Im Gegensatz zu dir."

„Dein Dienstausweis hat dir aber keinen Zutritt zu Miss Mavis' Wohnung verschafft."

„Wäre das denn nötig gewesen?"

„Ich denke schon." Vage erfreut darüber, dass er ihr diesmal einen Schritt voraus war, drehte Colt sich um und zeigte Althea das Päckchen. „Das hat der Postbote versehentlich bei der Katzenlady in den Briefkasten geworfen."

„Bei der Katzenlady?"

„Das hättest du mal sehen müssen." Als sie nach dem Päckchen greifen wollte, zog er schnell die Hand weg. „Stopp, das gehört mir, Darling. Obwohl ich bereit bin zu teilen."

Sie spürte Wut in sich aufsteigen, die jedoch gleich wieder verpuffte, als sie sah, dass das Päckchen noch zu war. „Du hast es noch nicht aufgemacht."

„Aus Fairnessgründen", sagte er, ihrem Blick begegnend. „Ich fand, wir sollten es zusammen aufmachen."

„Scheint so, als ob dich diesmal dein Gefühl nicht getrogen hätte. Okay, sehen wir nach, was drin ist."

Colt bückte sich leicht nach unten und zog ein Messer aus seinem Stiefelschaft. Althea schaute aus zusammengekniffenen Augen zu, wie er das Päckchen aufschnitt.

„Ich kann mir nicht vorstellen, dass man für dieses Spielzeug keine Lizenz braucht, Kumpel."

„Stimmt", sagte er leichthin und schob das Messer an seinen Platz zurück. Dann zog er aus der Tüte ein Videoband und ein zusammengefaltetes Blatt Papier heraus.

Letzte Fassung. Okay so? Zum Wochenende werden schwere Schneefälle erwartet. Klappt gut. Beim nächsten Mal noch zusätzliche Bänder und Bier mitbringen. Straßen könnten alle dicht sein.

Althea hielt das Blatt an einer Ecke, dann kramte sie eine durchsichtige Beweismitteltüte aus ihrer Handtasche. „Wir werden es auf Fingerabdrücke untersuchen. Vielleicht haben wir ja Glück."

„Sie könnten uns sagen, wer. Aber sie werden uns nicht sagen, wo." Colt schob das Video in die Tüte zurück. „Willst du einen Film sehen?"

„Ja." Althea legte die Tüte in ihren Schoß, trommelte darauf herum. „Aber ich glaube, das hier verlangt nach einer Privatvorstellung. Ich habe zu Hause einen Videorekorder."

Außerdem hatte sie eine sehr bequeme Couch mit vielen weichen Sofakissen. Dem auf Hochglanz polierten Holzfußboden gaben die Navajo-Teppiche einen besonderen Akzent. Die abstrakten Kunstdrucke an den Wänden hätten eigentlich zu den folkloristischen Einsprengseln in Konkurrenz stehen müssen, doch das war nicht der Fall. Genauso wenig taten das gemütliche Durcheinander von Topfpflanzen auf dem schmiedeeisernen Teewagen, die zwei Goldfische, die in einem schlauchförmigen Aquarium herumschwammen, oder der Fußschemel in Form eines grinsenden Gnoms dem Gesamteindruck in irgendeiner Weise Abbruch.

„Interessante Wohnung“, war alles, was Colt dazu einfiel.

„Sie erfüllt ihren Zweck.“ Sie ging, unterwegs ihre Schuhe abstreifend, zu einem Glas- und Chromgestell, auf dem Stereoanlage, Fernseher und Videorekorder standen.

Für Colt sagte diese eine Geste mehr über Althea Grayson aus, als es ein Dutzend tief schürfende Berichte gekonnt hätten.

Mit wie üblich effizienten Bewegungen legte sie das Videoband ein und stellte Videorekorder und Fernseher an.

Es war nicht erforderlich, wegen einer FBI-Warnung auf Schnelldurchlauf zu schalten, weil es keine gab. Nach fünf Sekunden verblasste das Grau.

Und die Show begann.

Selbst für einen abgebrühten Mann wie Colt war es eine Überraschung. Er schob die Hände in die Hosentaschen und wippte auf seinen Füßen vor und zurück. Wahrscheinlich war es blödsinnig, weil sie schließlich beide erwachsen und darüber hinaus auch noch Profis waren, trotzdem war ihm das Ganze irgendwie peinlich.

„Ich ... äh ... ich schätze, sie glauben nicht wirklich daran, dass sie damit ihrem Publikum Appetit machen können.“

Althea legte den Kopf schief und schaute mit kühler Unvoreingenommenheit auf den Bildschirm. Es war kein Liebesspiel. Es war nach üblicher Maßgabe nicht einmal Sex. Es war lupenreine Pornografie, eher jämmerlich und alles andere als stimulierend.

„Ich habe schon schärferes Zeugs gesehen.“

Colt riss seinen Blick kurz vom Bildschirm los, um sie mit hochgezogener Augenbraue anzusehen. „Ach, wirklich?“

„Das Band hat eine überraschend gute Qualität. Und die

Kameraführung, falls man das so nennen will, wirkt ziemlich professionell." Sie lauschte dem Stöhnen. „Der Ton auch." Sie nickte, als die Kamera in die Totale ging. Jetzt konnte man sehen, dass nicht im Penthouse gefilmt worden war.

„Muss irgendwo in einem Haus in den Bergen aufgenommen worden sein. Gediegen rustikal, der Holztäfelung nach zu schließen. Das Bett sieht aus wie Chippendale", bemerkte Colt.

„Woher weißt du das?"

„Meine Mutter sammelt Antiquitäten. Schau dir die Lampe am Bett an. Es ist Tiffany oder eine verdammt gute Nachahmung. Ah, der Plot verdichtet sich ..."

Sie beobachteten, wie eine weitere Frau ins Bild kam. Ein paar Dialogfetzen verrieten, dass sie gerade ihren Liebhaber mit ihrer besten Freundin im Bett erwischt hatte. Die Auseinandersetzung nahm gewalttätige Formen an.

„Ich glaube nicht, dass das künstliches Blut ist." Althea zog zischend den Atem durch die Zähne ein, als die erste Frau einen Fausthieb ins Gesicht einstecken musste. „Und ich glaube auch nicht, dass sie mit diesem Schlag gerechnet hat."

Colt stieß einen Fluch aus, während sich die Szene weiterentwickelte. Die Mischung aus Sex und Gewalt – die Gewalt richtete sich ausschließlich gegen die beiden Frauen – gab der ganzen Sache zusätzlich etwas äußerst Unangenehmes. Er ballte unwillkürlich seine Hände zu Fäusten, weil er am liebsten den Fernseher kurz und klein geschlagen hätte.

Jetzt war er nicht mehr peinlich berührt, sondern hasserfüllt und abgestoßen.

„Kommst du damit zurecht, Nightshade?" Althea legte ihm

eine Hand auf den Arm. Sie wussten beide, wovor er sich am meisten fürchtete – dass Liz ins Bild kam.

Er brummte nur, und Althea ließ ihre Hand, wo sie war, während sie noch einen Schritt näher an den Fernseher heranging. Es gab sogar eine Art Handlung, die sie jetzt zu verfolgen begann. Ein Wochenende in einer Skihütte, zwei Pärchen, die es auf verschiedenste Art und Weise und in allen Konstellationen miteinander trieben. Althea übersah es und achtete auf Einzelheiten. Colt hatte Recht. Die Einrichtung war edel. Die verschiedenen Kameraeinstellungen zeigten ein einstöckiges Haus mit einem offenen Wohnraum und einer hohen Holzbalkendecke. Ein gemauerter Kamin, Whirlpool-Badewanne.

Bei ein paar atmosphärischen Einstellungen sah sie, dass es leicht schneite. Sie sah im Hintergrund Bäume und schneebedeckte Berggipfel. Bei einer Außenaufnahme, die für die Schauspieler äußerst unangenehm gewesen sein musste, sah sie, dass das Haus allein stand.

Der Film endete ohne Abspann. Und ohne Liz. Colt wusste nicht, ob er erleichtert oder beunruhigt sein sollte.

„Ich glaube nicht, dass sie allzu große Chancen auf einen Oscar haben", sagte Althea mit gespielter Beiläufigkeit, während sie das Band zurückspulte. „Bist du okay?"

Er war nicht okay. Er verspürte ein Brennen im Magen, das irgendwie dringend einer Linderung bedurfte. „Verdammt brutal, wie sie mit den Frauen umgesprungen sind", sagte er vorsichtig. „Absolut widerlich."

„Offenbar existiert ein Markt dafür, wahrscheinlich gibt es massenhaft Typen, die von männlicher Dominanz fantasieren ... körperlicher ebenso wie emotionaler."

„Ich glaube nicht, dass man in Verbindung mit so etwas das Wort Fantasie benutzen sollte."

„Es gibt eben auch Gewaltfantasien", murmelte sie nachdenklich. „Obwohl ich sehr stark den Eindruck hatte, dass hier Gewaltfantasien in der Wirklichkeit ausgelebt wurden."

„Wirklich reizend." Er sehnte sich nach frischer Luft und holte sorgfältig Atem. „Jade hat in ihrem Brief den Verdacht geäußert, dass eins der Mädchen umgebracht worden sein könnte. Nachdem man diesen Film gesehen hat, hält man das nicht mehr für ausgeschlossen."

„Sadismus ist eine merkwürdige Spielart von Sex – und eine, die oft außer Kontrolle gerät. Vielleicht gelingt es uns ja herauszufinden, in welcher Gegend der Film gedreht wurde."

Sie ging zum Videorekorder, um das Band herauszunehmen, aber er legte ihr eine Hand auf die Schulter und drehte sie zu sich herum. „Wie schaffst du es bloß, dabei so verdammt ruhig zu bleiben? Berührt dich das denn gar nicht? Berührt dich eigentlich überhaupt irgendwas?"

„Was immer mich auch berührt, ich komme damit zurecht. Gefühle sollten bei unserer Arbeit außen vor bleiben."

„Das ist unmöglich. Wir reden davon, dass ein Mädchen vielleicht sogar vor der Kamera umgebracht wurde." In ihm brodelte ein Zorn, den er kaum mehr unter Kontrolle halten konnte. „Wir haben gerade gesehen, wie mit zwei Frauen auf übelste Weise umgesprungen wurde. Ich will verdammt noch mal wissen, was du dabei gefühlt hast."

„Ganz krank hat es mich gemacht!" gab sie heftig zurück und riss sich von ihm los. „Und wütend. Und wenn ich es zuließe, würde es mich traurig machen. Aber das Einzige, was zählt, das Einzige, was wirklich zählt, ist, dass wir unseren ersten wirklichen Beweis haben." Sie nahm das Band heraus und schob es wieder in die Hülle. „So, und wenn du mir jetzt einen Gefallen tun willst, fährst du mich aufs Revier. Und dann wäre ich dir dankbar, wenn du mir ein bisschen Raum zum Atmen lässt."

„Aber gewiss doch, Lieutenant." Er ging wütend zur Tür und riss sie auf. „Ich gebe dir allen Raum zum Atmen, den du brauchst."

5. KAPITEL

Colt hatte drei Damen auf der Hand. Und er fand, dass es ein echter Jammer war, dass die Dame, auf die er es abgesehen hatte, ihm gegenüber am Tisch saß und den Einsatz ums Doppelte erhöhte.

„Ich lege auf deine fünfundzwanzig noch mal fünfundzwanzig drauf, Nightshade." Althea warf auf das Häufchen Chips in der Mitte des Tisch noch zusätzlich welche drauf. Sie gab ihre Karten genauso wenig preis wie ihre Gedanken.

„Tja ..." Sweeney stieß einen tiefen Seufzer aus, weil er nur Schrott auf der Hand hatte, und sagte: „Da kann ich leider nur noch aussteigen."

Cilla, die zwischen Sweeney und einem Gerichtsmediziner namens Louie saß, schaute auf ihr Fünferpärchen und fragte ihren Sohn: „Na, was meinst du, Adlerauge?"

Keenan, der bereits seinen „Denver Nuggets"-Schlafanzug anhatte, setzte sich auf ihren Schoß. „Schmeiß rein."

„Du hast leicht reden." Aber ihre restlichen Chips gesellten sich klappernd zu den anderen im Topf.

Louie rang eine ganze Weile mit sich, wobei er unverständliches Zeugs in sich hineinbrummelte, auf seinem Stuhl herumrutschte und immer wieder den Kopf schüttelte, aber schließlich warf auch er seine restlichen Chips in die Mitte.

„Ich gehe mit", sagte Colt schleppend. Er hielt seine Zigarre zwischen den Zähnen, während er seinen Einsatz abzählte. „Und erhöhe noch mal ums Doppelte."

Boyd grinste nur, froh darüber, dass er gleich nach dem Ziehen das Handtuch geworfen hatte. Jetzt wurde wieder reihum gesetzt, wobei nur noch Althea, Cilla und Colt im Spiel waren.

„Drei schöne Königinnen“, verkündete Colt schließlich und legte seine Karten auf den Tisch.

Altheas Augen glitzerten, als sie seinen begegneten. „Nett. Aber leider ist in meinem vollen Haus kein Platz mehr für sie.“ Sie legte drei Achten und zwei Joker hin.

„Da können sich meine zwei Fünfen nur noch schämen.“ Cilla seufzte, als Althea den gesamten Einsatz einstrich. „So, Kleiner, deinetwegen habe ich fünfundsiebzig Cent verloren. Dafür musst du mit dem Leben büßen.“ Sie stemmte beim Aufstehen einen kreischenden Keenan hoch über ihren Kopf.

„Daddy!“ Er ruderte mit den Armen und lachte sich halb tot. „Hilf mir! Gnade! Das kannst du sie unmöglich machen lassen.“

„Tut mir Leid, Sohn.“ Boyd verwuschelte Keenan das Haar und gab ihm einen feierlichen Kuss. „Sieht ganz danach aus, als ob du verurteilt bist. Du wirst uns sehr fehlen.“

Keenan, stets bereit, das Unvermeidliche noch hinauszuzögern, streckte Colt seine Arme entgegen: „Rette mich!“

Colt schüttelte den Kopf. „Kann ich nicht. Dafür habe ich vor deiner Mama viel zu viel Bammel, Kumpel. Du bist auf dich allein gestellt.“

Immer noch in der Luft hängend, flehte der Junge alle der Reihe nach um Gnade an. Als er zu Althea kam, fragte er mit glänzenden Augen: „Darf ich?“

Es war offenbar ein altes Spiel, und sie spielte bereitwillig mit. „Für einen Nickel.“

„Kannst du ihn mir leihen?“

„Du schuldest mir bereits achttausend Dollar und fünfzehn Cent."

„Am Freitag krieg ich wieder Taschengeld."

„Also schön, einverstanden." Cilla übergab Keenan an sie. Nachdem sie sich den Jungen auf den Schoß gesetzt hatte, schnupperte er wie ein junger Hund an ihrem Haar. Colt beobachtete, dass ihr Gesicht dabei ganz weich wurde, und sah, wie sie die Hand hob, um dem Jungen zärtlich über den weichen Nacken zu streicheln.

„Riecht echt gut", verkündete Keenan, während er noch ein letztes Mal übertrieben an ihrem Haar schnupperte.

„Vergiss nicht am Freitag die achttausend. Und jetzt marsch ins Bett." Nachdem sie ihm einen Kuss gegeben hatte, reichte Althea den Jungen wieder an Cilla weiter.

„Ihr könnt ja schon mal austeilen", schlug Cilla vor, während sie mit ihrem Sohn auf dem Arm aufstand.

„Auf einen Jungen, der es schafft, sich mit Worten den Weg auf den Schoß einer Frau zu bahnen, kann man stolz sein." Sweeney sammelte grinsend die Karten ein. „Ich gebe. Macht eure Einsätze."

Während der nächsten Stunde wuchs Altheas Chipsstapel langsam, aber stetig. Ihr machten die einmal im Monat stattfindenden Pokerrunden, die sich kurz nach Boyds und Cillas Heirat sehr schnell eingebürgert hatten, viel Spaß. Die Herausforderung, ihre Mitspieler zu übertrumpfen, entspannte sie fast ebenso wie die gemütliche Atmosphäre, die das Fletcher'sche Zuhause bis in den letzten Winkel hinein ausstrahlte.

Sie spielte vorsichtig und riskierte nur etwas, wenn sie gute Chancen hatte, auch zu gewinnen, aber selbst dann setzte sie methodisch und mit Bedacht. Sie sah, dass Colts Stapel ebenfalls ums Doppelte angewachsen war, doch im Gegensatz zu ihrem nicht langsam und stetig, sondern ruckartig. Obwohl er nicht leichtsinnig spielte, wie sie fand. Skrupellos wäre wohl das zutreffendere Wort gewesen. Er gewann oft, wenn er absolut nichts auf der Hand hatte, nur weil er schamlos bluffte. Und dann wieder lehnte er sich zurück und ließ die anderen den Einsatz erhöhen, obwohl er reines Gold auf der Hand hatte.

Er hat kein Muster, überlegte sie, was vermutlich doch schon wieder ein Muster war.

Nachdem Sweeney mit einem Herz-Flush einen armseligen Gewinn eingestrichen hatte, stand sie vom Tisch auf. „Will jemand ein Bier?"

Alle wollten. Althea ging in die Küche und machte Bierflaschen auf. Als Colt hereinkam, war sie gerade dabei, sich selbst ein Glas Wein einzuschenken.

„Wollte nur sehen, ob ich dir nicht vielleicht helfen kann."

„Ich komme schon klar", sagte sie schroff.

„Ich kann mir kaum etwas vorstellen, womit du nicht klarkommst." Ziemlich reizbar, die Frau, dachte er. „Trotzdem wollte ich dir ein bisschen helfen."

Maria hatte genug Sandwichs für eine ganze hungrige Kompanie vorbereitet. Da ihm nichts Besseres einfiel, schob Colt unschlüssig die Platten herum. Sie hatten sich seit ihrer Auseinandersetzung am Nachmittag nicht mehr gesehen, und jetzt wusste er nicht, wie er anfangen sollte.

„Ich wollte noch etwas wegen heute Nachmittag sagen."

„So? Was denn?" Ihr Ton war frostig. Althea drehte sich

zum Kühlschrank um und nahm eine Schüssel mit Marias köstlichem Guacamole-Dip heraus ...

„Dass es mir Leid tut."

... und hätte sie um ein Haar fallen gelassen. „Wie bitte?"

„Verdammt, ja, es tut mir Leid, okay?" Er hasste es, sich zu entschuldigen – weil es bedeutete, dass er einen Fehler gemacht hatte, und zwar einen großen. „Dieses Video hat mich völlig fertig gemacht. Ich war so außer mir, dass ich am liebsten alles kurz und klein geschlagen hätte. Und da sonst niemand da war, habe ich dann meine Wut eben an dir ausgelassen, aber ich habe es nicht so gemeint."

Sie fühlte sich überrumpelt, weil eine Entschuldigung das Letzte war, womit sie gerechnet hatte. Sie stand mit der Schüssel in der Hand da und wusste nicht, was sie sagen sollte. „Schon gut."

„Ich hatte die ganze Zeit Angst, dass ich Liz sehen könnte", sagte er, und da er sich genötigt fühlte, alles zu sagen, fuhr er fort: „Und gleichzeitig Angst, sie nicht zu sehen." Weil er nicht wusste, was er mit seinen Händen machen sollte, langte er nach einer geöffneten Bierflasche und trank einen langen Schluck. „So eine Angst kenne ich normalerweise gar nicht."

Es hätte kaum etwas gegeben, das besser geeignet gewesen wäre, ihre Abwehr zu durchbrechen. Bewegt stellte sie die Schüssel auf dem Tresen ab und riss eine Chipstüte auf.

„Mir ging es genauso. Das hätte eigentlich nicht sein sollen, aber es war trotzdem so." Sie schüttete die Chips in eine Schale und wünschte sich, dass es sonst noch etwas gäbe, das sie tun könnte. Irgendetwas. „Tut mir Leid, dass wir nicht schneller weiterkommen, Colt."

„Hauptsache, es gibt keinen Stillstand. Und das habe ich größtenteils dir zu verdanken.“ Er hob eine Hand, ließ sie wieder fallen. „Aber außer dass ich heute Nachmittag Lust hatte, alles kurz und klein zu schlagen, wollte ich auch noch etwas anderes, Thea. Ich wollte dich in den Arm nehmen.“ Er sah die Wachsamkeit in ihren Augen aufblitzen und musste seine aufsteigende Verärgerung unterdrücken. „Nicht über dich herfallen, Thea. Dich halten. Das ist ein Unterschied.“

„Ja, das ist es.“ Sie atmete tief und ruhig aus. In seinen Augen stand der Wunsch nach Trost und Nähe. Kein Begehren, sondern nur der Wunsch, zu trösten und getröstet zu werden. Das verstand sie. „Ich schätze, ich hätte es gebrauchen können.“

„Ich könnte es jetzt immer noch machen.“ Es kostete ihn viel, den ersten Schritt zu machen, diese Art von erstem Schritt. Aber er ging auf sie zu und öffnete die Arme.

Es kostete sie genauso viel, in seine Arme zu kommen und ihre eigenen um ihn zu legen.

Und als sie sich nahe waren, als ihre Wange an seiner Schulter ruhte und seine an ihrem Haar, seufzten sie beide tief auf. Die Anspannung floss ab wie Wasser über einen gebrochenen Damm.

Er verstand es nicht, war sich nicht einmal sicher, ob er es akzeptieren konnte, aber er spürte, dass es sich richtig anfühlte. Schlicht und ergreifend richtig. Anders als beim ersten Mal, als sie in seinen Armen gelegen hatte, wurde er diesmal nicht von einer Welle von Lust überschwemmt und durch seine Adern wälzte sich auch keine geschmolzene Lava. Dafür breitete sich eine süße, wohlige Wärme in ihm aus.

Er hätte sie für Stunden so halten können.

Sie erlaubte es sich nicht oft, sich in Gesellschaft eines Mannes ganz zu entspannen, und schon gar nicht in Gesellschaft eines Mannes, von dem sie sich angezogen fühlte. Aber jetzt fiel es ihr leicht, es war so selbstverständlich. Sein gleichmäßiger Herzschlag hatte etwas Einschläferndes. Sie hätte um ein Haar ihre Wange an seiner Schulter gerieben, die Augen zugemacht und geschnurrt. Der Wunsch war zumindest da. Als sie spürte, dass er an ihrem Haar schnupperte, lachte sie.

„Der Junge hat Recht“, murmelte er. „Es riecht wirklich gut.“

„Das kostet dich einen Nickel, Nightshade.“

„Schreib es auf“, sagte er, während sie lächelnd zu ihm aufschaute.

Ging ihm dieser Blick nur so durch und durch, weil sie ihn bis jetzt noch nie so angesehen hatte? Er konnte es nicht mit Bestimmtheit sagen. Er wusste nur, dass sie atemberaubend schön war, mit ihrem offen auf die Schultern herabfallenden Haar, das im grellen Küchenlicht leuchtete und sich so herrlich weich anfühlte. Ihre goldbraunen Augen lächelten, in ihnen spiegelte sich Tiefe, Wärme und Humor. Und ihr Mund ... ungeschminkt, wunderschön geformt, leicht geöffnet. Unwiderstehlich.

Er senkte den Kopf und rechnete schon halb damit, dass sie sich versteifte oder zurückzog. Sie tat weder das eine noch das andere. Obwohl sich das Lächeln in ihren Augen in Wachheit verwandelt hatte, war die Wärme nicht daraus verschwunden. Deshalb streifte er versuchsweise und ganz sacht mit seinen Lippen ihre. Aus weit geöffneten Augen beobachteten sie sich gegenseitig, als ob sie einzuschätzen versuchten, ob der andere gleich einen Schritt zurück oder einen Sprung nach vorn machen würde.

Als sie willig in seinen Armen blieb, begann er sanft an ihrer Unterlippe zu knabbern. Er spürte, wie sie erschauerte, sah, wie sich ihre Augen verdunkelten, verschleierten. Aber sie blieben offen und auf ihn gerichtet.

Sie wollte ihn sehen. Musste ihn sehen. Weil sie Angst hatte, dass sie, wenn sie die Augen schlösse, in das tiefe schwarze Loch fallen könnte, das sich vor ihr auftat. Sie musste sehen, wer er war, musste versuchen zu verstehen, was dieser eine Mann an sich hatte und warum sie bei ihm diese seltsame tiefe Sehnsucht nach Hingabe und Verschmelzung verspürte.

Das war ihr vorher noch nie mit einem Mann passiert. Dabei war sie stets so stolz darauf gewesen, dass sie im Unterschied zu anderen gegen alle Verführungsversuche immun zu sein schien.

Doch als er den Kuss langsam, zärtlich überredend vertiefte, so dass in diesen Kontakt nicht nur ihre Lippen, sondern auch ihr Kopf, ihr Herz und ihr Körper eingeschlossen waren, begann sie sich zum ersten Mal zu fragen, was ihr möglicherweise bisher entgangen sein könnte, weil sie es nie zugelassen hatte, dass sich Stärke und Hingabe mischten.

„Althea ...“, flüsterte er zärtlich. „Komm mit ...“

Sie verstand, worum er sie bat. Er wollte, dass sie sich losließ, dass sie den freien Fall riskierte. Dass sie sich ihm auslieferte, so wie er bereit war, sich ihr auszuliefern.

Dass sie spielte, obwohl sie nicht in der Lage war, ihre Chancen genau einzuschätzen.

Er schloss zuerst die Augen. Die weiche, einschläfernde Wärme verwandelte sich in ein Sehnen, ein Sehnen, das reine Lust war. Sie seufzte, während sie ebenfalls die Augen schloss.

„He! Was wird denn jetzt mit diesen Bieren ... oh!“ Boyd

zuckte zurück und konnte sich nur mit Mühe ein Grinsen verbeißen. Er schob seine Hände in die Hosentaschen und schaffte es gerade noch, sich davon abzuhalten, durch die Zähne zu pfeifen, als sein alter Freund und seine ehemalige Partnerin wie zwei auf frischer Tat ertappte Einbrecher auseinander fuhren.

„'tschuldigung." Er schlenderte zum Tresen, um die Bierflaschen selbst zu holen. Er konnte sich nicht erinnern, Althea in all den Jahren jemals derartig weggetreten erlebt zu haben. „Mit dieser Küche muss es etwas auf sich haben", fügte er auf dem Weg zur Tür noch hinzu. „Ich könnte wirklich unmöglich sagen, wie oft ich mich selbst schon in einer ganz ähnlichen Situation hier wiedergefunden habe."

Damit zog er die Tür hinter sich zu. Althea atmete lange aus.

„Oh Mann", war alles, was sie herausbrachte.

Colt legte ihr eine Hand auf die Schulter. Nicht etwa, weil er sich irgendwo hätte abstützen müssen, wie er sich selbst versicherte, obwohl er in der Tat ganz weiche Knie hatte. „Er kam mir verdammt süffisant vor, dir nicht?"

„Das wird er mir immer wieder unter die Nase reiben", brummte sie. „Außerdem wird er es Cilla erzählen, damit sie dasselbe machen kann."

„Ich könnte mir vorstellen, dass sie Besseres zu tun haben."

„Sie sind verheiratet", schoss sie zurück. „Ehepaare lieben es ... lieben es ... über ..."

„Über was?"

„Na ja ... über andere Leute zu tratschen, eben."

Dass sie so durcheinander war, gefiel Colt. Er war überzeugt davon, dass nur ganz wenige Auserwählte den coolen Lieutenant je in Verlegenheit gesehen hatten. Von dieser Erfahrung wollte er jeden Moment genießen. Grinsend lehnte er sich an den Tresen.

„Weißt du was? Wenn du sie richtig fertig machen willst, musst du mich heute Nacht mit zu dir nehmen."

„Nur in deinen Träumen, Nightshade."

Er hob eine Augenbraue. Ihre Stimme hatte ein kleines bisschen gezittert. Das gefiel ihm, es gefiel ihm sogar sehr. „Tja, so sieht es im Moment wahrscheinlich aus, Darling. Aber ich sage dir gleich, dass ich nicht bereit bin, noch sehr viel länger zu warten, bis diese Träume Wirklichkeit werden."

Um ihre Hände ruhig zu halten, griff sie nach ihrem Weinglas und trank einen Schluck. „Soll das eine Drohung sein?"

„Althea." Seine Stimme klang, als ob er alle Geduld der Welt hätte. Das fand er amüsant, weil er sich nicht erinnern konnte, jemals in seinem Leben geduldig gewesen zu sein. „Wir wissen beide, dass sich das, was sich eben zwischen uns abgespielt hat, nie und nimmer in eine Drohung verwandeln kann. Es war schön." Er fuhr ihr mit einem Finger übers Haar. „Und wenn wir allein gewesen wären, wäre es noch viel schöner gewesen." Obwohl sich seine Absicht durch ein Aufflackern in seinen Augen ankündigte, gelang es ihr nicht, die Tat zu vereiteln. Seine Finger schoben sich in ihr Haar, hielten ihren Kopf fest. „Ich will dich, Althea, und zwar sehr. Und darüber kannst du denken, was immer du willst."

Sie spürte, wie ihr etwas über den Rücken rieselte. Angst war es nicht. Sie war lange genug Polizistin, um Angst in all ihren Erscheinungsformen erkennen zu können. Und ihre eigenen Erfahrungen hatten sie vorsichtig gemacht. „Mir scheint, dass du ziemlich viel willst. Du willst Liz zurück, du willst, dass die Männer, die sie gefangen halten, geschnappt und zur Verantwortung gezogen werden. Du willst das alles auf deine Art, aber mit meiner Hilfe erreichen. Und dann willst du ...“, sie trank noch einen Schluck Wein, „... auch noch mit mir ins Bett.“

Sie ist wirklich erstaunlich, dachte Colt. Obwohl es ihr in einem gewissen Ausmaß mit Sicherheit nicht anders ging als ihm, hätte sie ebenso gut übers Wetter reden können. „Damit dürfte so ungefähr alles abgedeckt sein. Warum erzählst du mir jetzt nicht zur Abwechslung mal, was du willst?“

Sie fürchtete, sehr genau zu wissen, was sie wollte, und es stimmte mit dem, was er wollte, vollständig überein. „Der Unterschied zwischen uns beiden ist, dass ich weiß, dass man nicht alles, was man sich wünscht, bekommt, Nightshade. So, und jetzt werde ich gehen. Ich habe einen anstrengenden Tag hinter mir. Wenn du Lust hast, kannst du morgen irgendwann vorbeikommen. Bis dahin werden wir die Phantombilder von Meena haben. Vielleicht ergibt sich ja irgendwas, wenn wir sie durch den Computer jagen.“

„Alles klar.“ Er würde sie gehen lassen – diesmal noch, dachte er. Das Problem mit einer Frau wie Althea war, dass ein Mann es nicht schaffte, die Finger von ihr zu lassen, während er sich gleichzeitig wünschte, sie möge von sich aus zu ihm kommen.

„Thea?“

Sie blieb an der Küchentür stehen, schaute zurück. „Ja?“

„Und was machen wir mit uns?“

Sie spürte, wie ein Seufzer in ihr aufstieg – kein Seufzer der Müdigkeit, sondern des Verlangens –, und schluckte ihn hinunter. „Ich weiß nicht“, sagte sie mit aller Aufrichtigkeit, die sie aufbringen konnte. „Ich wünschte, ich wüsste es.“

Am nächsten Morgen um halb zehn war Colt in Altheas Büro und wartete ungeduldig. Aus reiner Langeweile blätterte er einige Unterlagen auf ihrem Schreibtisch durch. Berichte, die in dieser ganz speziellen Sprache, die Cops benutzten, verfasst waren, eine Sprache, die präzise und blumig zugleich war. Fahrzeuge bewegten sich in südwestlicher Richtung fort, mutmaßliche Täter verursachten Tumulte, Polizeibeamte führten als Reaktion auf 312s und 315s Festnahmen durch.

Ihr Bericht war verdammt gut geschrieben, vorausgesetzt, man stand auf so bürokratischen Müll. Was bei ihr offenbar der Fall ist, überlegte er, während er den Schnellhefter zuklappte. Vielleicht war es sein größtes Problem zu wissen, dass es so viel mehr von ihr zu sagen gab, als dass sie eine superkorrekte Polizistin war.

Er hatte gesehen, wie sie, ungerührt wie ein Stein, eine Pistole gehalten hatte, während sich in ihren Augen Angst und Entschlossenheit eine erbitterte Schlacht geliefert hatten. Er hatte gespürt, wie leidenschaftlich sie auf seine spontane Umarmung reagiert hatte. Er hatte beobachtet, wie sie ein Kind an sich gedrückt und gestreichelt hatte, hatte gesehen, wie sie vor Mitgefühl weich und vor Zorn hart geworden war wie ein Hagelkorn.

Er hatte zu viel von ihr gesehen und wusste doch, dass es längst noch nicht genug war.

Liz hatte Priorität, musste Vorrang vor allem haben. Und doch hatte sich Althea bei ihm eingenistet wie ein Stachel in seinem Fleisch. Heiß, schmerzhaft und unmöglich zu ignorieren.

Es machte ihn wütend. Es machte ihn nervös. Und als sie schließlich zur Tür hereingefegt kam, knurrte er ungehalten: „Ich warte jetzt schon fast eine geschlagene Stunde. Dafür habe ich keine Zeit."

„Das ist schade." Sie deponierte noch einen Aktenordner auf dem Schreibtisch, wobei sie sofort sah, dass er in ihren Unterlagen herumgestöbert hatte. „Vielleicht siehst du ja zu viel fern, Nightshade. Das gibts nämlich nur im Fernsehen, dass ein Cop immer nur einen einzigen Fall bearbeitet."

„Ich bin kein Cop."

„Das ist nicht zu übersehen. Und wenn du nächstes Mal auf mich wartest, wäre ich dir sehr verbunden, wenn du nicht in meinen Sachen herumschnüffeln würdest."

„Hör zu, Lieutenant ..." Er fluchte, als ihr Telefon klingelte.

„Grayson." Während sie sich meldete, glitt sie auf ihren Stuhl, wobei sich ihre Hand bereits nach einem Stift ausstreckte. „Ja. Ja, verstanden. Das war gute Arbeit, Sergeant. Ich weiß es zu schätzen. Das mache ich ganz bestimmt, falls ich in Ihre Gegend komme. Noch mal vielen Dank." Sie unterbrach die Verbindung und begann umgehend eine Nummer zu wählen. „Die Kollegen in Kansas City haben Jades Mutter ausfindig gemacht", informierte sie Colt. „Sie ist von Kansas nach Missouri umgezogen."

„Ist Jade bei ihr?"

„Das versuche ich gerade herauszufinden." Während sie wartete, dass sich am anderen Ende der Leitung jemand meldete, schaute Althea auf ihre Uhr. „Sie arbeitet abends als

Kellnerin. Von daher besteht eine gute Chance, dass ich sie um diese Tageszeit zu Hause erreiche."

Bevor Colt etwas sagen konnte, gab Althea ihm mit der Hand ein Zeichen, dass er ruhig sein sollte.

„Hallo, könnte ich bitte mit Janice Willowby sprechen?" Eine schlaftrunkene und offensichtlich verärgerte Stimme sagte ihr, dass Janice nicht dort lebte. „Ist da Mrs. Willowby? Mrs. Willowby, hier ist Lieutenant Grayson, Polizeidezernat Denver ... nein, Ma'am, sie hat nichts angestellt. Sie steckt nicht in Schwierigkeiten. Wir hoffen nur, dass sie uns vielleicht bei einem Fall weiterhelfen kann. Haben Sie sie in den letzten zwei Wochen gesprochen?" Sie hörte sich geduldig an, wie die Frau wortreich beteuerte, während dieser Zeit keinerlei Kontakt mit ihrer Tochter gehabt zu haben, und verärgert nach einer Erklärung verlangte. „Mrs. Willowby, Janice ist nicht auf der Flucht vor der Polizei und steht auch nicht unter dem Verdacht, eine Gesetzwidrigkeit begangen zu haben. Aber wir müssen trotzdem dringend mit ihr sprechen." Dann trat ein hartes Glitzern in ihre Augen. „Wie bitte? Da Janice nicht gesucht wird, weil sie sich strafbar gemacht hat, wüsste ich nicht, wofür eine Belohnung ..."

Colt legte eine Hand über den Hörer. „Fünftausend", sagte er. „Wenn sie uns sagt, wo wir Jade finden können und Jade uns zu Liz führt, bekommt sie fünftausend." Er sah ihr an, dass ihr sein Vorschlag ganz gehörig gegen den Strich ging, aber er hielt daran fest. „Es liegt nicht in deinem Ermessen. Die Belohnung wurde von privat ausgesetzt."

Sie schluckte ihren Widerwillen hinunter. „Mrs. Willowby, es gibt da Privatpersonen, die für sachdienliche Hinweise fünftausend Dollar Belohnung ausgesetzt haben, vorausgesetzt, dass die Informationen zur Aufklärung dieses Falls führen. Ja, ich bin mir sehr sicher, dass Sie das Geld in bar bekommen können. Oh ja, ich bin mir sicher, dass Sie alles, was in Ihren Möglichkeiten steht, tun werden. Sie können mich vierundzwanzig Stunden am Tag unter dieser Nummer erreichen." Sie wiederholte ihre Telefonnummer zweimal. „Abholen, natürlich. Mein Name ist Lieutenant Althea Grayson, Denver. Das hoffe ich."

Nachdem sie aufgelegt hatte, schnappte sie empört nach Luft. „Kein Wunder, dass Mädchen wie Jade von zu Hause weglaufen und auf der Straße enden. Sie interessiert sich überhaupt nicht für ihre Tochter und hat bloß Angst, dass irgendetwas auf sie zurückfallen könnte. Wenn Jade in irgendwelchen Schwierigkeiten stecken würde, würde sie ihre Tochter, ohne eine Miene zu verziehen, an den Meistbietenden versteigern."

„Nicht jede Frau hat eben einen so ausgeprägten Mutterinstinkt wie Donna Reed."

„Wem sagst du das." Weil ihre Gefühle sie bei der Arbeit nur behinderten, unterdrückte Althea sie rigoros. „Meena arbeitet mit einem Kollegen an den Phantombildern, und sie sind schon ein gutes Stück weitergekommen. Eins der Bilder hat eine täuschende Ähnlichkeit mit einem der Stars, die wir gestern in der Videoproduktion gesehen haben."

„Mit welchem denn?"

„Dem Typ in dem roten Leder-String-Tanga. Wir starten erst mal eine Suche im Computer. Es wird eine Weile dauern."

„Ich habe aber keine Zeit."

Sie legte ihren Stift weg, faltete die Hände. Du wirst nicht wütend, nahm sie sich fest vor. Nicht schon wieder. „Hast du einen besseren Vorschlag?"

„Nein." Er wandte sich ab, dann fuhr er wieder herum und fragte: „Hat man in dem Auto, aus dem auf Billings geschossen wurde, irgendwelche verdächtigen Fingerabdrücke gefunden?"

„Nein, nur die des Zahnarztehepaars."

„Und im Penthouse?"

„Bis jetzt überhaupt keine. Dafür ein paar Fusseln. Sie werden uns zwar nicht helfen, die Kerle zu schnappen, aber beim Prozess können sie uns unter Umständen gute Dienste leisten. Die Spurensicherung untersucht das Video und den Brief. Vielleicht haben wir ja Glück, und sie finden irgendwas."

„Was ist mit vermissten Personen? Eine Jane Doe in der Gerichtsmedizin? Jade glaubt, dass eins der Mädchen getötet wurde."

„Bis jetzt hat man nichts gefunden. Wenn sie wirklich ein Mädchen umgebracht haben, und sie hat dieses Leben schon seit einer Weile geführt, ist eine Vermisstenanzeige unwahrscheinlich. Ich habe mir alle nicht identifizierten Toten der letzten drei Monate vorgenommen. Keine passt in das Profil."

„Und was ist mit Obdachlosenasylen, Heimen für Ausreißer, Rehabilitationszentren?"

„Noch nicht überprüft." Sie zögerte, dann entschied sie, dass es besser war, mit ihm darüber zu reden. „Ich grüble schon die ganze Zeit über etwas nach."

„Spuck es aus."

„Wir haben hier ein paar Kolleginnen, die wirklich noch blutjung aussehen. Gute Polizistinnen. Wir könnten sie auf der

Straße verdeckt ermitteln lassen. Vielleicht bekommen sie ja ein Filmangebot."

Colt dachte darüber nach. Es würde auf jeden Fall dauern, aber es gab zumindest eine kleine Chance, dass sich dabei etwas ergeben könnte. „Keine leichte Aufgabe. Traust du es jemandem zu, damit zurechtzukommen?"

„Das sagte ich bereits. Ich würde es ja selbst machen ..."

„Nein." Es klang so scharf wie ein Peitschenknall.

Althea fuhr, ohne eine Miene zu verziehen, fort: „Ich sagte, ich würde es selbst machen, aber ich kann mich nicht mehr für eine Minderjährige ausgeben, und unsere Filmproduzenten bevorzugen offensichtlich Kinder. Ich werde es in die Wege leiten."

„Okay. Kann ich von dem Video eine Kopie bekommen?"

Sie lächelte dünn. „Langweilst du dich abends?"

„Sehr komisch. Bekomme ich eine?"

Sie dachte darüber nach. Es war zwar keine übliche Verfahrensweise, aber schaden konnte es auch nicht. „Ich kläre es mit dem Labor ab. In der Zwischenzeit werde ich den Barkeeper im Clancy's ein bisschen nerven. Ich gehe jede Wette ein, dass er der Bande auf der Second Avenue den Tipp gegeben hat. Vielleicht schaffen wir es ja diesmal, etwas aus ihm herauszuholen."

„Ich komme mit."

Sie schüttelte den Kopf. „Ich nehme Sweeney mit." Sie lächelte, offen, entspannt. „Ein großer irischer Cop, und eine Kneipe, die sich Clancy's nennt. Es passt einfach zu gut."

„Er ist ein lausiger Pokerspieler."

„Ja, aber ein unheimlich netter Mann", sagte sie, wobei sie

ihn damit überraschte, dass sie sein Englisch mit dem starken irischen Akzent nachäffte.

„Wie wärs, wenn ich trotzdem mitkomme?"

„Wie wärs, wenn du wartest, bis ich dich anrufe?" Sie stand auf und zog einen dunkelblauen Blazer von ihrer Stuhllehne. Dazu trug sie eine passende Bügelfaltenhose und eine Seidenbluse in einem helleren Blau. Ihr Schulterholster und die Waffe wirkten an ihr so selbstverständlich, dass sie genauso gut ein modisches Accessoire hätten sein können.

„Du rufst mich an."

„Das sagte ich bereits."

Weil ihm danach zu Mute war, legte er seine Hände auf ihre Schultern und lehnte kurz seine Stirn gegen ihre. „Marleen hat mich heute früh angerufen. Der Gedanke, dass ich ihr falsche Hoffnungen gemacht haben könnte, gefällt mir gar nicht, aber ich habe ihr trotzdem erzählt, dass wir schon ein ganzes Stück weitergekommen sind. Ich musste es sagen."

„Wenn sie sich dabei nur minimal besser fühlt, hast du das Richtige getan." Sie konnte einfach nicht widerstehen. Um ihn zu trösten, legte sie ihm kurz eine Hand an die Wange, dann ließ sie sie wieder sinken. „Kopf hoch, Nightshade. Wir haben in kurzer Zeit schon eine ganze Menge Informationen gesammelt."

„Ja." Er hob den Kopf und ließ seine Hände an ihren Armen nach unten gleiten, bis er seine Finger mit ihren verschränken konnte. „Jetzt lasse ich dich mit deinem formidablen Iren gehen. Aber noch eins." Er schaute auf ihre ineinander verschlungenen Finger, sah, wie verschieden sie in Form der Hautbeschaffenheit, der Farbe und der Größe waren. „Früher oder später werden wir diese Sache hier hinter uns haben." Sein Blick suchte ihren. „Und dann werden wir uns um andere Dinge kümmern."

„Kann schon sein. Aber was am Ende dabei herauskommt, wird dir möglicherweise nicht gefallen."

Er fing ihr Kinn mit einer Hand ein und gab ihr einen harten Kuss auf den Mund, dann ließ er sie ganz schnell los, bevor er es nicht mehr konnte. „Das Gleiche gilt für dich. Sieh dich gut vor, Lieutenant."

„Ich bin schon vorsichtig auf die Welt gekommen, Nightshade." Damit verließ sie, im Gehen in ihre Jacke schlüpfend, den Raum.

Zehn Stunden später stellte sie ihr Auto in der Tiefgarage ihres Wohnhauses ab und ging zum Aufzug. Jetzt freute sie sich auf eine schöne heiße Badewanne, ein Glas kalten Wein und einen langsamen Blues mit tiefen Bässen.

Während der Aufzug nach oben glitt, lehnte sie sich gegen die Wand und schloss die Augen. Bei dem Barkeeper hatten sie nicht viel erreicht. Das Wedeln mit ein paar Geldscheinen hatte nicht verfangen und versteckte Drohungen auch nicht. Althea zweifelte nicht daran, dass er etwas mit dem Pornoring zu tun hatte, genauso wenig wie sie bezweifelte, dass er fürchtete, ihm könnte dasselbe Schicksal blühen wie Wild Bill.

Deshalb brauchte sie mehr als nur eine Drohung. Sie musste etwas über Leo Dorsetti herausfinden, das es ihr erlaubte, ihn zum Verhör mit aufs Revier zu nehmen.

Und wenn sie ihn erst einmal dort hatte, würde sie ihn schon zum Reden bringen, dessen war sie sich sicher.

Als sie aus dem Aufzug auf den Flur trat, kramte sie in ihrer Handtasche nach ihren Wohnungsschlüsseln. Jetzt wurde es Zeit, wenigstens für ein, zwei Stunden zu vergessen, dass sie Polizistin war. Wenn man von einem Fall allzu besessen war, fing man unweigerlich irgendwann an, Fehler zu machen. Deshalb würde sie die Sache fürs Erste in den hintersten Winkel ihres Kopfes verbannen, damit sich alles, was damit zusammenhing, ein bisschen setzen konnte, und sich einfach nur einen schönen gemütlichen Abend machen, bei dem sie nur an sich denken würde.

Ihre Wohnungstür war bereits offen, als in ihrem Kopf eine Glocke schrillte. Sie fragte sich nicht, was den Alarm ausgelöst hatte, sondern zog einfach nur blitzschnell ihre Waffe. Mechanisch spulte sie die vertraute Routine ab, indem sie in alle Ecken und hinter die Tür schaute.

Ihre Augen suchten den Raum ab, registrierten, dass alles an seinem Platz war, wenn man mal von der Bessie-Smith-Platte absah, die sich auf dem Plattenteller drehte. Und von dem Duft, der in der Luft hing. Sie schnupperte und roch Essen, irgendetwas Scharfes. Ihr lief das Wasser im Mund zusammen, obwohl ihr Verstand auf der Hut blieb.

Ein Geräusch aus der Küche veranlasste sie herumzuwirbeln, die weit auseinander gestellten Füße fest in den Boden gestemmt, die Waffe in beiden Händen haltend.

Colt blieb, sich die Hände an einem Geschirrtuch abwischend, auf der Schwelle stehen. Er lehnte sich lächelnd gegen den Türstock und fragte: „Hi Darling, wie war dein Tag?“

6. KAPITEL

Althea nahm ihre Waffe herunter. Sie erhob ihre Stimme nicht. Die ruhigen, klaren Worte, die sie wählte, verrieten mehr von ihren Gefühlen, als Geschrei es hätte tun können.

Nachdem sie alles losgeworden war, was sie zu sagen hatte, konnte Colt nur bewundernd den Kopf schütteln. „Ich glaube nicht, dass man mich jemals schon stilvoller verflucht hat. Aber jetzt wäre ich dir dankbar, wenn du diese Kanone wegstecken könntest. Obwohl ich kaum glaube, dass du sie benutzen und riskieren würdest, dass ich deinen Fußboden voll blute."

„Vielleicht ist es mir das ja wert." Ohne ihn aus den Augen zu lassen, schob sie die Pistole wieder in das Holster. „Sie haben das Recht zu schweigen ..." begann sie.

Colt war weise genug, ein Auflachen zu unterdrücken. Er hob eine Hand. „Was machst du?"

„Ich kläre dich über deine Rechte auf, bevor ich dich wegen Einbruch verhafte."

Er bezweifelte nicht, dass sie dazu imstande wäre. Sie würde, ohne eine Miene zu verziehen, seine Personalien aufnehmen, seine Fingerabdrücke nehmen und Polizeifotos von ihm anfertigen lassen. „Ich bin bereit, auf alle meine Rechte zu verzichten, vorausgesetzt, du hörst dir meine Erklärung an."

„Hoffentlich ist sie gut." Sie zog ihren Blazer aus und warf ihn über eine Stuhllehne. „Wie bist du hier reingekommen?"

„Ich ... äh ... durch die Tür?"

Ihre Augen verengten sich. „Du hast das Recht auf einen Anwalt, Nightshade."

Mit Humor kam er offenbar nicht weiter. „Also gut, ich bin eingebrochen." Er hob um Verzeihung bittend die Hände. „Ich habe das Schloss geknackt. Obwohl es ein verflucht gutes war. Oder ich bin inzwischen schon ein bisschen aus der Übung."

„Du hast also das Schloss geknackt." Sie nickte, als ob sie nichts anderes erwartet hätte. „Du trägst unter deiner Kleidung eine Waffe ... eine ASP 9 Millimeter ..."

„Gut beobachtet, Lieutenant."

„Und ein Messer, das die Grenze des Erlaubten wahrscheinlich überschreitet", fuhr sie fort. „Und jetzt sieht es so aus, als ob du auch noch einen Dietrich mit dir herumschleppst."

„Ist manchmal ganz praktisch." Und es war etwas, worüber er sich nicht allzu ausführlich auslassen wollte, solange sie in dieser Stimmung war. „Also, ich dachte mir einfach, dass du wahrscheinlich einen anstrengenden Tag hinter dir hast und es verdienst, beim Nachhausekommen ein warmes Essen und eine kalte Flasche Wein vorzufinden. Natürlich konnte ich mir denken, dass du ein bisschen sauer sein würdest, wenn du mich hier vorfindest. Aber ich musste daran glauben, dass du schon darüber hinwegkommen wirst, wenn du erst meine Linguini gekostet hast."

Vielleicht ist ja alles vorbei, wenn du die Augen zu- und wieder aufmachst, überlegte sie. Doch als sie es machte, stand er immer noch grinsend vor ihr. „Deine Linguini?"

„Linguini mit Meeresfrüchten. Ich würde ja behaupten, dass es ein Rezept meiner Mutter ist, aber sie hat in ihrem Leben nie auch nur ein Ei gekocht. Wie wärs mit einem Glas Wein?"

„Klar. Warum eigentlich nicht, verdammt?"

„So ist es richtig." Er verschwand wieder in der Küche. Althea beschloss, dass sie ihn später immer noch erwürgen konnte, und folgte ihm. In der Luft hing ein himmlischer Duft. „Du trinkst gern Weißwein", sagte er, während er zwei ihrer besten Kristallgläser füllte. „Das hier ist ein schöner vollmundiger Italiener, der meiner Soße in nichts nachstehen wird. Kühn und doch klassisch. Warten wir's ab, ob er dir gefällt."

Sie nahm das Glas entgegen, stieß mit ihm an und trank einen Schluck. Der Wein schmeckte einfach himmlisch. „Wer zum Teufel bist du, Nightshade? Warum machst du das?"

„Ich bin die Antwort auf deine Gebete. Warum gehen wir nicht wieder nach nebenan und setzen uns? Außerdem willst du doch bestimmt deine Schuhe ausziehen."

Das wollte sie tatsächlich, aber sie ließ sie trotzdem an und ging wieder ins Wohnzimmer, wo sie sich auf die Couch setzte. „Sag es mir."

„Das habe ich bereits."

„Also, wenn du dir keinen Anwalt leisten kannst ..."

„Gott, bist du penetrant." Er atmete tief aus und machte es sich neben ihr bequem. „Okay. Ich hatte ein paar gute Gründe. Zum einen weiß ich, dass du eine Menge Zeit für meine Angelegenheiten aufwendest ..."

„Ich mache nur meinen ..."

„Job?" beendete er ihren Satz für sie. „Kann sein. Aber ich weiß, wann sich jemand so einsetzt, dass es von seiner Freizeit abgeht, und deshalb ist das Essen hier einfach ein Weg, dir zu danken."

Sie fand, dass es eine verdammt nette Geste war, aber sie war nicht bereit, es auszusprechen. Noch nicht. „Du hättest es mir vorher sagen können."

„Es war eine spontane Eingebung. Weißt du überhaupt, was das ist?"

„Du solltest dein Glück nicht herausfordern, Nightshade."

„Da ist was dran. Also gut, kommen wir zurück zu den Gründen. Da ist auch noch die Tatsache, dass ich es bis jetzt noch nicht geschafft habe, diesen ganzen Schlamassel länger als eine Stunde am Stück aus meinem Kopf zu verbannen. Vom Kochen bekomme ich neue Energie. Und da nicht davon auszugehen war, dass Maria mir ihren Herd überlassen würde, dachte ich an dich." Er wickelte sich eine Haarsträhne von ihr um den Finger. „So wie ich überhaupt oft an dich denke. Und schließlich und endlich wollte ich einfach nur den Abend mit dir verbringen."

Jetzt hatte er sie. Althea hätte gern geglaubt, dass es nur die aus der Küche herüberziehenden köstlichen Düfte waren, die ihr Herz erweichten, aber sie glaubte es nicht. „Und deshalb bist du in meine Wohnung eingebrochen und in meine Intimsphäre eingedrungen."

„Ich habe nur in deinen Küchenschränken herumgestöbert. Auch wenn ich in Versuchung war", gestand er, „aber weiter bin ich nicht gegangen."

Mit gerunzelter Stirn schwenkte Althea den Wein in ihrem Glas. „Ich mag deinen Stil nicht, Nightshade. Aber deine Linguini werde ich wahrscheinlich mögen."

Sie mochte sie nicht nur. Sie schmolz förmlich dahin. Es war schwer, einen Groll aufrechtzuerhalten, wenn der Gaumen dermaßen verwöhnt wurde. Colt war nicht der erste Mann, der für sie kochte, aber sie konnte sich nicht erinnern, jemals so entzückt gewesen zu sein.

Colt Nightshade, der unter seinen ausgewaschenen Jeans sehr wahrscheinlich bis an die Zähne bewaffnet war, servierte ihr bei Kerzenschein Pasta. Nicht, dass sie es romantisch fände. Sie war viel zu gewieft, um in irgendwelche herkömmlichen Fallen zu tappen. Aber es war lustig und irgendwie total süß.

Während sie ihre erste Portion aufaß und die zweite in Angriff nahm, erzählte sie ihm von den Fortschritten, die sie gemacht hatte.

Die Laborberichte wurden in den nächsten vierundzwanzig Stunden erwartet, der Barkeeper aus dem Clancy's stand unter Beobachtung, außerdem wurden Vorbereitungen getroffen, eine Polizistin, die verdeckt ermitteln sollte, auf die Straße zu schicken.

Colt hörte genau zu und erzählte dann seine eigenen Neuigkeiten. Er hatte an diesem Nachmittag mit einem der Mädchen vom Straßenstrich gesprochen. Ob es seinem Charme zu verdanken war oder dem Geld, das von einer Hand in die andere gewandert war, ließ sich nicht sagen, aber auf jeden Fall hatte er erfahren, dass ein Mädchen namens Lacy schon seit mehreren Wochen nicht mehr an ihrem Stammplatz gewesen war.

„Sie passt in das Profil", fuhr er fort, während er Altheas Weinglas auffüllte. „Sehr jung, klein und zierlich. Sie ist eigentlich brünett, trägt aber oft eine blonde Perücke."

„Hatte sie einen Zuhälter?"

„Nein, sie war freischaffend. Ich habe mit ihrem Vermieter gesprochen." Colt brach ein Stück Knoblauchbrot in zwei Hälften und reichte eine davon Althea. „Da sie mit der Miete mehrere Wochen im Rückstand war, hat er ihren Kram zusammengepackt. Versetzt, was versetzt werden konnte, und den Rest weggeworfen."

„Ich werde nachfragen, ob man sie bei der Sitte kennt."

„Gut. Außerdem war ich in verschiedenen Unterkünften", fuhr er fort, „um das Foto von Liz herumzuzeigen und die Phantombilder." Er runzelte die Stirn und stocherte in seinen letzten Nudeln herum. „Aber ich konnte niemanden dazu bringen, irgendwen zu identifizieren. Es war schon schwer genug, die Kids zu überreden, dass sie überhaupt einen Blick darauf werfen. Die meisten von ihnen geben sich taff und unbesiegbar, dabei steht in ihren Augen nur Verwirrung."

„Wenn man mit dieser Art Verwirrung zurechtkommen will, muss man taff sein. Die meisten von ihnen kommen aus zerrütteten Familien, in denen Alkohol- und Drogenmissbrauch, körperliche Misshandlung und sexueller Missbrauch an der Tagesordnung sind. Oder sie sind selbst drogenabhängig und wissen nicht, wie sie von ihrer Sucht loskommen sollen." Sie bewegte ihre Schultern. „Wie auch immer, auf jeden Fall scheint Ausreißen der beste Ausweg zu sein."

„Aber bei Liz war es anders."

„Ja", pflichtete sie ihm bei. Jetzt wird es auch für ihn langsam Zeit abzuschalten, entschied sie. Und wenn nur für ein paar Minuten. Sie kratzte den letzten Bissen von ihrem Teller. „Weißt du, Nightshade, du solltest aufhören, den Abenteurer zu spielen, und ins Cateringgeschäft einsteigen. Du könntest ein Vermögen damit machen."

Ihm war klar, worauf sie hinauswollte, deshalb unterstützte er sie nach Kräften. „Ich ziehe kleine intime Partys vor."

Sie suchte kurz seinen Blick und schaute dann wieder auf ihr Glas. „Wenn es nicht deine Mutter war, die dir beigebracht hat, diese köstlichen Linguini zu kochen, wer war es dann?“

„Wir hatten in meiner Kindheit diese tolle irische Köchin, Mrs. O'Malley.“

„Eine irische Köchin, die dir beigebracht hat, italienisch zu kochen.“

„Sie konnte alles, angefangen von Lammsteak bis zu Coq au Vin. ‚Colt, mein Junge‘, hat sie immer zu mir gesagt, ‚das Beste, was ein Mann machen kann, ist zu lernen, wie man gut für sich selbst sorgt. Sich von einer Frau abhängig zu machen, nur weil man sich den Bauch voll schlagen will, ist ein großer Fehler.‘“ Bei der Erinnerung daran musste er grinsen. „Wenn ich wieder mal in Schwierigkeiten steckte, was meistens der Fall war, musste ich mich zu ihr in die Küche setzen. Dann hielt sie mir ellenlange Vorträge über gutes Benehmen und wie man am besten ein Hähnchen zerlegt.“

„Tolle Mischung.“

„Das Zeug über gutes Benehmen blieb nicht hängen.“ Er prostete ihr zu. „Dafür kann ich eine köstliche Chicken Pie machen. Und als Mrs. O'Malley in Rente ging – das ist jetzt fast zwanzig Jahre her –, verfiel meine Mutter in Depressionen.“

Altheas Lippen schlossen sich um den Rand ihres Weinglases. „Und stellte eine neue Köchin ein.“

„Einen Koch. Einen Franzosen mit miserablen Umgangsformen. Sie vergöttert ihn.“

„Ein französischer Koch in Wyoming.“

„Ich lebe in Wyoming“, sagte er. „Sie leben in Houston. So

kommen wir besser miteinander aus. Was ist mit deiner Familie? Sind sie von hier?“

„Ich habe keine. Was ist mit deinem Juraexamen? Warum hast du nichts damit gemacht?“

„Ich habe nicht gesagt, dass ich nichts damit gemacht habe.“ Er musterte sie einen Moment. Sie war seiner Frage geschickt ausgewichen. Darauf musste er später noch einmal zurückkommen. „Mir ist nur klar geworden, dass es mir keinen Spaß macht, viele Stunden am Tag über Akten und Gesetzestexte zu brüten, nur um das Gesetz mit juristischen Spitzfindigkeiten auszuhebeln.“

„Und deshalb bist du zur Air Force gegangen.“

„Es war ein guter Weg, zu einem Flugschein zu kommen.“

„Aber du fliegst nicht.“

„Manchmal schon.“ Er lächelte. „Bedaure, Thea. Aber ich passe nun mal in keine Schublade. Ich habe genug Geld, um das zu machen, was mir passt und wann es mir passt.“

Das reichte ihr noch nicht aus. „Und die Armee hat dir nicht gepasst?“

„Eine Weile schon. Und dann hatte ich genug.“ Er zuckte die Schultern und lehnte sich zurück. Das Kerzenlicht flackerte auf seinem Gesicht und in seinen Augen. „Ich habe dort ein paar Dinge gelernt. Genauso wie ich von Mrs. O’Malley ein paar Dinge gelernt habe und auf der Schule und in Harvard und von diesem alten indianischen Pferdetrainer, den ich vor ein paar Jahren in Tulsa kennen gelernt habe. Irgendwann kann man alles, was man mal gelernt hat, brauchen.“

„Und wer hat dir beigebracht, Schlösser zu knacken?“

„Du wirst es doch nicht gegen mich verwenden, oder?“ Er

lehnte sich vor, um ihr mit einem Finger übers Haar zu streichen und Wein nachzuschenken. „Beim Militär. Ich war bei einer Spezialeinheit."

„Verdeckte Operationen", übersetzte sie. Es war keine Überraschung. „Deshalb sind große Teile deiner Personalakte geheim."

„Das ist lauter altes Zeug, bei dem die Geheimhaltungspflicht längst verjährt ist. Aber so läuft es eben, oder nicht? Bürokraten lieben Geheimnisse ebenso sehr wie den Papierkrieg. Ich habe nur Informationen gesammelt oder Informationen gestreut, manchmal um brenzlige Situationen zu entschärfen und manchmal auch, um sie anzuheizen, je nachdem." Er trank wieder einen Schluck. „Man könnte vielleicht sagen, dass ich gewissen Leuten einen Gefallen getan habe – nur dass diese Leute zufälligerweise die Regierung waren." Er verzog leicht die Lippen. „Oder versuchten es zumindest."

„Du magst unser System nicht besonders, stimmts?"

„Ich mag alles, was funktioniert." Für einen winzigen Moment verdunkelten sich seine Augen. „Und ich habe einfach zu viel gesehen, was nicht funktioniert hat. Deshalb ..." Er zuckte die Schultern, und die Anwandlung war verflogen. „... bin ich irgendwann ausgestiegen, ich habe mir ein paar Pferde und ein paar Kühe gekauft und spiele Rancher. Obwohl alte Angewohnheiten offenbar schwer abzulegen sind, weil ich heute wieder Leuten ab und zu einen Gefallen tue. Nur muss ich heute die Leute zuerst einmal mögen."

„Man könnte auf die Idee kommen, dass du dich nicht entscheiden konntest, was du werden willst."

„Schon möglich. Obwohl ich finde, dass ich mich durchaus entschieden habe. Und was ist mit dir? Was ist die Hintergrundstory von Althea Grayson?“

„Keine jedenfalls, aus der sich ein Kassenschlager machen ließe.“ Entspannt stützte sie sich mit den Ellbogen auf dem Tisch auf und fuhr mit ihrem Zeigefinger um den Rand ihres Glases, bis das Kristall summte. „Ich bin sofort mit achtzehn auf die Polizeischule gegangen.“

„Warum?“

„Warum ich Polizistin geworden bin?“ Sie ließ sich Zeit mit ihrer Antwort. „Weil ich im Gegensatz zu dir unser System zu schätzen weiß. Es ist nicht perfekt, aber wenn man dranbleibt, kann man dazu beitragen, dass es funktioniert. Und unser Rechtssystem ... es gibt da draußen Leute, die sich dafür einsetzen, dass es funktioniert. Zu viele Leben verschwinden in irgendwelchen dunklen Spalten. Es ist von Bedeutung, wenn man es schafft, eins davon herauszuziehen.“

„Dagegen ist nichts einzuwenden.“ Ohne zu merken, was er tat, legte er seine Hand über ihre. „Mir war immer klar, dass es Boyds Bestimmung ist, für Recht und Ordnung zu sorgen. Bis vor kurzem war er der einzige Cop, den ich genug respektierte, um ihm zu vertrauen.“

„Wenn ich mich nicht irre, hast du mir eben ein Kompliment gemacht.“

„Du irrst dich nicht. Ihr beide habt eine Menge gemeinsam. Die nüchterne, abgeklärte Sicht der Dinge, eine sture Art von Heldenmut, ein beständiges Mitgefühl.“ Er lächelte und spielte mit ihren Fingern.

„Die Kleine, die wir vom Dach geholt haben ... bei ihr war

ich heute übrigens auch. Sie hält ziemlich große Stücke auf eine hübsche Lady mit roten Haaren, die ihr eine Puppe mitgebracht hat."

„Ich bin am nächsten Tag kurz vorbeigefahren. Das gehört zu meinem Job und ..."

„Blödsinn." Er griff nach ihrer Hand, küsste ihre Fingerspitzen. „Es hatte rein gar nichts mit deinem Job zu tun und alles mit dir. Dass du auch eine weiche Seite hast, macht dich noch lange nicht zu einer schlechteren Polizistin, Thea, sondern nur zu einer freundlicheren."

Obwohl sie sich ausrechnen konnte, wohin es führen würde, entzog sie ihm ihre Hand nicht. „Dass ich eine Schwäche für Kinder habe, heißt noch lange nicht, dass ich auch eine Schwäche für dich habe."

„Hast du aber", murmelte er. „Ich lasse dich nicht kalt." Ohne sie aus den Augen zu lassen, fuhr er mit seinen Lippen an der Innenseite ihres Handgelenks auf und ab. Ihr Puls schlug gleichmäßig, aber schnell.

„Schon möglich." Sie war zu klug, um das Offensichtliche weiterhin abzustreiten. „Was allerdings gar nichts heißt. Ich schlafe nämlich nicht mit jedem Mann, von dem ich mich angezogen fühle."

„Freut mich zu hören. Obwohl du mit mir eine ganze Menge mehr tun wirst, als nur zu schlafen." Er lachte leise auf und drückte ihr noch einen Kuss auf die Hand. „Gott, du kannst dir gar nicht vorstellen, wie sehr ich es liebe, wenn du so süffisant grinst, Thea. Es macht mich verrückt. Womit ich sagen will, dass Schlafen für uns mit Sicherheit nicht die erste Priorität haben wird, wenn wir zusammen ins Bett gehen. Deshalb solltest du vielleicht zusehen, dass du vorher ein bisschen Schlaf bekommst." Er stand auf und zog sie auf die Füße. „Gib mir noch einen Gutenachtkuss, dann werde ich dich nicht länger stören."

Als er sah, wie überrascht sie war, musste er wieder grinsen. Später, wenn er weg war, würde er sich für seine kluge Strategie selbst auf die Schulter klopfen.

„Du dachtest, ich hätte dir nur Essen gekocht und Gesellschaft geleistet, um von da aus zum Sprung in dein Bett anzusetzen." Er stieß einen tiefen Seufzer aus und schüttelte betrübt den Kopf. „Wirklich, Althea, ich bin tief verwundet. Nahezu am Boden zerstört."

Sie lachte und ließ die Hand freundschaftlich in seiner. „Weißt du, Nightshade, manchmal mag ich dich. Fast."

„Siehst du, und damit bist du kurz davor, verrückt nach mir zu sein." Er zog sie an sich, und das Feuer, das in seinen Lenden aufloderte, strafte seinen beiläufigen Ton Lügen. „Und wenn ich mir die Mühe gemacht und auch noch eine Nachspeise gezaubert hätte, würdest du mich anbetteln."

„Dein Pech", gab sie belustigt zurück. „Es ist nämlich allgemein bekannt, dass mich Cannoli in eine vor Leidenschaft glühende Frau verwandeln."

„Du kannst sicher sein, dass ich mich zu gegebener Zeit daran erinnern werde." Er küsste sie leicht, beobachtete, wie sich auf ihrem Gesicht ein Lächeln ausbreitete. Und spürte, wie sein Herz ganz weit wurde. „Aber bestimmt gibt es hier irgendwo in der Nähe eine Bäckerei, wo ich ein paar italienische Törtchen bekommen kann."

„Nein, gibt es nicht. Du hast deine Chance verpasst." Sie legte ihm eine Hand auf die Brust, wobei sie sich gut zuzureden versuchte, dass es besser sei, der Sache einen Riegel vorzuschieben, solange sie ihre Beine noch unter sich spüren konnte. „Danke für die Pasta."

„Gern geschehen." Aber er fuhr fort, sie anzuschauen, wobei sein Blick schärfer wurde, als ob er versuchte, durch die elfenbeinfarbene Haut und die zarten Knochen bis auf den Grund ihrer Seele zu schauen. Irgendetwas passiert da, dachte er. In ihr ging irgendetwas vor, aber er wusste nicht genau, was. „Da ist irgendwas in deinen Augen."

Ihre Nervenstränge vibrierten. „Was denn?"

„Ich weiß nicht", sagte er nachdenklich. „Manchmal kann ich es fast sehen. Und wenn ich es sehe, frage ich mich jedes Mal, wo du in Gedanken bist. Wo wir hingehen."

In ihrer Lunge staute sich die Luft. Sie versuchte vorsichtig, tief durchzuatmen. „Du gehst nach Hause."

„Ja. In einer Minute. Dir zu sagen, dass du schön bist, wäre zu einfach", murmelte er fast wie zu sich selbst. „Das hörst du zu oft, und es ist zu oberflächlich, um für dich irgendeine Bedeutung zu haben. Mir selbst sollte es eigentlich reichen, aber da ist noch etwas anderes. Ich werde darauf zurückkommen." Er zog sie noch ein bisschen näher an sich, wobei er ihr immer noch tief in die Augen schaute. „Was ist an dir, Althea? Was ist das, was ich nicht abschütteln kann?"

„Es ist nichts. Du bist einfach nur zu sehr daran gewöhnt, nach Schatten Ausschau zu halten."

„Nein, ich sehe sie in deinen Augen." Langsam hob er eine Hand und legte sie an ihre Wange. „Und ich habe ein Problem."

„Was denn für eins?"

„Fühl mal."

Er legte seinen Mund auf ihren, was bewirkte, dass sich augenblicklich jeder Muskel in ihrem Körper entspannte. Der Kuss war nicht fordernd, nicht drängend. Er war schlicht verheerend. Er wurde tiefer und tiefer, bombardierte sie mit Empfindungen, gegen die sie vollkommen wehrlos war. Seine Gefühle brachen aus ihm heraus und überschwemmten sie, drangen in jede ihrer Poren ein, so dass sie davon angefüllt und gleichzeitig von allen Seiten umschlossen war.

Es gibt kein Entkommen, schoss es ihr durch den Kopf, und sie hörte ihr eigenes ersticktes Stöhnen der Verzweiflung mit gedämpfter Zustimmung. Er hatte einen Schutzwall durchbrochen, der für sie zur zweiten Natur geworden war, einen Schutzwall, den vollständig wiederaufzubauen ihr vielleicht nie mehr gelingen würde.

Sie konnte sich wieder und wieder vornehmen, dass sie sich nicht verlieben würde und schon gar nicht in einen Mann, den sie kaum kannte. Aber ihr Herz triumphierte bereits über ihren Verstand.

Er spürte, dass sie etwas von sich hergab – nicht die ganze Zeit, noch nicht –, aber es bewegte sich auf einer anderen Ebene als bisher. Da war mehr als Leidenschaft, obwohl – barmherziger Himmel – wirklich Leidenschaft da war. Doch Colt machte auch noch eine andere Entdeckung. Es war für ihn wie eine Offenbarung zu erfahren, dass eine Frau – diese Frau – ihm den Verstand verwirren, das Herz aufreißen und ihn absolut hilflos machen konnte.

„Ich verliere den Boden unter den Füßen." Er ließ seine Hände fest auf ihren Schultern liegen, während er sich zurückzog. „Und zwar schnell."

„Es ist zu viel." Es war eine armselige Erwiderung, aber die beste, die sie aufbringen konnte.

„Das brauchst du mir nicht zu sagen." Die Anspannung war in ihre Schultern zurückgekehrt und in seine auch. Deshalb zwang er sich, einen Schritt zurückzutreten. „So habe ich mich noch nie in meinem ganzen Leben gefühlt. Und das sage ich nicht nur so daher", fügte er hinzu, als sie sich abwandte.

„Ich weiß. Ich wünschte, es wäre so." Sie legte ihre Hände auf die Stuhllehne, an der ihr Schulterholster hing. Ein Symbol der Pflicht, dachte sie. Der Kontrolle. Ein Symbol dessen, was sie aus sich gemacht hatte. „Colt, ich glaube, wir sind schon tiefer drin, als uns lieb sein kann."

„Vielleicht haben wir ja lange genug in einer Sackgasse gesteckt."

Sie hatte die starke Befürchtung, dass sie bereit, ja sogar begierig war unterzugehen. „Ich erlaube es nicht, dass mir bei meiner Arbeit Privatangelegenheiten in die Quere kommen. Wenn wir es nicht schaffen, das unter Kontrolle zu bringen, solltest du in Erwägung ziehen, mit jemand anders zusammenzuarbeiten."

„Unsere Zusammenarbeit klappt ausgezeichnet", stieß er zwischen zusammengebissenen Zähnen hervor. „Komm jetzt nicht mit irgendeiner lahmen Ausrede daher, nur weil du Angst hast, dem, was sich zwischen uns anbahnt, ins Auge zu sehen."

„Eine bessere fällt mir nicht ein." Sie umklammerte den Stuhl so fest, dass ihre Knöchel weiß hervortraten. „Und es ist keine Ausrede, nur ein Grund. Du willst, dass ich zugebe, dass du mir Angst machst. In Ordnung. Du machst mir wirklich Angst. Das alles macht mir Angst. Und ich glaube nicht, dass dir mit einer Partnerin gedient ist, die nicht richtig bei der Sache ist, weil du sie so nervös machst."

„Vielleicht ist mir damit mehr gedient als mit einer, die so sehr bei der Sache ist, dass man sich fragt, ob sie überhaupt menschlich ist." Diesmal würde sie sich nicht von ihm abwenden. Er wollte verflucht sein, wenn er es zuließe. „Erzähl mir jetzt nicht, dass du nicht auf zwei verschiedenen Ebenen funktionieren kannst, Thea, oder dass du mit deiner Arbeit nicht zurechtkommst, nur weil du in deinem Privatleben ein Problem hast."

„Vielleicht will ich ja einfach nicht mit dir zusammenarbeiten."

„Das ist hart. Du bist einfach nur festgefahren. Wenn du diesen Weg nicht weitergehen willst, werde ich mein Möglichstes tun. Aber du wirst nicht aufhören, nach Liz zu suchen, nur weil du Angst hast, etwas für mich zu empfinden."

„Ich denke ja an Liz und was das Beste für sie ist."

„Woher zum Teufel willst du wissen, was das Beste für sie ist?" explodierte er, und wenn es unvernünftig war, war es ihm auch egal. Er war ganz nah daran, sich in eine Frau zu verlieben, die ihm seelenruhig klar zu machen versuchte, dass sie ihn auf keine Art und Weise in ihrem Leben haben wollte. Er suchte verzweifelt nach einem verängstigten Mädchen, und die einzige Person, die ihn bei dieser Suche weiterbrachte, drohte, sich aus der Sache herauszuziehen. „Woher zum Teufel glaubst du, irgendetwas über sie oder jemand anders zu wissen? Du hast dich so in Vorschriften und Bestimmungen verrannt, dass du nichts mehr fühlen kannst. Nein, nicht kannst. Willst. Du willst nichts fühlen. Du bist bereit, für andere Menschen dein Leben aufs Spiel zu setzen, aber sobald Gefühle ins Spiel kommen, drehst du durch. Für dich ist alles so klar und einfach, stimmts, Althea? Da draußen ist irgendwo ein zu Tode verängstigtes Mädchen, das dringend Hilfe braucht, aber für dich ist sie nur ein weiterer Fall, den irgendwer lösen muss."

„Erzähl du mir nicht, was ich fühle." Am Ende ihrer Beherrschung angelangt, versetzte sie dem Stuhl einen Fußtritt, so dass dieser krachend umkippte. „Erzähl du mir nicht, was ich verstehe und was nicht. Du hast doch keine Ahnung, wie es in mir aussieht. Und bildest du dir wirklich ein, du wüsstest etwas über Liz oder diese Mädchen, mit denen du heute gesprochen hast? Du glaubst, du bräuchtest nur in irgendeine Unterkunft oder in ein Wiedereingliederungszentrum zu gehen, um zu verstehen?"

Ihre Augen glitzerten, aber es waren keine Tränen, sondern Zorn, der so hoch aufloderte, dass er keine andere Wahl hatte als einfach nur dazustehen und sich den Flammen auszusetzen. „Ich weiß, dass es viele Kinder gibt, die Hilfe brauchen, und leider nicht immer genug Hilfe bekommen."

„Oh, du machst es dir wirklich einfach." Sie rannte in einer seltenen Zurschaustellung überflüssiger Bewegungen aufgeregt im Zimmer auf und ab. „Du hast keine Ahnung, wie es ist, allein zu sein, Angst zu haben oder in dieser knirschenden Maschinerie gefangen zu sein, in die wir Problemkinder stecken. Ich habe einen Großteil meines Lebens in dieser Maschinerie verbracht, deshalb erzähl mir nicht, dass ich nichts fühle. Ich weiß sehr gut, wie es ist, wenn man sich nichts mehr wünscht als rauszukommen, wenn man es sich so sehr wünscht, dass man sogar wegläuft, obwohl man nicht weiß, wohin man gehen soll. Und ich weiß auch, wie es ist, wenn man wieder zurückgebracht wird und erneut den Bedingungen ausgesetzt ist, vor denen man davongelaufen ist. Ich verstehe das alles sehr gut. Und ich weiß auch, dass Liz eine Familie hat, die sie liebt, und wir werden sie zurückbringen. Wir werden sie zu ihrer Familie zurückbringen, damit sie nicht in diesem Teufelskreis gefangen ist. Also erzähl mir nicht, dass sie einfach nur ein Fall für mich ist, weil sie mir nämlich wichtig ist. Sie sind mir alle wichtig."

Sie unterbrach sich, fuhr sich mit einer zitternden Hand durchs Haar. Im Augenblick war sie sich nicht sicher, was überwog, ihre Beschämung oder ihr Zorn. „Ich möchte dich jetzt bitten zu gehen", sagte sie leise. „Ich möchte wirklich, dass du jetzt gehst."

„Setz dich."

Als sie nicht reagierte, ging er zu ihr und drückte sie auf einen Stuhl. Sie zitterte, und die Tatsache, dass er dazu seinen Teil beigetragen hatte, bewirkte, dass er sich fühlte, als ob er etwas sehr Wertvolles und Zerbrechliches kaputtgemacht hätte. „Es tut mir Leid. Dass ich mich jetzt schon zum zweiten Mal an einem Tag bei ein und derselben Person entschuldige, ist ein absoluter Rekord für mich." Er hob die Hand, um ihr übers Haar zu streichen, aber dann hielt er sich zurück. „Willst du ein Glas Wasser?"

„Nein, ich will, dass du gehst."

„Das kann ich nicht." Er setzte sich auf den Schemel zu ihren Füßen, so dass sie auf gleicher Augenhöhe waren. „Althea ..."

Sie lehnte sich mit geschlossenen Augen zurück. Sie fühlte

sich, als ob sie auf den Gipfel eines Berges gerannt und in die Tiefe gesprungen wäre. „Nightshade, ich bin nicht in der Stimmung, dir meine Lebensgeschichte zu erzählen, falls es das ist, worauf du wartest. Du weißt, wo die Tür ist."

„Das hat Zeit." Er fasste sich ein Herz und griff nach ihrer Hand, die jetzt ruhig war, aber kalt. „Versuchen wir es mal anders. Wir haben hier zwei getrennte Probleme. Liz zu finden ist Problem Nummer eins. Sie ist unschuldig, ein Opfer, und sie braucht Hilfe. Ich könnte versuchen, sie allein zu finden, aber das würde zu lange dauern. Jeder Tag, der vergeht ... na ja, es sind einfach schon zu viele Tage vergangen. Ich will mit dir zusammenarbeiten, weil dir Kanäle zur Verfügung stehen, die ich mir erst erschließen müsste, und dann würde ich doppelt so lange brauchen. Und weil ich darauf vertraue, dass du alles in deiner Macht Stehende tun wirst, um sie wieder nach Hause zu bringen."

„In Ordnung." Sie ließ ihre Augen zu, in der Hoffnung, so ihre Anspannung abzuschütteln. „Wir werden sie finden. Wenn nicht morgen, dann vielleicht übermorgen, aber finden werden wir sie."

„Zweites Problem." Er schaute auf ihre Hände und beobachtete, wie der Sekundenzeiger ihrer Armbanduhr die Sekunden abhakte. „Ich glaube ... na ja ... weil das für mich unbekanntes Terrain ist, möchte ich es einschränken, indem ich sage, dass es mir zumindest im Moment so vorkommt ..."

„Nightshade." Als sie die Augen wieder öffnete, entdeckte er darin den Anflug eines Lächelns. „Ich schwöre, dass du wie ein Jurist klingst."

Er zuckte zusammen, rutschte auf dem Schemel herum. „Ich

glaube nicht, dass du einen Mann beleidigen solltest, der gerade dabei ist, dir zu sagen, dass er dich höchstwahrscheinlich liebt." Sie zuckte zusammen. Er hätte seine Farm verwettet, dass sie keine Miene verzogen hätte, wenn er mit seiner Pistole auf sie gezielt hätte. Aber das Wort Liebe bewirkte, dass sie fast vom Stuhl hochsprang. „Keine Panik", bemühte er sich, sie zu beruhigen, während sie immer noch sprachlos war. „Ich habe gesagt, ‚ich glaube'. Das lässt uns noch genügend sicheres Terrain, in dem wir uns bewegen können."

„Für mich klingt es eher nach einem Minenfeld." Weil sie befürchtete, ihre Hand könnte wieder zittern, entzog sie sie ihm. „Ich fände es weise, wenn wir diesen Gedanken unter den gegenwärtigen Umständen fürs Erste auf sich beruhen lassen."

„Und wer klingt jetzt wie ein Jurist?" Er grinste, irgendwie verunsichert darüber, dass er das Gefühl hatte, über sich selbst lachen zu müssen. „Du glaubst, dass er dir eine höllische Angst einjagt, Darling? Ich weiß nicht, ob du dir vorstellen kannst, was er mit mir macht. Ich habe nur davon angefangen, weil ich hoffe, dass wir dann leichter damit fertig werden. Soweit ich weiß, ist es nur ungefähr so wie ein leichter Anflug von Grippe."

„Das wäre gut." Sie schluckte ihr Auflachen hinunter, weil sie befürchtete, dass es irgendwie verrückt klingen könnte. „Dann musst du dich gut ausschlafen und viel trinken."

„Ich werde mein Möglichstes tun." Er war nicht gekränkt, als er sich vorbeugte und sah, dass sofort ihre Augen wachsam aufleuchteten und sie abwehrend die Schultern straffte. „Doch wenn es keine Grippe und auch kein anderes Virus ist, werde ich etwas dagegen unternehmen müssen, aber es kann warten, bis wir das erste Problem gelöst haben. Und bis dahin werde ich kein Wort mehr über Liebe und alles, was dazugehört, verlieren ... über so Sachen wie Ehe und Familie und Doppelgarage eben."

Jetzt sah er sie zum ersten Mal, seit er sie kannte, völlig die Fassung verlieren. Sie starrte ihn mit weit aufgerissenen Augen und offenem Mund an. Wenn er sie berührt hätte, wäre sie umgeknickt wie ein Strohhalm im Wind, dessen war er sich sicher.

„Und das ist offensichtlich nur gut so, weil du schon allein bei der Vorstellung, dass ich es tun könnte, ins Koma fällst."

„Ich ..." Sie machte den Mund zu und schluckte heftig, dann sagte sie: „Ich glaube wirklich, du hast den Verstand verloren."

„Ich auch." Der Himmel wusste, warum er sich dabei so fröhlich fühlte. „Dann konzentrieren wir uns also fürs Erste darauf, die Bösen zu kriegen, abgemacht?"

„Versprichst du mir dann, dass du von dem anderen Zeugs kein Wort mehr sagst?"

Auf seinem Gesicht breitete sich ein Lächeln aus. „Glaubst du mir, wenn ich dir mein Wort gebe?"

„Nein, natürlich nicht."

Sie hatte ihre Fassung wiedergefunden und erwiderte sein Lächeln. „Aber ich wette, dass ich jeden dummen Spruch von dir parieren kann."

„Okay, ich nehme die Wette an." Er streckte ihr die Hand hin. „Partner." Sie schüttelten sich feierlich die Hände. „So, und warum machen wir jetzt nicht ..."

Das Telefonklingeln bewahrte Althea vor dem, was ihrer Meinung nach nur wieder ein unprofessioneller Vorschlag sein konnte. Sie schlüpfte schnell an ihm vorbei und nahm in der Küche ab.

Das gab ihm einen Moment Zeit, über das, was er angestoßen hatte, nachzudenken. Zu lächeln. Sich auszumalen, wie gern er es zu Ende gebracht hätte. Bevor seine Fantasie dazu kam, die ersten Blüten zu treiben, kehrte sie mit langen Schritten zurück. Sie rückte den Stuhl gerade und hängte sich ihr Schulterholster um.

„Du erinnerst dich doch an unseren Freund Leo, den Barkeeper? Kollegen haben ihn eben hopsgenommen, weil er im Hinterzimmer mit Drogen handelt." Der kriegerische Ausdruck lag wieder auf ihrem Gesicht, während sie sich das Holster festschnallte. „Sie bringen ihn gerade zum Verhör."

„Ich bin schon hinter dir."

„Und da solltest du auch bleiben, Nightshade", beschied sie ihn, in ihren Blazer schlüpfend. „Wenn Boyd einverstanden ist, kannst du durch die Spiegelscheibe Mäuschen spielen, aber mehr ist nicht drin."

Die Einschränkung ärgerte ihn. „Ich will aber dabei sein. Ich verspreche auch, mich im Hintergrund zu halten und keinen Ton zu sagen."

„Dass ich nicht lache." Auf dem Weg zum Flur schnappte sie sich ihre Handtasche. „Nimm das Angebot an oder lass es bleiben ... Partner."

Er verfluchte sie und knallte die Wohnungstür hinter sich zu. „Ich nehme es an."

7. KAPITEL

Colts Frustration darüber, hinter den Zweiwegspiegel verbannt worden zu sein, verflog, als er Althea beobachtete. Sie hatte einen ganz eigenen geduldigen Verhörstil, der nicht nur detailversessen, sondern auch schonungslos war.

Sie ließ sich nicht ein einziges Mal von ihrer Spur ablenken, reagierte nicht auf Leos Sarkasmus und erhob nie – auch nicht, wenn Leo sie provozierte oder mit Drohungen attackierte – die Stimme.

Genauso spielte sie Poker, wie Colt sich erinnerte. Kühl, methodisch und emotionslos, bis es Zeit war, den Gewinn einzustreichen. Aber Colt begann, hinter ihrer Fassade die Frau zu sehen.

Er selbst war zweifellos imstande, bei ihr eine Vielzahl von Reaktionen hervorzurufen. Trotzdem hatte er das Gefühl, immer noch an der Oberfläche zu kratzen. Unter dieser schmucken, professionellen Fassade verbarg sich ein Reichtum an Gefühlen, und er hatte vor, die einzelnen Schichten abzutragen, bis er sie alle ans Tageslicht gebracht hatte.

„Ziemlich lange Nacht heute." Boyd gesellte sich mit zwei Bechern heißem Kaffee zu ihm.

„Ich hatte schon längere." Colt nahm einen Becher entgegen, trank einen Schluck. „Gott, dieses Zeug ist so stark, dass man davon anfängt zu tanzen." Er verzog angewidert das Gesicht und trank noch einen Schluck. „Ist das üblich, dass der Captain für ein Routineverhör extra reinkommt?"

„Wenn er ein persönliches Interesse an dem Fall hat, schon."

Beim Blick auf Althea registrierte Boyd, dass sie ruhig und unbewegt dasaß, während sich Leo mit zitternden Fingern eine Zigarette an der anderen anzündete. „Er zappelt immer noch."

„Er wird lange vor ihr erschöpft sein."

„Davon gehe ich aus." Sie schwiegen, während Leo eine besonders obszöne Beleidigung knurrte und Althea ihn bat, sie doch bitte fürs Protokoll noch einmal zu wiederholen. „Sie lässt sich nicht aus der Fassung bringen", sagte Colt. „Wie eine Katze vor einem Mauseloch." Er warf einen Blick auf Boyd, dann schaute er wieder durch die Glasscheibe. „Sie sitzt stundenlang einfach nur da, fast reglos. Und die Maus in ihrem Loch dreht langsam durch. Sie kann die Katze riechen, kann die Augen sehen, die sie anstarren. Irgendwann ist ihr kleines Mäusegehirn wahrscheinlich überfordert, und sie macht einen Fehler. Dann streckt die Katze nur eine Tatze aus, schlägt zu und es ist vorbei."

Colt trank noch einen Schluck von seinem Kaffee, deutete mit dem Kopf auf die Glasscheibe. „Das da ist eine tolle Katze."

„Du hast sie in kurzer Zeit ziemlich gut kennen gelernt."

„Oh, das reicht mir noch nicht. Diese vielen Schichten", murmelte Colt fast wie zu sich selbst. „Kann mich nicht erinnern, vorher schon jemals einer Frau begegnet zu sein, bei der ich die Seele genauso gern entblättern wollte wie den Körper."

„Tja ..." begann Boyd leicht verunsichert, weil er nicht genau wusste, was er von der Sache halten sollte. „Thea ist wirklich was Besonderes. Und sie kommt praktisch mit allem klar."

„So sieht es aus", bestätigte Colt.

„Ja, aber das heißt noch lange nicht, dass sie nicht auch ihre verwundbaren Stellen hätte. Und ich will nicht, dass sie verletzt wird, verstehst du das, Colt? Das würde mir überhaupt nicht gefallen.“

Leicht überrascht hob Colt eine Augenbraue. „Soll das eine Warnung sein? Klingt fast wie damals vor einer halben Million Jahren, als du mich gewarnt hast, die Finger von deiner Schwester Natalie zu lassen.“

„Thea gehört praktisch zur Familie.“

„Und du denkst, ich könnte sie verletzen.“

Boyd atmete erschöpft aus. Diese Unterhaltung machte ihm keinen Spaß. „Ich denke, dass ich dir, falls du es tust, ein paar lebenswichtige Körperteile zerquetschen müsste. Ich würde es wirklich nicht gern machen, aber ich hätte keine andere Wahl.“

Colt nahm es mit einem nachdenklichen Nicken zur Kenntnis.

„Wer hat gewonnen, als wir das letzte Mal übereinander hergefallen sind?“

Obwohl er sich in seiner Haut nicht ganz wohl fühlte, grinste Boyd. „Ich glaube, es war unentschieden.“

„Ja, ich glaube auch. Aber es ging auch um eine Frau, stimmts?“

„Um Cheryl Anne Madigan.“ In Boyds Seufzer schwang eine leise Nostalgie mit.

„Eine kleine Blonde?“

„Nein, eine große Brünette. Mit großen ... blauen Augen.“

„Richtig.“ Colt lachte, schüttelte den Kopf. „Ich frage mich, wie es der hübschen Cheryl Anne geht.“

Einen Augenblick lang erinnerten sie sich schweigend. Durch die Lautsprecher konnten sie Altheas ruhige unnachgiebige Fragen hören.

„Althea ist völlig anders als Cheryl Anne Madigan“, murmelte Colt. „Ich möchte ihr nicht wehtun, aber ich kann nicht versprechen, dass es nicht passiert. Die Sache ist nur, dass mir zum ersten Mal eine Frau begegnet ist, die mir so viel bedeutet, dass sie mich auch verletzen kann, Fletch.“ Colt nahm noch einen stärkenden Schluck. „Ich glaube, ich liebe sie.“

Boyd verschluckte sich und musste so husten, dass er seinen Becher abstellen musste. Er fasste sich ungläubig ans Ohr und bat: „Würdest du das bitte noch mal wiederholen? Ich habe nicht richtig verstanden.“

„Du hast mich ganz genau verstanden“, brummte Colt. Typisch für einen Freund, in der offenen Wunde auch noch genüsslich herumzubohren. „Sie hat genauso reagiert, als ich es ihr sagte.“

„Du hast es ihr gesagt?“ Boyd schaffte es nur mit Mühe, dem Verhör zu folgen, während er diese neue und faszinierende Information verdaute. „Was hat sie gesagt?“

„Nicht viel.“

Als Boyd die Frustration hörte, die in Colts Stimme mitschwang, musste er sich ein Grinsen verkneifen. „Sei froh, dass sie dich wenigstens nicht ausgelacht hat.“

„Sonderlich lustig fand sie es nicht.“ Colt atmete laut aus und wünschte sich, Boyd hätte ihm einen Kaffee mit Schuss gebracht. „Sie saß plötzlich ganz still da, wurde blass und starrte mich mit offenem Mund an.“

„Das ist ein gutes Zeichen." Boyd klopfte Colt tröstlich auf die Schulter. „Es ist nämlich wirklich schwer, sie so aus der Fassung zu bringen."

„Ich dachte mir, es ist das Beste, wenn es erst mal raus ist, verstehst du? Jetzt können wir immer noch entscheiden, was wir damit machen wollen." Er schaute durch die Glasscheibe auf Althea, die kühl und unbewegt zusah, wie Leo mit zitternder Hand ein Glas Wasser hinunterstürzte. „Obwohl ich es eigentlich schon längst weiß."

„Und was meint das?"

„Na ja, sofern ich nicht eines Morgens aufwache und merke, dass man mich einer Art Gehirnwäsche unterzogen hat, werde ich sie wohl heiraten."

„Heiraten?" Boyd feixte übers ganze Gesicht. „Du und Thea? Gott, was glaubst du, was los ist, wenn ich das Cilla erzähle."

Der vernichtende Blick, den Colt ihm zuwarf, hatte nur zur Folge, dass Boyds Grinsen noch breiter wurde.

„Ich kann dir gar nicht genug für deine tatkräftige Unterstützung danken, Fletch."

Sein Auflachen schluckte Boyd hinunter, aber gegen das Grinsen kam er nicht an. „Na, dich hat's ja vielleicht erwischt, Kumpel. Wirklich bös erwischt. Ich bin nur so überrascht, weil ich mir nie hätte träumen lassen, das Wort *Ehe* jemals im selben Atemzug mit dem Namen *Colt Nightshade* auszusprechen. Oder *Althea Grayson*. Glaub mir, du hast mein vollstes Verständnis."

Im Verhörraum bemühte sich Althea weiter, ihre Beute zur

Strecke zu bringen. Sie spürte Leos Angst und nutzte sie rücksichtslos aus.

„Sie wissen, dass Sie sich mit ein bisschen Kooperation eine ganze Menge ersparen würden, Leo."

„Klar, bloß dass ich dann genauso abschmiere wie Wild Bill."

Althea neigte den Kopf. „Auch wenn es mir noch so schwer fällt, Ihnen das anzubieten, aber Sie würden Personenschutz bekommen."

„Na prima." Leo stieß eine Rauchwolke aus. „Glauben Sie vielleicht, ich will vierundzwanzig Stunden am Tag irgendwelche Cops auf dem Hals haben? Und selbst wenn ich einverstanden wäre, glauben Sie wirklich, dass das funktionieren würde?"

„Vielleicht nicht." Sie setzte ihr Desinteresse als taktisches Mittel ein, verlangsamte das Tempo des Verhörs, bis Leo nervös auf seinem Stuhl herumrutschte. „Andererseits aber gibt es ohne Kooperation auch keinen Personenschutz. Sie gehen nackt hier raus, Leo."

„Das Risiko nehme ich in Kauf."

„Prima. Wegen der Drogensache wird man Sie wahrscheinlich gegen Kaution freilassen, aber es ist schon komisch, wie schnell sich Sachen herumsprechen, finden Sie nicht auch?" Diesen Gedanken ließ sie ein bisschen auf kleiner Flamme köcheln. „In gewissen Kreisen weiß man bereits von Ihrer Festnahme, Leo. Und wenn Sie hier rauskommen, werden einige Leute schon sehr gespannt sein zu erfahren, was Sie ausgeplaudert haben."

„Ich habe aber überhaupt nichts gesagt. Was denn auch? Ich weiß doch gar nichts."

„Das ist wirklich jammerschade. Weil sich diese Unkenntnis zur Ihrem Nachteil auswirken könnte. Wir sind nämlich kurz davor, den Fall abzuschließen, und diese eben erwähnten Kreise könnten sich fragen, ob Sie uns ein bisschen dabei geholfen haben."

Beiläufig öffnete sie einen Schnellhefter und holte die Phantombilder heraus. „Sie könnten sich fragen, ob ich die Personenbeschreibungen dieser Verdächtigen von Ihnen habe."

„Ich habe Ihnen nichts gegeben." Auf Leos Stirn brach der Schweiß aus, während er auf die Phantombilder starrte. „Diese Typen habe ich noch nie gesehen."

„Kann gut sein. Aber ich werde trotzdem sagen müssen – wenn das Gespräch darauf kommt –, dass ich mit Ihnen gesprochen habe. Eingehend. Und dass ich sehr detaillierte Phantombilder von Verdächtigen habe. Sie wissen ja", sie beugte sich noch ein bisschen weiter vor, „dass manche Leute zwei und zwei zusammenzählen und fünf rausbekommen, Leo. So was passiert ständig."

„Das ist nicht legal." Er leckte sich über die Lippen. „Das ist Erpressung."

„Trampeln Sie nicht auf meinen Gefühlen herum, Leo. Sie wollen sich doch sicher meine Freundschaft erhalten, oder?" Sie schob ihm die Phantombilder hin. „Es ist alles eine Sache der Einstellung, Leo, und ob es mir etwas ausmacht, wenn Sie, sobald Sie hier rausgehen, draußen auf dem Gehsteig über den Haufen geschossen werden oder nicht. Im Moment habe ich nicht das Gefühl, dass es mir etwas ausmachen würde." Sie lächelte. „Aber wenn Sie mein Freund wären, würde ich natürlich alle Hebel in Bewegung setzen, um sicherzustellen, dass Sie noch ein langes und glückliches Leben vor sich haben. Vielleicht nicht gerade hier in Denver, aber irgendwo würden wir schon ein hübsches Plätzchen für Sie finden. Sie wissen ja, dass eine Ortsveränderung manchmal Wunder bewirken kann, Leo. Ändere deinen Namen, dann verändert sich dein Leben."

Seine Augen flackerten auf. Sie wusste, dass es Zweifel waren. „Reden Sie von einem Zeugenschutzprogramm?"

„Könnte sein. Aber dafür müsste ich schon ein bisschen was auf der Hand haben." Als er schwieg, seufzte sie und sagte: „Sie sollten besser die Seiten wechseln, Kumpel. Denken Sie an Wild Bill. Er brauchte sich bloß mit diesem Typen zu treffen, und selbst wenn sich die beiden nur darüber unterhalten hätten, ob die Broncos eine Chance auf den Superbowl haben, wäre es auch egal gewesen. Sie haben ihn einfach ausgeknipst."

Die Angst war wieder da, sie lief in Form von Schweißtropfen an seinen Schläfen hinunter. „Sie geben mir Personenschutz. Und Sie lassen die Anklage wegen Drogenhandel fallen."

„Leo, Leo ..." Althea schüttelte den Kopf. „Ein kluger Mann wie Sie weiß doch, wie es im Leben läuft. Sie geben mir etwas. Wenn ich finde, dass es gut genug ist, gebe ich Ihnen etwas zurück. Das ist die amerikanische Art."

Er leckte sich wieder über die Lippen, zündete sich eine weitere Zigarette an. „Könnte sein, dass ich die beiden schon mal gesehen hab."

„Die hier?" Althea tippte mit dem Zeigefinger auf die Phantombilder, wie eine Katze, die bereit ist zuzuschlagen. „Erzählen Sie."

Um zwei Uhr morgens machte sie Schluss. Sie hatte sich Leos weitschweifige Geschichte angehört, sich dabei Notizen gemacht, ihn aufgefordert, dies oder das zu wiederholen oder ausführlicher zu erzählen.

Als sie in ihr Büro zurückging, fühlte sie sich aufgekratzt. Endlich hatte sie Namen, mit denen sie ihren Computer füttern konnte. Sie hatte Spuren, wenn auch vielleicht nicht besonders viele, aber immerhin waren es welche. Vieles von dem, was Leo ihr erzählt hatte, war Spekulation oder Gerüchte. Aber Althea wusste, dass man schon mit weniger eine Erfolg versprechende Ermittlung beginnen konnte.

Nachdem sie ihre Jacke ausgezogen hatte, setzte sie sich an ihren Schreibtisch und schaltete ihren Computer ein. Ihr Blick klebte am Bildschirm, als Colt hereinkam und ihr einen Becher unter die Nase hielt.

„Danke." Sie trank einen Schluck, verzog das Gesicht und warf ihm einen wenig begeisterten Blick zu. „Was ist denn das? Schmeckt nach Heu."

„Kräutertee", sagte er. „Du hast genug Kaffee getrunken."

„Nightshade, du hast doch nicht etwa vor, es dir mit mir zu verderben, indem du versuchst, für mich mitzudenken, oder?" Sie stellte den Becher ab und wandte sich wieder dem Bildschirm zu.

„Du bist doch ganz aufgekratzt, Lieutenant. Du musst mal zur Ruhe kommen."

„Ich weiß selbst, was ich vertragen kann. Und bist nicht du es, der dauernd sagt, dass wir keine Zeit mehr haben?"

„Ja." Er trat hinter sie, legte ihr die Hände auf die Schultern und begann sie zu massieren. „Bei Leo hast du gute Arbeit geleistet", sagte er, bevor sie dazu kam, seine Hände wegzuschieben. „Falls ich je wieder in Justitias Arme zurückkehren sollte, würde ich es zu verhindern suchen, dass du einen meiner Mandanten in die Mangel nimmst."

„Mach weiter so." Seine Finger waren die reinste Magie. „Ich hätte gern noch ein bisschen mehr aus ihm rausgeholt, aber ich glaube, mehr wusste er nicht."

„Er ist nur ein kleines Licht", stimmte Colt zu. „Ein Handlanger, der für die Großen die Drecksarbeit macht und dabei das eine oder andere abstaubt."

„Den Kopf kennt er nicht. Ich bin sicher, dass er in dem Punkt die Wahrheit sagt. Aber er hat die beiden identifiziert, die Meena beschrieben hat. Schau her. Hier habe ich den großen, bulligen Kameramann." Sie deutete auf den Bildschirm. „Matthew Dean Scott alias Dean Miller alias Tidal Wave Dean."

„Ziemlich verwirrend."

„Er hat vor zehn Jahren halb professionell Football gespielt. Hat mit übertriebener Härte Karriere gemacht, indem er unter anderem einem gegnerischen Quarterback das Bein gebrochen hat."

„So was passiert schon mal."

„Nach dem Spiel."

„Ah, also ein schlechter Verlierer. Was haben wir sonst noch über ihn?"

„Du meinst, was *ich* sonst noch über ihn habe", gab sie süffisant zurück, wenngleich sie nicht widerstehen konnte, sich wohlig gegen seine Hände zu lehnen, die immer noch ihre Schultern massierten.

„Er wurde gefeuert, weil er in der Trainingsunterkunft

gegen die Vorschriften verstoßen hatte – er hatte eine Frau auf dem Zimmer."

„So sind sie eben, die Jungs."

„Die Frau war gefesselt und schrie verzweifelt um Hilfe. Sie haben es von Vergewaltigung zu Freiheitsberaubung runtergestuft, aber Scotts Footballkarriere war damit beendet. Danach wurde er noch mehrmals wegen verschiedener Delikte festgenommen und verurteilt." Sie drückte auf eine andere Taste. „Bis vor vier Jahren. Seitdem ist es still um ihn geworden."

„Du glaubst, dass er in seinem Lebensbuch eine neue Seite aufgeschlagen hat? Dass er ein tragender Pfeiler der Gesellschaft geworden ist?"

„Na klar, genauso wie ich glaube, dass Männer Zeitschriften mit nackten Mädchen nur wegen der tiefschürfenden Artikel lesen."

„Ich schon." Grinsend beugte er sich vor und gab ihr einen Kuss auf den Scheitel.

„Das wette ich. Kandidat Nummer zwei hat eine ganz ähnliche Historie", fuhr sie fort. „Harry Kline, ein drittklassiger Schauspieler aus New York, mit einer langen Latte an Vorstrafen, wie Trunkenheit am Steuer, ungebührlichen Benehmens, Diebstahl, Nötigung und so weiter. Vor acht Jahren hat er angefangen als Pornodarsteller zu arbeiten, aber er bekam – unglaublich, aber wahr – immer wieder Ärger wegen seines gewalttätigen und unberechenbaren Verhaltens. Daraufhin ist er in den Westen gegangen, hat in Kalifornien ganz ähnliche Rollen angenommen und kam schließlich vor Gericht, weil eine Kollegin ihn beschuldigt hatte, sie vergewaltigt zu haben. Sein Verteidiger haute ihn raus – mit Verweis auf die anrüchige berufliche Tätigkeit des Opfers. Die einzige Genugtuung für die Frau war wahrscheinlich die Tatsache, dass Harry im Filmgeschäft erledigt war – egal ob Porno oder nicht. Mit ihm wollte keiner mehr etwas zu tun haben. Das war vor fünf Jahren. Seitdem hat man nichts mehr von ihm gehört."

„Und auch hier könnte man wieder auf die Idee kommen, dass unser Freund entweder ein ehrbarer Bürger geworden oder im Schlaf gestorben ist."

„Oder ein gemütliches Loch gefunden hat, in dem er sich verkriecht. Leo behauptet, dass Kline ihn vor zwei oder drei Jahren angesprochen hat. Kline war auf der Suche nach Frauen, sehr jungen Frauen, die bereit waren, in Videofilmen zum privaten Gebrauch mitzuspielen. Leo nahm seine Chance als freier Unternehmer wahr, indem er Kline junge Frauen zuführte und dafür die Provision einstrich. Unter der Telefonnummer, die er mir gegeben hat, gibt es keinen Anschluss. Ich werde mich bei der Telefongesellschaft erkundigen, ob es das Penthouse ist."

„Und den anderen Mann, der laut Meena immer in der Ecke saß, hat er nie gesehen?"

„Nein. Er hatte nur Kontakt mit Scott und Kline."

„Und mit den Mädchen", ergänzte Colt leise. Die Finger, die immer noch Altheas Schultern massierten, hielten in der Bewegung inne. „Wie ... wie haben sie es gemacht? Wie haben sie die Mädchen eingesammelt?"

„Denk nicht drüber nach, Colt." Spontan legte sie eine Hand über seine. „Nicht jetzt. Wir sind schon einen großen Schritt weiter, und bestimmt finden wir Liz bald. Allein darauf musst du dich jetzt konzentrieren."

„Richtig.“ Er wandte sich ab und ging an die gegenüberliegende Wand. „Genauso wie ich mich darauf konzentriere, dass ich die Dreckskerle eigenhändig umbringe, falls sich herausstellt, dass sie Liz angefasst haben.“ Er drehte sich um und schaute sie an. „Und du wirst mich nicht davon abhalten, Thea.“

„Doch, das werde ich.“ Sie stand auf, ging zu ihm und nahm seine zu Fäusten geballten Hände in ihre. „Weil ich gut verstehe, dass du dir das wünschst. Und weil es an dem, was passiert ist, nicht das Geringste ändern würde. Es würde Liz nicht helfen. Aber darüber brauchen wir uns jetzt noch keine Gedanken zu machen.“ Sie drückte seine Hände. „Lass mich jetzt nicht im Stich, Nightshade. Wo ich gerade anfange, Geschmack an der Zusammenarbeit mit dir zu finden.“

Er zog sich zurück und schaute sie an. Obwohl unter ihren Augen dunkle Ringe lagen und ihr Gesicht bleich war vor Müdigkeit, konnte er die Energie, die sie ausstrahlte, spüren. Sie bot ihm etwas an. Ihr Verständnis ... in Grenzen, natürlich. Und grenzenlose Hoffnung. Sein Zorn verrauchte und verwandelte sich in den sehr menschlichen Wunsch nach Trost und Körperkontakt.

„Althea ...“ Er machte die Fäuste auf. „Darf ich dich in den Arm nehmen?“ Sie stutzte und runzelte besorgt die Stirn. Darüber musste er lächeln. „Weißt du, inzwischen kenne ich dich schon ziemlich gut. Du machst dir Sorgen um dein Image, ich weiß.“ Er fuhr ihr seufzend mit einer Hand durchs Haar. „Aber jetzt ist es fast drei Uhr morgens, Lieutenant. Es ist niemand mehr da, der uns sehen könnte. Und ich muss dich wirklich dringend umarmen.“

Sie schob ihre Bedenken beiseite und kam in seine Arme. Jedes Mal, wenn sie so wie jetzt dastanden, passten sie perfekt zusammen. Und jedes Mal fiel es ihr leichter, das zuzugeben.

„Besser so?“ fragte sie, während er seine Wange an ihrem Haar rieb.

„Ja. Und über dieses vermisste Mädchen, diese Lacy, wusste er nichts?“

„Nein.“ Ohne sich Rechenschaft über ihr Tun abzulegen, begann sie seinen Rücken zu streicheln, um ihm zu helfen, sich zu entspannen, so wie er es bei ihr gemacht hatte. „Und als ich von Mord sprach, war er aufrichtig entsetzt. Ich bin mir sicher, dass es nicht gespielt war. Das ist der Grund dafür, warum ich überzeugt davon bin, dass er uns alles, was er weiß, erzählt hat.“

„Nur bei dem Haus in den Bergen konnte er uns nicht besonders viel weiterhelfen.“ Colt erlaubte es sich, die Augen zu schließen.

„Westlich oder vielleicht nördlich von Boulder, in der Nähe eines Sees.“ Sie bewegte eine Schulter. „Es ist zwar nicht viel, aber mehr, als wir vorher hatten. Wir werden es eingrenzen, Colt.“

„Es kommt mir vor wie ein Puzzle, das ich nicht zusammensetzen kann.“

„Die Teile, die wir haben, haben wir bereits zusammengesetzt“, stellte sie richtig. „Und du fühlst dich nur so entmutigt, weil du müde bist, Colt. Geh nach Hause.“ Sie bog sich ein wenig zurück, um ihm in die Augen schauen zu können. „Schlaf ein bisschen. Und wenn wir morgen ausgeschlafen sind, machen wir weiter.“

„Ich würde aber lieber bei dir schlafen."

Sie schüttelte belustigt den Kopf. „Gibst du eigentlich nie auf?"

„Ich habe nicht gesagt, dass ich darauf bestehe, nur, dass es mir lieber wäre." Er hob die Hände, legte die Handflächen an ihre Wangen und streichelte mit den Daumen ihre Schläfen. „Ich will Zeit mit dir verbringen, Althea. Zeit, in der wir beide nicht so viele andere Dinge im Kopf haben. Zeit, um herauszufinden, was du an dir hast, das mich an eine dauerhafte Beziehung denken lässt."

Sofort wieder wachsam geworden, löste sie sich aus seinen Armen. „Fang jetzt nicht schon wieder an, Nightshade."

Er grinste. „Das scheint dich wirklich nervös zu machen. Ich habe noch niemanden kennen gelernt, bei dem der Begriff ‚dauerhafte Beziehung' so einen Horror auslöst – außer bei mir. Es bringt mich auf die Idee, ob ich dich nicht einfach vor den Traualtar schleppen und mir die Gründe dafür erst überlegen sollte, wenn die Sache bereits gelaufen ist. Oder ..." Er ging auf sie zu und drängte sie gegen den Schreibtisch, „... ob ich es ganz langsam angehen lassen sollte, dass du es erst merkst, wenn du schon bis zum Hals drinsteckst."

„So oder so machst du dich lächerlich." In ihrem Hals steckte etwas fest. Althea identifizierte es als Nervosität und verwünschte es. Sie schützte Gleichgültigkeit vor und trank einen Schluck von ihrem Tee. Jetzt schmeckte er nach kalten Blumen. „Es ist spät", sagte sie. „Du solltest machen, dass du ins Bett kommst. Ich kann mit einem Streifenwagen nach Hause fahren."

„Ich warte auf dich." Er legte ihr die Hand unters Kinn und

schaute ihr tief in die Augen. „Und nicht nur im Augenblick, Thea. Ich verspreche dir, auf dich zu warten."

„Das brauchst du n..." Ihr Satz endete mit einem Stöhnen, als sich sein Mund auf ihren legte.

Sie schmeckte Frustration in dem Kuss, ein nur mühsam im Zaum gehaltenes wildes Verlangen. Und – ein noch größeres Problem – die Süße der Zuneigung, die sich wie Balsam über die pulsierende Hitze legte.

„Colt." In dem Moment, in dem sie seinen Namen aussprach, wusste sie, dass sie verloren hatte. Ihre Arme hoben sich bereits, in der Absicht, sich um seinen Hals zu legen, um ihn näher an sich heranzuziehen, zu akzeptieren, zu fordern.

Ihr Körper verriet sie. Oder war es ihr Herz? Sie konnte beides nicht mehr auseinander halten, weil die Bedürfnisse des einen denen des anderen so sehr glichen. Ihre Finger krallten sich in seine Schultern, während sie verzweifelt um Selbstkontrolle rang, doch vergebens.

Es war Colt, der den Kuss beendete – sich selbst zuliebe, aber auch ihretwegen. Sie war ihm wichtiger als eine momentane Befriedigung. „Das bin ich dir schuldig", erklärte er. „Wenn ich es nicht täte, würde ich dich heute nicht mehr loslassen. Ich glaube, ich könnte es einfach nicht, auch wenn ich mir jetzt wahrscheinlich die ganze Nacht überlege, wie es gewesen wäre, wenn ich nicht aufgehört und der Natur ihren Lauf gelassen hätte. Komm, ich fahre dich jetzt nach Hause." Er griff nach ihrer Jacke, hielt sie ihr hin.

Sie nahm sie wortlos, legte sie sich um die Schultern und ging zur Tür. Aber sie wollte verdammt sein, wenn sie nicht das letzte Wort hätte. Sie blieb stehen und warf ihm über die

Schulter ein langsames Lächeln zu. „Ich will dir sagen, wie es wäre, Nightshade. Es wäre ganz anders als alles, was du je erlebt hast. Und wenn ich bereit bin – wenn ich wirklich dazu bereit bin –, werde ich es dir beweisen."

Dieses kühle Lächeln verschlug ihm die Sprache, während er beobachtete, wie sie hinausschlenderte. Er atmete tief aus und presste sich eine Hand auf den schmerzenden Magen. Lieber Gott, dachte er, das ist die Frau für mich. Die einzige Frau. Und er wollte verdammt sein, wenn er nicht bereit war, ihr das zu beweisen.

Nach vier Stunden Schlaf, mit zwei Tassen schwarzem Kaffee und einem mit Kirschen gefüllten Blätterteigteilchen im Bauch war Althea bereit zu neuen Taten. Um neun Uhr morgens saß sie an ihrem Schreibtisch und zog bei der Telefongesellschaft Erkundigungen über die Nummer ein, die sie von Leo bekommen hatte. Um neun Uhr fünfzehn hatte sie Namen und Adresse und die Auskunft, dass der Teilnehmer den Anschluss vor achtundvierzig Stunden gekündigt hatte.

Obwohl sie nicht damit rechnete, etwas zu finden, war sie gerade dabei, einen Durchsuchungsbefehl zu beantragen, als Colt zur Tür hereinkam.

„Unter deinen Füßen wächst kein Moos, was?"

Althea legte den Hörer auf. „Unter meinen Füßen wächst gar nichts. Ich habe schon etwas über die Nummer rausgefunden, die Leo mir gegeben hat. Der Anschluss ist gekündigt. Ich gehe deshalb davon aus, dass wir eine leere Wohnung vorfinden werden, aber ich kann mir in einer Stunde einen Durchsuchungsbefehl abholen."

„Das liebe ich so an dir, Lieutenant – du verschwendest keine Zeit." Er setzte sich auf die Schreibtischkante – und stellte erfreut fest, dass sie genauso gut roch, wie sie aussah. „Wie hast du geschlafen?"

Sie warf ihm einen scheelen Blick zu. Eine unübersehbare Provokation. „Wie ein Stein. Und du?"

„So gut wie nie. Ich bin heute Morgen mit einer ganz neuen Perspektive aufgewacht. Kannst du bis Mittag startklar sein?"

„Startklar wofür?"

„Ich habe eine Idee. Ich habe mit Boyd darüber gesprochen, und er ..." Er schnitt ein Gesicht, als ihr Telefon klingelte. „Wie oft am Tag läutet das Ding?"

„Viel zu oft." Sie nahm ab. „Grayson. Ja, hier ist Lieutenant Althea Grayson." Sie riss den Kopf hoch. „Jade." Althea legte die Hand über den Hörer und flüsterte Colt zu: „Leitung zwei. Und halt den Mund." Sie hörte weiter zu, während Colt aus dem Zimmer rannte und von einem anderen Telefon nebenan den Hörer abnahm. „Ja, wir haben Sie gesucht. Ich bin sehr froh, dass Sie anrufen. Können Sie mir sagen, wo Sie sind?"

„Lieber nicht." Jades Stimme klang dünn und nervös. „Ich rufe nur an, weil ich keinen Ärger will. Ich habe gerade einen Job bekommen und so. Einen richtigen Job, aber wenn ich Scherereien mit der Polizei habe, ist er garantiert wieder flöten."

„Sie bekommen keine Scherereien. Ich habe nur gehofft, dass Sie mir vielleicht bei einem Fall, den ich gerade bearbeite, weiterhelfen können. Deshalb habe ich Ihre Mutter angerufen." Althea schwenkte mit ihrem Stuhl herum, so dass sie Colt durch die offene Tür sehen konnte. „Es geht um Liz, Sie erinnern sich doch bestimmt, das Mädchen, dessen Eltern Sie einen Brief geschrieben haben?“

„Ich ... na ja ... ich schätze schon. Vielleicht.“

„Es war sehr mutig von Ihnen, diesen Brief zu schreiben und sich aus der Lage befreien, in der Sie waren. Liz’ Eltern sind Ihnen sehr dankbar.“

„Sie war ein liebes Ding, aber sie wusste einfach nicht, wie es läuft, verstehen Sie? Sie wollte da raus.“ Jade unterbrach sich, und Althea hörte ein kratzendes Geräusch, dann ein tiefes Luftholen. „Hören Sie, ich konnte nichts für sie tun. Wir waren nur ein paar Minuten allein. Sie hat mir die Adresse zugesteckt und bat mich, ihren Leuten zu schreiben. Sie war, wie schon gesagt, ein liebes Ding an einem schlimmen Ort.“

„Dann helfen Sie mir, sie zu finden. Sagen Sie mir, wohin man sie verschleppt hat.“

„Ich weiß es nicht. Mann, ehrlich, ich weiß es nicht. Mich haben sie ein paarmal rauf in die Berge gebracht. Ganz weit oben, wissen Sie. Für so Wildniszeugs. Obwohl das Haus echt edel war, mit Whirlpool, riesigem Kamin, Großbildschirmfernseher und so.“

„Wie sind Sie aus Denver rausgefahren? Können Sie sich daran erinnern?“

„Na ja, irgendwie schon. Es war die Route 36, die Straße nach Boulder, aber es dauerte eine Ewigkeit. Und dann fuhren wir eine Weile so eine kleine, kurvenreiche Straße entlang. Kein Highway. Eine dieser einspurigen Passstraßen, Sie wissen schon ...“

„Erinnern Sie sich, dass Sie dabei an irgendwelchen Orten vorbeikamen? Irgendetwas, das Ihnen noch im Gedächtnis geblieben ist?“

„Boulder. Danach kam nicht mehr viel."

„Wann sind Sie losgefahren? Morgens, nachmittags oder nachts?"

„Das erste Mal am Morgen. Ganz früh."

„Nachdem Sie Boulder hinter sich gelassen hatten, wo stand da die Sonne, vor oder hinter Ihnen?"

„Oh, ich verstehe. Also ... ich glaube, hinter uns."

Althea versuchte noch weitere Einzelheiten aus ihr herauszuholen, über das Haus und die Gegend, den Tagesablauf, Beschreibungen der Leute, die Jade gesehen hatte. Als Zeugin stellte sich Jade als vage, aber kooperativ heraus. Trotzdem konnte Althea aus ihrer Beschreibung mühelos auf Scott und Kline schließen. Und wieder war die Rede von einem stummen Beobachter, der sich im Hintergrund hielt.

„Er war mir irgendwie unheimlich, verstehen Sie?" fuhr Jade fort. „Wie eine Spinne, die in der Ecke hängt. Sie haben gut bezahlt, deshalb war ich noch ein paarmal dort. Dreihundert am Tag, und noch mal fünfzig extra, wenn sie zu zweit waren. Ich ... na ja ... so viel Geld kann man auf der Straße eben nicht machen."

„Ich weiß. Aber dann sind Sie doch nicht mehr hingefahren."

„Ja, weil sie manchmal einfach zu brutal waren. Ich hatte am ganzen Körper Blutergüsse, und einmal war sogar meine Lippe aufgeplatzt. Ich bekam plötzlich Angst, weil mir das Ganze plötzlich wie Ernst vorkam. Es kam mir so vor, als ob sie einem echt wehtun wollten. Ich habe es Wild Bill erzählt, und er hat gesagt, dass ich da nicht mehr hinsoll. Und dass er ihnen keine Mädchen mehr schickt. Er wollte nachforschen, was die da eigentlich machen, und wenn es was echt Schlimmes ist, wollte er es seinem Cop erzählen. Und weil ich wusste, dass Sie das sind, hab ich zurückgerufen. Weil Bill sagt, dass Sie okay sind."

Althea rieb sich müde die Stirn. Sie sagte Jade nicht, dass sie, soweit es Bill betraf, die Vergangenheitsform benutzen sollte. Das wollte sie ihr nicht antun. „Jade, Sie schrieben in Ihrem Brief etwas davon, dass eines der Mädchen unter Umständen getötet worden sein könnte."

„Na ja, ich schätze schon." Jades Stimme war brüchig geworden, zitterte. „Hören Sie, eine Aussage oder so was mache ich aber nicht. Ich will da nicht wieder hin."

„Ich kann Ihnen nur versprechen, dass ich versuchen werde, Sie so weit wie möglich da rauszuhalten. Erzählen Sie mir, warum Sie glauben, dass eins der Mädchen getötet wurde."

„Ich habe schon gesagt, dass sie brutal waren. Und auch, dass es irgendwann nicht mehr gespielt war. Vor allem beim letzten Mal. Da habe ich entschieden, dass ich nicht mehr rauffahre. Aber Lacy, das war ein Mädchen, mit dem ich öfter rumhing, sagte, dass es nicht so schlimm wäre und dass sie das Geld eben einfach braucht, okay? Sie fuhr wieder rauf, aber sie kam nie mehr zurück. Ich hab sie nie wiedergesehen."

Sie schwieg einen Moment, und man hörte wieder, wie ein Streichholz angerissen wurde. „Nicht, dass ich irgendwas beweisen könnte. Es ist nur ... sie hat ihr ganzes Zeug in ihrem Zimmer gelassen, ich hab's selbst gesehen. Und Lacy hat echt an ihren Sachen gehangen. Sie hat so kleine Tiere aus Glas gesammelt. Total schön, wie aus Kristall oder so. Die hätte sie nie einfach so dagelassen. Die hätte sie ganz bestimmt geholt, wenn sie es gekonnt hätte. Deshalb dachte ich mir, dass sie bestimmt tot ist oder dass sie sie da oben gefangen halten, so wie Liz. Und dass ich besser verschwinden sollte, bevor sie mit mir auch noch irgendwas machen."

„Wissen Sie, wie Lacy mit Familiennamen hieß, Jade? Oder sonst etwas über sie?"

„Sie war einfach nur Lacy. Mehr weiß ich nicht über sie. Aber sie war okay."

„In Ordnung. Sie waren eine große Hilfe. Sagen Sie, können Sie mir nicht vielleicht eine Nummer geben, unter der ich Sie anrufen kann?"

„Das will ich nicht. Hören Sie, ich habe Ihnen alles erzählt, was ich weiß. Ich will mit dem Ganzen nichts mehr zu tun haben. Ich habe es Ihnen schon gesagt, dass ich noch mal ganz neu anfange."

Althea drängte sie nicht. Es war kein Problem, die Nummer von der Telefongesellschaft zu erfragen. „Aber versprechen Sie mir, mich anzurufen, falls Ihnen noch etwas einfällt, egal, wie unwichtig es Ihnen vorkommt?"

„Schätze schon. Hören Sie, ich hoffe wirklich, dass Sie die Kleine finden und dass diese Dreckskerle bekommen, was sie verdienen."

„Wir werden sie finden. Danke."

„Okay. Und sagen Sie Wild Bill einen schönen Gruß."

Bevor Althea etwas erwidern konnte, legte Jade auf. Als sie aufschaute, stand Colt in der Tür. In seinen Augen lag wieder dieser Ausdruck, bei dem einem ganz angst und bange werden konnte.

„Du könntest sie herzitieren. Wichtige Zeugin."

„Das könnte ich.“ Althea wählte. Sie würde sich die Nummer gleich geben lassen. Vorsichtshalber. „Aber ich tue es nicht.“ Bevor Colt etwas sagen konnte, bedeutete sie ihm mit einer Handbewegung zu schweigen und richtete eine offizielle Anfrage an den Operator.

„212er Vorwahl“, bemerkte Colt, während Althea die Nummer auf ihren Notizblock schrieb. „Du könntest die New Yorker Polizei bitten, sie einzusammeln.“

„Nein“, sagte sie bestimmt, dann steckte sie ihr Notizbuch in ihre Tasche und stand auf.

„Warum nicht, zum Teufel?“ Colt packte sie am Arm, während sie nach ihrem Mantel langte. „Wenn sie schon am Telefon so viel sagt, kriegst du bestimmt noch mal so viel aus ihr raus, wenn sie dir gegenübersitzt.“

Verärgert über seine Einmischung, riss sie sich von ihm los. „Sie hat mir alles gesagt, was sie weiß, und zwar einfach einzig und allein, weil ich sie darum gebeten habe. Ohne Drohungen, ohne Versprechungen und ohne dass ich irgendwelche Tricks angewandt hätte. Ich enttäusche keine Menschen, die mir Vertrauen entgegenbringen, Nightshade. Wenn ich Jade unbedingt brauche, um diesen Dreckskerlen das Handwerk zu legen, werde ich auf sie zurückkommen. Aber erst, wenn es keinen anderen Weg mehr gibt. Und ganz bestimmt nicht ohne ihr Einverständnis. Ist das klar?“

„Ja.“ Er fuhr sich mit der Hand übers Gesicht. „Ja, es ist klar. Und du hast Recht. Warum holst du dir dann nicht diesen Durchsuchungsbefehl und überprüfst die andere Adresse?“

„Genau das habe ich vor. Kommst du mit?“

„Darauf kannst du dich verlassen. Wir müssten eigentlich noch genug Zeit haben, das zu beenden, bevor wir abheben."

Sie blieb an der Tür stehen und drehte sich erstaunt um. „Abheben?"

„Richtig, Lieutenant. Wir beide machen einen kleinen Ausflug. Du erfährst gleich mehr darüber."

8. KAPITEL

„Ich glaube wirklich, wir haben den Verstand verloren." Althea klammerte sich an ihrem Sitz fest, als sich die Cessna in den samtig blauen Herbsthimmel erhob.

Colt, der entspannt an den Schalthebeln saß, warf ihr einen erstaunten Blick zu. „Jetzt erzähl mir bloß nicht, dass du Angst vorm Fliegen hast."

„Blödsinn, natürlich nicht." Die Cessna sackte in ein Luftloch ab. „Aber Flugzeuge mit Flugbegleitern sind mir lieber."

„In der Küche gibt es Getränke. Sobald wir oben sind, kannst du dir etwas holen."

Obwohl es nicht genau das war, was sie gemeint hatte, sagte Althea nichts und beobachtete nur, wie die Landschaft sich neigte. Eigentlich flog sie gern, wirklich. Es war nur so, dass sie beim Fliegen feste Gewohnheiten hatte. Normalerweise schnallte sie sich an, setzte Kopfhörer auf, aus der die Musik ihrer Wahl ertönte, schlug ein Buch auf und beamte sich für die Dauer des Flugs einfach weg.

Sie wollte nicht an all die Messinstrumente denken, über die sie keine Kontrolle hatte.

„Ich denke immer noch, dass es verschwendete Zeit ist."

„Boyd fand das nicht", hielt Colt dagegen. „Wir wissen, in welcher Richtung das Haus ungefähr liegt. Ich habe mir dieses verdammte Band so oft angesehen, dass mir die Augen wehgetan haben. Wenn ich das Haus sehe, werde ich es garantiert erkennen. Den Versuch ist es allemal wert."

„Vielleicht.“ Mehr an Zugeständnissen war in ihren Augen wirklich nicht drin.

„Überleg doch mal.“ Colt ging in Schräglage und nahm dann Kurs auf die Berge. „Sie wissen, dass sich irgendwas über ihren Köpfen zusammenbraut. Deshalb sind sie aus dem Penthouse ausgezogen. Sie werden sich fragen, wo dieses Band gelandet ist, und falls sie versuchen, mit Leo Kontakt aufzunehmen, wird es ihnen nicht gelingen, weil du ihn in ein sicheres Versteck gebracht hast.“

„Deshalb werden sie sich aus Denver vorerst fern halten“, stimmte sie zu. Die Motoren röhrten. „Aber vielleicht brechen sie ja auch in ihrem Domizil in den Bergen die Zelte ab.“

„Genau das befürchte ich.“ Colt presste die Lippen zusammen, während sie Denver hinter sich ließen. „Und was passiert mit Liz, wenn sie es tun? Jede Möglichkeit ist gleich schlecht.“

„Ja.“ Das und Boyds Zustimmung hatten sie überzeugt, dass es richtig war mitzufliegen.

„Ich halte es nicht für ausgeschlossen, dass sie zumindest noch eine gewisse Zeit in dem Haus in den Bergen bleiben. Selbst wenn sie annehmen, dass wir von seiner Existenz erfahren haben, gehen sie wahrscheinlich davon aus, dass wir nicht wissen, wo es liegt. Sie wissen nichts von Jade.“

„Einverstanden, Nightshade. Aber mir kommt es trotzdem so vor, als ob wir nur im Nebel herumstochern.“

„Wir brauchen eben ein bisschen Glück. Ist es jetzt besser?“ fragte er, als das Flugzeug wieder geradeaus flog. „Sieht es von hier oben nicht herrlich aus?“

Die Gipfel der Berge im Norden waren schneebedeckt, und zwischen die Bergketten schmiegten sich grüne Täler. Sie flogen so tief, dass Althea die Autos auf dem Highway erkennen konnte, die wie Spielzeugautos wirkten, kleine Ortschaften und den dunkelgrünen dichten Wald im Westen.

„Es hat seine Vorzüge.“ Dann schoss ihr plötzlich ein Gedanke durch den Kopf. „Hast du eigentlich wirklich einen Pilotenschein, Nightshade?“

Er schaute sie an, dann lachte er schallend. „Du lieber Gott, ich bin wirklich total verrückt nach dir, Lieutenant. Willst du eine richtig protzige Hochzeit oder lieber eine kleine intime?“

„Du bist komplett verrückt, damit du’s nur weißt“, murmelte sie und schaute ostentativ durch die Windschutzscheibe. Wenn sie wieder in Denver waren, würde sie überprüfen, ob er ihr mit dem Pilotenschein nicht einen Bären aufgebunden hatte. „Außerdem hast du mir versprochen, nicht wieder damit anzufangen.“

„Ich habe geschwindelt“, gestand er fröhlich. Trotz dieser Sorge wegen Liz, die nie ganz von ihm abfiel, konnte er sich nicht erinnern, sich in seinem ganzen Leben je besser gefühlt zu haben. „Damit habe ich ein Problem. Eine Frau wie du könnte mich vielleicht heilen.“

„Versuchs mit einer Therapie.“

„Wirklich, Thea, wir wären ein tolles Paar. Warte ab, bis du meine Familie erst kennen lernst.“

„Ich werde deine Familie aber nicht kennen lernen.“ Ihr war plötzlich ganz flau im Magen, aber sie schrieb es einer Turbulenz zu.

„Na ja, vielleicht hast du damit ja sogar Recht – zumindest bis wir uns einig sind, dass wir vor den Altar treten. Meine Mutter hat die schlechte Angewohnheit, alles an sich zu reißen, aber dagegen kannst du dich wehren. Mein Vater sieht immer wie aus dem Ei gepellt aus, was heißt, dass ihr so gut miteinander harmoniert wie Eier und Speck. Der Admiral ist ein absoluter Kontrollfreak.“

„Admiral?“ entfuhr es ihr trotz ihres festen Vorsatzes, an dieses Thema kein einziges Wort mehr zu verschwenden.

„Er ist bei der Marine. Es hat ihm fast das Herz gebrochen, als ich beschloss, zur Luftwaffe zu gehen.“ Colt zuckte die Schultern. „Aus dem Grund habe ich es wahrscheinlich gemacht. Und dann habe ich noch diese Tante ... obwohl, du musst sie einfach unbedingt alle selbst kennen lernen.“

„Ich werde deine Familie nicht kennen lernen“, wiederholte sie, verärgert darüber, dass es eher gereizt als entschieden klang. Sie löste ihren Sicherheitsgurt und ging nach hinten in die winzige Küche, wo sie herumkramte, bis sie eine Dose mit Nüssen und eine Flasche Mineralwasser fand. Als sie den kleinen Kühlschrank öffnete, entdeckte sie ein Glas Kaviar und eine Flasche Beaujolais. „Wem gehört dieses Flugzeug eigentlich?“

„Einem Freund von Boyd. Einem Wochenendflieger, der glaubt, damit die Frauen, auf die er es abgesehen hat, beeindrucken zu können.“

Ihre Antwort bestand nur aus einem Brummen, während sie sich wieder auf ihren Platz setzte. „Das kann niemand anders als Frank der Lustmolch sein. Er nervt mich schon seit Jahren damit, dass ich mit ihm fliegen soll.“ Sie suchte sich eine Cashewnuss aus.

„Und? Ist er nicht dein Typ oder was?“

„Er hat so schrecklich wenig Fingerspitzengefühl. Aber das ist ja typisch Mann.“

„Ich werde mich zu gegebener Zeit daran erinnern. Gibst du mir auch eine?“

Sie hielt ihm die Dose mit den Nüssen hin. „Ist das Boulder?“

„Ja. Ich fliege es von Nordwesten an und drehe dann einen Kreis. Boyd hat erzählt, dass er hier oben ein Ferienhaus hat.“

„Ja. Wie viele andere auch. Sie sind ganz wild darauf, am Wochenende aus der Großstadt rauszukommen und im Schnee herumzustapfen.“

„Du kannst dem nichts abgewinnen?“

„Ich wüsste nicht, wofür Schnee gut sein soll, außer vielleicht zum Skifahren. Und das Schönste am Skifahren ist – jedenfalls für mich –, so schnell wie möglich zur nächsten Hütte zu kommen, um an einem prasselnden Kaminfeuer einen schönen heißen Grog zu trinken.“

„Ah, du bist also der Abenteuertyp.“

„Ich liebe Abenteuer. Obwohl die Aussicht, die man von Boyds Hütte aus hat, eigentlich schon ganz schön ist“, räumte sie widerwillig ein. „Und die Kinder finden es natürlich ganz toll.“

„Dann warst du also auch schon dort.“

„Ein paarmal. Aber nach der Schneeschmelze gefällt es mir dort besser, weil dann keine Gefahr mehr besteht, dass die Straßen dicht sind. Ich hasse den Gedanken, irgendwo festzusitzen.“

„Es könnte von Vorteil sein.“

„Für mich nicht.“ Sie schwieg eine Weile und schaute auf die Landschaft, die sich unter ihr ausbreitete. „Es ist wirklich sehr schön“, sagte sie nachdenklich. „Besonders von hier oben aus. Wie im Fernsehen.“

Darüber grinste er. „Dann ist dir Natur aus der Distanz lieber? Ich dachte immer, Stadtmädchen sehnen sich nach ein bisschen Landluft."

„Dieses Stadtmädchen hier nicht. Ich würde lieber ..." Das Flugzeug sackte so ruckartig nach unten, dass die Nüsse aus der Dose flogen und Althea sich festhalten musste. „Was zum Teufel war denn das?"

Colt schaute mit zusammengekniffenen Augen auf seine Instrumente, während er versuchte, das Flugzeug wieder auf Kurs zu bringen. „Ich weiß nicht."

„Du weißt es nicht? Was soll das heißen, du weißt es nicht? Du solltest es aber wissen!"

„Still!"

Er legte den Kopf schräg und lauschte dem Motorengeräusch. „Wir verlieren Druck", sagte er mit der eisigen Ruhe, die ihm in der Vergangenheit schon oft das Leben gerettet hatte.

Sobald ihr klar geworden war, dass es sich nicht um eine tückische Turbulenz, sondern um ein ernsteres Problem handelte, reagierte Althea dementsprechend, indem sie ruhig fragte: „Was machen wir?"

„Ich werde notlanden müssen."

Althea schaute fatalistisch nach unten auf den dichten Wald und die zerklüfteten Berge. „Wo?" fragte sie.

„Laut Karte gibt es ein Stück weiter östlich ein kleines Tal." Colt änderte seinen Kurs, indem er verschiedene Hebel umlegte. „Pass auf, ob du es irgendwo siehst", befahl er und schaltete seinen Sprechfunk ein. „Baker Able John three an Boulder Tower."

„Da." Althea deutete auf einen winzigen schmalen Streifen

Land zwischen zerklüfteten Bergen. Colt nickte und fuhr fort, den Tower über sein Problem zu informieren.

„Verlier jetzt nicht die Nerven“, sagte er zu ihr. „Die Landung wird ein bisschen hart werden.“

Sie wappnete sich und zwang sich weiter hinzuschauen, als das Land auf sie zugerast kam. „Ich habe mir sagen lassen, dass du gut bist, Nightshade.“

„Du bist eben dabei, es herauszufinden.“ Er verringerte die Geschwindigkeit, passte sich den Luftströmen an, während er das Flugzeug auf das enge Tal zusteuerte.

Es ist wie einen Faden in eine Nadel einzufädeln, dachte Althea. Und schnappte nach Luft, als das Flugzeug kurz darauf hart auf dem Boden aufsetzte. Die Maschine prallte ab, hüpfte, taumelte, wurde heftig durchgeschüttelt, dann rollte sie langsam aus.

„Bist du okay?“ fragte Colt.

„Ja.“ Sie atmete laut aus. Ihr Magen hatte sich verkrampft, aber abgesehen davon war sie heil. „Ja. Und du?“

„Mir geht es blendend.“ Er packte mit beiden Händen ihr Gesicht und zog sie trotz des sich sträubenden Sicherheitsgurts so nah an sich heran, dass er sie küssen konnte. „Verdammt noch mal, Lieutenant“, sagte er und küsste sie noch einmal hart. „Du hast keine Miene verzogen. Komm, lass uns zusammen durchbrennen.“

„Habe ich dir nicht gesagt, dass du damit aufhören sollst?“ Für eine Frau, die daran gewöhnt war, ihre Gefühle unter Kontrolle zu haben, war es schwierig zu entscheiden, was sie tun sollte, wenn sie gleichzeitig den Drang zu lachen und zu schreien verspürte. Sie schob Colt weg. „Willst du mich jetzt vielleicht endlich aus diesem Ding aussteigen lassen? Ich würde nämlich ganz gern wieder mal festen Boden unter den Füßen spüren."

„Aber ja." Er machte die Tür auf und half ihr sogar beim Aussteigen. „Ich gebe nur noch rasch unsere Position durch", sagte er.

„Gut." Althea sog gierig die frische kalte Bergluft ein und probierte ihre Beine aus. Nicht besonders wacklig, entdeckte sie erfreut. Alles in allem hatte sie ihre erste – und hoffentlich einzige – Bruchlandung sehr gut überstanden. Was allein Colts Verdienst war, erkannte sie, während sie sich umschaute. Er hatte entschieden, was zu tun war, und dafür gesorgt, dass es klappte.

Sie fiel nicht auf die Knie, um den Boden zu küssen, aber sie war dankbar, ihn unter ihren Füßen zu spüren. Hinzu kam, dass die Aussicht herrlich war. Es war ein ringsum von Bergen und Wäldern umgebenes windgeschütztes Fleckchen, über ihnen spannte sich ein wolkenlos blauer Himmel, und die Luft war so herrlich frisch, dass sie die Sinne weckte. Wenn sie nur ein bisschen Glück hatten, würde in einer Stunde ein Rettungsteam da sein, was der Grund dafür war, dass Althea es sich leisten konnte, die Landschaft zu genießen, ohne von der Einsamkeit überwältigt zu werden.

Sie war vollkommen im Einklang mit sich und der Natur, als sie Colt aus dem Cockpit klettern hörte. Sie lächelte ihn sogar an.

„Wann kommen sie?"

„Wer?"

„Na, das Rettungsteam. Du weißt schon, diese selbstlosen Helden, die Leute aus so brenzligen Situationen wie der, in der wir uns im Moment befinden, herausholen."

„Ach, die. Gar nicht." Er ließ einen Schraubenschlüssel auf den Boden fallen, dann kletterte er wieder ins Cockpit, um eine kleine Leiter zu holen.

„W...was?" brachte Althea mühsam heraus, nachdem sie ihre Stimme wiedergefunden hatte. Sie wusste, dass es Einbildung war, aber plötzlich schienen die Berge höher in den Himmel zu wachsen. „Willst du damit sagen, dass uns niemand hier rausholt? Ist die Funkverbindung abgerissen?"

„Nein, gar nicht." Colt stieg auf die Leiter und machte die Klappe über dem Motor auf. Aus seiner Gesäßtasche schaute ein alter Lumpen heraus. „Ich habe ihnen gesagt, dass ich versuchen will, den Schaden gleich an Ort und Stelle zu reparieren, und dass ich mich wieder melde."

„Du hast ihnen gesagt ..." Sie fuhr so schnell herum, dass sie beide überrascht waren. Ihr erster Boxhieb, der ihn von der Leiter holte, traf seine linke Niere. „Du *Idiot*! Was soll das heißen, du willst den Schaden gleich an Ort und Stelle reparieren!" Sie holte wieder aus, aber diesmal duckte er sich mehr verblüfft als verärgert blitzschnell weg. „Das ist nicht einfach eine alte Karre, die auf dem Highway ihren Geist aufgegeben hat, Nightshade! Wir haben keinen verdammten Platten, ist dir das eigentlich klar?"

„Na ja, schon", erwiderte er vorsichtig, während er bereits mit der nächsten Attacke rechnete. „Ich glaube, es ist der Vergaser."

„Du glaubst, es ..." Ihr Atem kam zischend zwischen ihren Zähnen heraus, und ihre Augen verengten sich gefährlich. „Das ist es. Ich werde dich mit meinen bloßen Händen erwürgen."

Sie stürzte sich auf ihn. Colt traf eine blitzschnelle

Entscheidung, indem er herumwirbelte und es zuließ, dass sie beide von der Wucht des Aufpralls zu Boden gezerrt wurden. Kaum zwei Sekunden später wurde ihm klar, dass die Lady im Nahkampf alles andere als eine Niete war. Er musste einen Faustschlag aufs Kinn einstecken, bei dem seine Zähne laut klapperten. Es sah ganz danach aus, als ob es an der Zeit wäre, sich nach Kräften zur Wehr zu setzen.

Er schlang seine Beine um sie und drehte sie nach einem kurzen, heftigen Ringkampf auf den Rücken. „Hör sofort auf, hast du verstanden? Sonst wird noch irgendwer verletzt."

„Da hast du verdammt Recht."

Da er mit Vernunft offensichtlich nicht weiterkam, brachte er sein ganzes Gewicht zum Einsatz, indem er sich, ihre Handgelenke mit den Händen umschließend, auf sie setzte und sich über sie beugte. Sie bäumte sich zweimal auf in dem Versuch, ihn abzuwerfen, dann lag sie still. Sie wussten beide, dass sie sich nur ausruhte und in der Zwischenzeit fieberhaft nach einem Ausweg suchte.

„Hör zu." Er ließ sich noch einen Moment Zeit, um wieder zu Atem zu kommen, dann sagte er direkt in ihr Ohr: „Es ist einfach das Vernünftigste."

„So ein Blödsinn."

„Lass es mich erklären. Und wenn du dann immer noch anderer Meinung bist, müssen wir uns eben etwas anderes überlegen. Okay?" Als sie nicht reagierte, fuhr Colt mit zusammengebissenen Zähnen fort: „Versprich mir, dass du nicht mehr zuschlägst, bevor ich fertig bin."

Es war ein Jammer, dass er in diesem Moment ihren Gesichtsausdruck nicht sehen konnte. „Okay", stieß Althea hervor. Vorsichtig zog Colt sich zurück, bis er ihr Gesicht sehen konnte. Er hatte sich halb aufgerichtet, als sie blitzschnell das Bein anwinkelte und mit dem Knie zustieß.

Der scharfe Schmerz, der ihn durchzuckte, bewirkte, dass ihm die Luft wegblieb. Er ließ von ihr ab und krümmte sich auf dem Boden zusammen.

„Das war kein Schlag, sondern ein Tritt", sagte sie. Vor dem Aufstehen nahm sie sich die Zeit, ihre Haare und ihren Parka glatt zu streichen. „So, Nightshade, und jetzt lass hören."

Er hob nur eine Hand, gab ein paar jaulende Laute von sich und wartete darauf, dass der Sternenregen, der vor seinen Augen tanzte, nachließ. „Du könntest deine Nachkommenschaft gefährdet haben, Thea", stieß er hervor. Er zog sich mühsam auf die Knie hoch, wobei er so flach wie möglich atmete. „Das war unfair."

„Manchmal geht es eben leider nicht anders."

Nachdem er neue Kräfte gesammelt hatte, warf er ihr einen bitterbösen Blick zu. „Das zahle ich dir heim. Wir sind unverletzt", stieß er zwischen zusammengebissenen Zähnen hervor. „Zumindest war ich es bis vor einer Minute noch. Das Flugzeug ist nicht beschädigt. Wenn du dich umschaust, müsste dir eigentlich auffallen, dass hier kein zweites Flugzeug landen kann, weil nicht genug Platz ist. Sie könnten uns einen Hubschrauber schicken, um uns herauszuholen, aber warum sollte man so einen Aufwand machen, wo eine gute Chance besteht, dass ich den Schaden selbst reparieren kann?"

Vielleicht hat er ja Recht, dachte Althea. Ganz vielleicht. Aber das änderte nichts an einer schlichten Tatsache. „Du hättest mich vorher fragen müssen. Ich bin nämlich auch noch da, Nightshade. Du hattest kein Recht, einfach über meinen Kopf hinweg zu entscheiden.“

„Mein Fehler.“ Er drehte sich um und ging – humpelte – zurück zu der Leiter. „Ich bin eben einfach davon ausgegangen, dass du ein rationaler Mensch bist und außerdem eine Angestellte im öffentlichen Dienst, die nicht will, dass andere Angestellte im öffentlichen Dienst sie ganz unnötigerweise retten müssen. Und dort hinter diesem Gebirgskamm könnte Liz sein, verdammt noch mal.“ Unter ohrenbetäubendem Geklapper kramte er einen Engländer aus der Werkzeugkiste. „Ohne sie fliege ich nicht zurück.“

Oh, dass er diesen Knopf irgendwann drücken würde, hätte sie sich gleich denken können. Althea schaute wütend in den dunkelgrünen Wald. Und genauso hätte sie sich denken können, dass er sie diese schreckliche Besorgnis in seiner Stimme hören und seine entschlossen blitzenden Augen sehen lassen würde.

Und natürlich war er im Recht.

Seinen Stolz hinunterschlucken zu müssen, war die bitterste aller Pillen. Althea biss die Zähne zusammen und tat es, indem sie sich umdrehte, sich neben die Leiter stellte und sagte: „Also gut, es tut mir Leid. Ich hätte nicht so wütend werden dürfen.“

Seine Antwort war nur ein Brummen.

„Tut es noch weh?“

Er schaute auf sie herunter, mit einem Glitzern in den Augen, das schwächere Frauen bestimmt veranlasst hätte, auf der Stelle zu kuschen. „Nur beim Luftholen.“

Sie lächelte und tätschelte sein Bein. „Versuch einfach an etwas anderes zu denken. Soll ich dir irgendwas reichen?“

Seine Augen verengten sich, bis sie nur noch schmale blaue Schlitze waren. „Kennst du den Unterschied zwischen einer Knarre und einem Drehkraftschlüssel?"

„Nein." Sie schüttelte ihr Haar zurück. „Warum sollte ich? Wenn mein Auto kaputt ist, bringe ich es in die Werkstatt."

„Und was machst du, wenn du unterwegs liegen bleibst?"

Sie warf ihm einen mitleidigen Blick zu. „Was glaubst du wohl?"

Er knirschte mit den Zähnen und widmete sich wieder dem Vergaser. „Wenn ich das sagen würde, würdest du mich als Sexist bezeichnen."

Sie grinste hinter seinem Rücken, aber als sie sprach, war ihre Stimme ernst. „Was ist sexistisch daran, einen Abschleppwagen zu rufen? Ich glaube, in der Küche ist Pulverkaffee. Ich mache welchen."

„Die Batterie sollte besser nicht benutzt werden", brummte er. „Wir werden uns mit kalten Getränken begnügen müssen."

„Kein Problem."

Als sie zwanzig Minuten später zurückkehrte, verfluchte Colt den Motor. „Diesen Freund von Boyd sollte man erschießen. Wie kann man bloß so achtlos mit seinen Sachen umgehen!"

„Wirst du den Motor reparieren oder nicht?"

„Ja." Er fand verschiedene interessante Namen für eine Schraube, die er zu lockern versuchte. „Es wird nur ein bisschen länger dauern als geplant." Weil er mit einer spitzen Bemerkung rechnete, schaute er nach unten. Aber sie stand ganz geduldig da, während ihr der Wind das Haar zerzauste. „Was ist das?" fragte er und deutete mit dem Kopf auf das, was sie in der Hand hatte.

„Ich glaube, man nennt es ein Sandwich.“ Sie hielt ihm das Brot mit Käse zur Inspektion hin. „Nichts Besonderes, aber ich habe mir überlegt, dass du vielleicht hungrig bist.“

„Ja, das bin ich wirklich.“ Die Geste besänftigte ihn ein bisschen. Er hob die Hände, um ihr zu zeigen, wie ölverschmiert sie waren. „Ich bin etwas gehandicapt.“

„Okay. Beug dich rüber.“ Als er gehorchte, hielt sie ihm das Brot an den Mund. Sie ließen einander nicht aus den Augen, während er abbiss.

„Danke.“

„Nichts zu danken. Ich habe ein Bier gefunden.“ Sie zog die Flasche aus ihrer Tasche und nahm einen Schluck. „Wir teilen es uns.“ Dann hielt sie es ihm an die Lippen.

„Jetzt weiß ich, dass ich dich liebe.“

„Iss einfach.“ Sie fütterte ihn wieder mit dem Sandwich. „Kannst du einschätzen, wie lange du ungefähr noch brauchst?“

„Ja.“ Doch bevor er es ihr sagte, sorgte er dafür, dass er seinen vollen Anteil am Bier und am Sandwich bekam. „Noch eine Stunde, vielleicht, oder auch zwei.“

Sie blinzelte. „Zwei Stunden. Bis dahin wird es dunkel sein. Du hast doch nicht vor, im Dunkeln von hier wegzufliegen?“

„Nein.“ Obwohl er auf einen Überraschungsangriff gefasst war, drehte er sich wieder zu dem Motor um. „Es ist sicherer, bis morgen zu warten.“

„Bis morgen“, wiederholte sie tonlos, auf seinen Rücken starrend. „Und was sollen wir bis dahin bitte schön machen?“

„Ein Zelt aufstellen, zum Beispiel. Im Flugzeug ist eins. Schätze, der gute Frank zeltet gern mit seinen Damen.“

„Na, toll. Einfach toll. Willst du mir damit sagen, dass wir heute Nacht im Freien schlafen?"

„Wir können auch im Flugzeug schlafen", gab er zurück. „Aber dort ist es bestimmt nicht so gemütlich und warm wie in einem Zelt neben einem Lagerfeuer." Er begann, ein fröhliches Liedchen zu pfeifen, während er arbeitete. Er hatte angekündigt, dass er es ihr heimzahlen würde. Dabei hatte er allerdings nicht zu hoffen gewagt, dass sich schon so bald eine Gelegenheit ergeben würde. „Ich nehme nicht an, du weißt, wie man ein Lagerfeuer macht."

„Nein, ich weiß nicht, wie man ein verdammtes Lagerfeuer macht", fauchte sie ihn wütend an.

„Warst du früher nicht bei den Pfadfindern?"

Das Geräusch, das sie von sich gab, klang, als ob aus einem Dampfkochtopf Dampf entwiche. „Nein. Du?"

„Auch nicht. Aber ein paar meiner Freunde waren es. Also gut, du gehst jetzt los und sammelst Holz, Darling. Und dann erkläre ich dir, wie du dir deinen ersten Verdienstorden erwirbst."

„Ich werde kein Holz sammeln."

„Schön, aber sobald die Sonne untergegangen ist, wird es kalt werden. Und ein Feuer hält die Kälte – und anderes – fern."

„Ich denke überhaupt nicht ..." Sie unterbrach sich und schaute sich argwöhnisch um. „Was denn anderes?"

„Na ja, du weißt schon. Rehe, Elche ... Wildkatzen ..."

„Wildkatzen?" Ihre Hand zuckte automatisch zu ihrem Schulterholster. „Blödsinn. Hier gibt es keine Wildkatzen."

Er hob den Kopf und schaute sich um. „Na ja, vielleicht ist es dafür wirklich noch ein bisschen zu früh im Jahr, aber vor dem Wintereinbruch kommen sie aus den Bergen runter. Doch wenn es dir lieber ist, dass ich es mache, wenn ich hier fertig bin, hole ich das Holz selbstverständlich. Allerdings kann es bis dahin dunkel sein."

Er wollte sie absichtlich ärgern. Davon war sie überzeugt. Andererseits ... sie schaute zum Wald, wo die Schatten länger wurden. „Also gut, dann hole ich das verdammte Holz eben", brummte sie unwirsch und stiefelte an ihm vorbei zum Wald. Nachdem sie ihre Waffe entsichert hatte.

Er schaute ihr grinsend nach. „Oh, wir werden prächtig miteinander auskommen", sagte er zu sich selbst. „Absolut prächtig."

Colts Anweisungen folgend, schaffte Althea es, innerhalb eines Kreises aus Steinen ein ansehnliches Lagerfeuer zu entfachen. Es gefiel ihr nicht, aber sie machte es. Und weil er behauptete, noch nicht fertig zu sein, sah sie sich schließlich auch noch gezwungen, das Zelt aufzustellen.

Es war ein leichtes Zelt, von dem Colt behauptete, es würde sich praktisch von selbst aufstellen. Nachdem sie mehr als zwanzig Minuten fluchend mit dem blöden Ding gekämpft hatte, hatte sie es endlich geschafft. Ein Blick aus zusammengekniffenen Augen sagte ihr, dass es ihnen beiden tatsächlich ein bescheidenes Dach überm Kopf bieten würde – sofern sie Hüfte an Hüfte schliefen.

Sie starrte immer noch darauf, ohne die Kälte, die die Dunkelheit mit sich brachte, zu spüren, als der Flugzeugmotor ansprang.

„So gut wie neu", brüllte Colt ihr zu, dann schaltete er den

Motor wieder aus. „Ich muss mir nur noch die Hände sauber machen", sagte er. Er kam mit einer Kanne aus dem Cockpit, in der Wasser war, das er zusammen mit dem Entfettungsmittel aus dem Werkzeugkasten nur sparsam einsetzte. „Gut gemacht", lobte er sie, mit dem Kopf auf das Zelt deutend.

„Vielen Dank."

„Im Flugzeug sind Decken. Sie werden reichen." Er hockte immer noch zusammengekauert da und sog die gute frische, mit Rauch und Fichtennadelduft angereicherte Luft tief in die Lunge. „Es gibt doch nichts Schöneres, als in den Bergen zu zelten."

Sie schob ihre Hände in ihre Hosentaschen. „Wenn du es sagst."

Er trocknete seine Hände mit einem Lappen ab, bevor er aufstand. „Erzähl mir jetzt nicht, dass du noch nie gezeltet hast."

„Stimmt aber."

„Was machst du denn im Urlaub?"

Sie zog eine Augenbraue hoch. „Ich gehe in ein Hotel", erwiderte sie spitz. „Mit Zimmerservice, fließend heißem und kaltem Wasser und Kabelfernsehen."

„Du weißt ja gar nicht, was du dir entgehen lässt."

„Ich nehme an, dass ich gerade dabei bin, es herauszufinden."

Sie erschauerte kurz und seufzte. „Jetzt könnte ich etwas zu trinken gebrauchen."

Zu dem Beaujolais aßen sie mit großem Appetit einen guten würzigen Käse, Kaviar und hauchdünne, mit einer köstlichen Pastete bestrichene Cracker.

Alles in allem hätte es schlechter sein können, befand Althea.

„Ganz anders als alles, was ich beim Zelten je gegessen habe“, bemerkte Colt, während er sich noch ein bisschen mehr Kaviar auf einen Cracker häufte. „Ich dachte schon, ich müsste einen Hasen schießen.“

„Bitte, nicht während ich esse.“

Althea trank noch einen Schluck Wein und fühlte sich seltsam entspannt. Ihr wurde warm. Das Lagerfeuer hielt die Kälte wirklich fern. Und das Flackern und Knacken hatte etwas Tröstliches. Am wolkenlosen schwarzen Himmel über ihnen glitzerten zahllose Sterne. Eine viertel Mondsichel ließ die Bäumen silbern erscheinen und die schneebedeckten Berggipfel leuchten.

Althea hatte aufgehört, jedes Mal zusammenzuzucken, wenn ein Käuzchen schrie.

„Schöne Gegend.“ Colt zündete sich eine Zigarre an. „Ich bin noch nie lange hier gewesen.“

Und Althea auch nicht, wie ihr jetzt auffiel, obwohl sie bereits seit einem Dutzend Jahren in Denver lebte. „Mir ist die Stadt lieber“, sagte sie mehr zu sich selbst als zu Colt. Sie langte nach einem Ast und stocherte damit im Feuer herum, allerdings nicht, weil es nötig gewesen wäre, sondern weil es ihr Spaß machte zu beobachten, wie die Funken flogen.

„Warum?“

„Weil da Menschen sind, nehme ich an. Weil man alles bekommt, was man braucht. Und weil ich mich dort nützlich fühle.“

„Dich nützlich zu fühlen, ist dir wichtig.“

„Ja."

Er beobachtete, wie die Flammen auf ihrem Gesicht tanzten, ihre Augen hervorhoben, die Wangenknochen deutlicher hervortreten und die Haut weicher erscheinen ließen. „Du hattest keine glückliche Kindheit."

„Das ist vorbei." Als er nach ihrer Hand griff, wehrte sie sich nicht, aber sie kam ihm auch nicht entgegen. „Ich rede nicht darüber", erwiderte sie schroff. „Nie."

„In Ordnung." Er konnte warten. „Dann reden wir über etwas anderes." Er zog ihre Hand an seine Lippen und spürte, dass sie ihre Finger erst leicht an-, dann entspannte. „Ich nehme an, dass dir nie jemand Geschichten am Lagerfeuer erzählt hat."

Sie lächelte. „Kaum."

„Ich könnte mir vielleicht eine ausdenken ... einfach nur so, zum Zeitvertreib. Was willst du hören, eine erfundene oder eine wahre?"

Sie fing an zu lachen, doch dann sprang sie unvermittelt auf und zog ihre Waffe. Colt reagierte blitzschnell. Sofort war er neben ihr, schob sie hinter sich und riss seinen eigenen Revolver aus dem Stiefel.

„Was ist?" fragte er, während er mit zusammengekniffenen Augen ins Dunkel starrte.

„Hast du es nicht gehört? Da ist irgendwas."

Er lauschte angestrengt, während sie ihm instinktiv Deckung gab. Nach einem Moment brüllender Stille hörte er ein leises Rascheln, dann in der Ferne das Heulen eines Kojoten. Das lang gezogene Klagegeheul ließ Althea das Blut in den Adern gefrieren.

Colt fluchte, aber wenigstens lachte er nicht. „Tiere", sagte er und bückte sich, um seinen Revolver wieder in seinen Stiefel zu schieben.

„Was für welche?“ Ihre Augen suchten immer noch argwöhnisch die Umgebung ab.

„Kleine“, versicherte er ihr. „Dachse, Kaninchen.“ Er legte eine Hand über ihre, die die Waffe hielt. „Nichts, worauf du schießen müsstest, Adlerauge.“

Sie war noch nicht überzeugt. Der Schakal heulte wieder und ein Käuzchen antwortete. „Was ist mit diesen Wildkatzen?“

Er wollte etwas erwidern, doch dann überlegte er es sich anders und sagte mit einem spöttischen Unterton: „Eher unwahrscheinlich, dass sie sich so nah ans Feuer heranwagen, Darling.“

Sie schob mit nachdenklich gerunzelter Stirn ihre Waffe zurück in ihr Holster. „Dann sollten wir es vielleicht noch ein bisschen größer machen.“

„Es ist groß genug.“ Er drehte sie zu sich herum und fuhr ihr mit den Händen über die Arme. „Ich habe dich noch nie so ängstlich gesehen.“

„Ich sitze eben nicht gern auf dem Präsentierteller. Hier draußen gibt es einfach zu viel, was ich nicht einschätzen kann.“ Und die Wahrheit war, dass sie es lieber mit einem durchgeknallten Junkie in einer dunklen Seitenstraße aufnehmen würde als mit einem dieser kleinen Pelztiere mit Reißzähnen. „Grins nicht so blöd, verdammt!“

„Grinse ich?“ Er fuhr sich mit der Zunge über die Zähne und gab sich alle Mühe, ein ernstes Gesicht zu machen. „Sieht ganz danach aus, als ob du dich mir anvertrauen müsstest.“

„Ach, ja?"

Als sie sich von ihm losmachen wollte, verstärkte er seinen Griff. Die Belustigung in seinen Augen verwandelte sich so schnell in Begehren, dass es ihr den Atem verschlug. „Außer dir und mir ist niemand da, Althea."

Sie ließ die Luft, die sich in ihrer Lunge gestaut hatte, ganz langsam heraus. „So sieht es aus."

„Ich nehme nicht an, dass ich dir noch mal sagen muss, was ich für dich empfinde, Althea. Oder wie sehr ich dich begehre."

„Nein." Als seine Lippen ihre Schläfe streiften, zuckte sie zusammen.

„Ich kann machen, dass du vergisst, wo du bist." Seine Lippen wanderten an ihrer Wange nach unten, an ihrem Kinn entlang und dann auf der anderen Seite wieder nach oben. „Wenn du es mir erlaubst."

„Da würdest du dich aber verdammt anstrengen müssen."

Er lachte, als er hörte, dass in ihren Worten eine Provokation mitschwang, obwohl ihre Stimme ganz atemlos klang. „Bis zum Morgen ist es noch lange hin. Wetten, dass ich es schaffe, dich vor Sonnenaufgang zu überzeugen?"

Warum sträubte sie sich so hartnäckig gegen etwas, nach dem sie sich so sehr sehnte? Hatte sie sich nicht vor langer Zeit geschworen, dass sie ihrer Angst nie wieder erlauben würde, ihre Wünsche zu überschatten? Und hatte sie nicht schon vor langer Zeit gelernt, dass sie sich diese Wünsche erfüllen konnte, ohne fürchten zu müssen, dafür bestraft zu werden?

Genauso konnte sie es jetzt mit ihm auch tun, um endlich dieses quälende Verlangen loszuwerden.

„Also gut, Nightshade." Furchtlos schlang sie ihm die Arme

um den Hals und schaute ihm in die Augen. „Ich nehme die Wette an."

Seine Finger schoben sich in ihr Haar, zogen ihren Kopf zurück. Einen prickelnden Augenblick lang starrten sie einander an. Dann fiel er über sie her.

Ihr Mund war heiß und geschmeidig unter seinem, quälend wie Hunger, wild wie die Nacht. Er taumelte besinnungslos in den Kuss, benutzte Zunge und Zähne, wobei er wusste, dass er, selbst wenn er sie verschlänge, immer noch nicht genug von ihr bekommen könnte. Deshalb nahm er sich noch mehr, plünderte schonungslos ihren Mund, während sie es ihm mit gleicher Münze zurückzahlte.

Es ist wie beim ersten Mal, schoss es ihr durch den Kopf. Als er sie an sich gerissen und ihr eine Kostprobe von dem geboten hatte, was er ihr geben konnte. Sein Geschmack hatte bewirkt, dass sich ihr Pulsschlag wie unter dem Einfluss einer starken Droge beschleunigt, dass sich ihr Blut erhitzt und ihr Verstand ausgeschaltet hatte.

Sie fragte sich, wie sie hatte erwarten können, diesmal ungeschoren davonzukommen. Und dann war es ihr plötzlich egal.

Plötzlich wollte sie nicht mehr sicher sein, plötzlich war es gar nicht mehr wichtig, die Kontrolle zu haben. Jetzt, in diesem Moment, wollte sie nur fühlen – all das, was ihr früher unmöglich erschienen war, oder zumindest unklug. Und wenn sie damit ihr Leben aufs Spiel setzte, dann sollte es eben so sein.

Getrieben von nackter Begierde, zerrte sie an seiner Jacke, auf der verzweifelten Suche nach dem harten Körper darunter. Er brauchte nicht unbedingt stärker zu sein als sie, aber wenn er es war, war sie bereit, die Verletzlichkeit, die damit, dass sie eine Frau war, einherging, zu akzeptieren. Ebenso wie die Macht, die ihr ihr Frausein gab.

Sie war wie ein Vulkan kurz vor dem Ausbruch, und sie wünschte sich nichts mehr, als bei ihm zu sein, wenn die Erschütterungen kamen.

Sie raubte ihm den Verstand, trieb ihn in den Wahnsinn. Diese ungestümen Lippen, diese gierig tastenden Hände. Mit einem Fluch, der fast ein Gebet war, schleppte er sie zum Zelt, wobei er sich vorkam wie ein steinzeitlicher Jäger, der die auserwählte Gefährtin in seine Höhle verschleppt.

In dem kleinen Unterschlupf fielen sie übereinander her, ein wüstes Knäuel aus Gliedern und Begierden. Er schälte sie mit zitternden Fingern aus ihrem Parka und rang zwischendurch immer wieder nach Luft, während er ihren Hals und ihr Dekolletee mit gierigen Küssen überschüttete.

Er fühlte die Vibration ihres Stöhnens an seinen Lippen, während er ihr das Schulterholster, dieses Symbol der Kontrolle und Gewalt, herunterriss, wobei ihm klar war, dass er, überwältigt von seinen Gefühlen, kurz davor war, selbst die Kontrolle zu verlieren.

Er wollte sie nackt und gespannt vor Erwartung sehen. Und sie schreien hören.

Sie zerrte keuchend an seinen Kleidern. Im Feuerschein, der orange durch den dünnen Stoff des Zelts leuchtete, konnte sie seine Augen und die dunkle, gefährliche Absicht darin erkennen. Sie aalte sich wohlig in Angstlust, die an den Stellen ihres Körpers, die er in Besitz nahm, wütete. Sie wusste, dass er sie heute Nacht heimsuchen würde. Und heimgesucht werden würde.

Er zog ihr ihren Pullover über den Kopf und warf ihn beiseite. Darunter trug sie Seide, einen schneeweißen, mit Spitzen besetzten BH, der ihn unter anderen Umständen durch seine ihre Weiblichkeit betonende Raffinesse erregt hätte. Er hätte vielleicht mit den Trägern gespielt, wobei er mit den Fingerspitzen zärtlich über ihre sich durch den zarten Stoff drückenden Knospen gestrichen hätte. Jetzt riss er ihn mit einem einzigen harten Ruck in der Mitte auseinander, begierig darauf, ihre Brüste für seinen gierigen Mund freizulegen.

Der Geschmack des warmen, duftenden Fleischs traf seinen gesamten Organismus wie ein Schlag. Und als sich dieser betörende, hilflos erschauernde Körper seinem entgegenwölbte, als sich aus dieser Kehle ein langes heiseres Aufstöhnen löste, trieb er auf einen Gipfel der Lust zu, von dem er sich nie hätte träumen lassen.

Er kostete es in vollen Zügen aus.

Ihrer Brust entrang sich ein ersticktes Wimmern. Um ihn zur Eile anzutreiben, schlug sie ihre Fingernägel in seine nackten Schultern, während sie sich gleichzeitig davor fürchtete, wo er sie hinbringen würde. Sich einladend unter ihm bewegend, klammerte sie sich an ihn, und als er ihre Hose über die Hüften nach unten schob, wölbte sie sich ihm erneut entgegen und kostete es aus, als er ihr mit diesen unendlich aufreizenden Fingerspitzen über die Innenseiten ihrer Oberschenkel fuhr.

Das winzige Dreieck, das sie bedeckte, zerriss. Und wieder weideten sich seine Lippen und seine Zunge an ihr.

Der Schrei, der sich ihr entrang, als sie einen ersten atemberaubenden Höhepunkt hatte, stachelte seine Begierde noch weiter an. Sie explodierte wie eine Rakete und spürte, wie sie sich verstreute und verbrannte. Doch das Gefühl der Erlösung wollte sich immer noch nicht einstellen. Sie umklammerte die Decke, während er in ihr Empfindungen auslöste, für die es keine Worte gab.

Als er sich, am ganzen Körper zitternd, über ihr aufrichtete, sah er, dass sie ihn anschaute. Er nahm ihr Gesicht in sich auf, und sein Blick ließ sie auch dann nicht los, als er mit einem einzigen verzweifelten Stoß in sie eindrang. Ihre Augen wurden glasig, schlossen sich. Sein eigener Blick trübte sich ebenfalls, bevor er sein Gesicht in ihrem Haar vergrub.

Jetzt übernahm sein Körper das Kommando, indem er sich ihren schnellen, furiosen Bewegungen anpasste. Sie waren wie zwei Kinder, die gierig eine verbotene Frucht verschlangen. Der Schrei, den sie schließlich ausstieß, brachte Sekunden vor seinem eigenen die Luft zum Erzittern.

Völlig erschöpft und keuchend fiel er über ihr zusammen, wobei er spürte, dass sie unter den Nachbeben der Lust heftig erschauerte.

„Wer hat gewonnen?“ fragte er etwas später.

Obwohl sie das in so einem Moment nie für möglich gehalten hätte, spürte sie ein Auflachen in sich aufsteigen. „Ich würde sagen, es ist unentschieden.“

„Das reicht mir.“ Er erwog, sich von ihr herunterzurollen, aber er befürchtete, bei der geringsten Bewegung in tausend Scherben zu zerspringen. „Völlig. Ich werde dich gleich küssen“, murmelte er. „Sobald ich mich wieder bewegen kann.“

„Ich habe Zeit.“ Althea erlaubte ihren Augen wieder zuzufallen und kostete seine Nähe aus. Sein Körper strahlte immer noch Hitze aus, und sein Herz schlug längst noch nicht ruhig und gleichmäßig. Sie fuhr ihm zärtlich mit einer Hand über den Rücken und hielt in der Bewegung inne, als ihre Fingerspitzen eine Narbe ertasteten. „Was ist das?“

„Hm?“ Er schrak aus dem Halbschlaf auf. „Desert Storm.“

Sie hatte nicht gewusst, dass er dort gewesen war. Erst jetzt wurde ihr klar, dass es bei ihm noch eine ganze Menge gab, was im Dunkeln lag. „Ich dachte, du wärst damals schon nicht mehr bei der Air Force gewesen.“

„Das stimmt auch. Aber ich habe mich bereit erklärt, einen kleinen Job zu übernehmen ... eine Art Nebenjob.“

„Einen Gefallen.“

„So könnte man es ausdrücken. Dabei bin ich in einen kleinen Hinterhalt geraten ... nichts Besorgniserregendes.“ Er knabberte an ihrem Hals. „Du hast unheimlich aufregende Schultern. Habe ich dir das schon gesagt?“

„Nein. Tust du der Regierung immer noch gelegentlich einen Gefallen?“

„Nur wenn man mich freundlich bittet.“ Er rollte sich ächzend herum und zog sie über sich. „Besser so?“

„Hmm ...“ Sie schmiegte ihre Wange an seine Brust. „Aber ich fürchte, wir werden erfrieren.“

„Solange wir uns bewegen, nicht.“ Er grinste, als sie den Kopf hob, um ihn anzusehen. „Überlebenstraining, Lieutenant.“

„Ganz bestimmt.“ Sie verzog den Mund zu einem Lächeln. „Ich muss zugeben, dass mir dein Stil gefällt, Nightshade.“

„Wirklich?“ Er fuhr ihr zärtlich mit den Fingern durchs Haar, wog es in seiner Hand.

„Ganz wirklich. Wann müssen wir Holz nachlegen?"

„Oh, das hat noch ein bisschen Zeit."

„Dann sollten wir sie nicht verschwenden, oder?" Immer noch lächelnd legte sie ihren Mund auf seinen.

„Nein, auf keinen Fall." Er war immer noch in ihr und spürte, dass er bereits wieder hart wurde. Diesmal würde er ihr die Führung überlassen. Als seine Lippen ihre streiften, wurde er von einer Woge der Liebe überschwemmt, die so heiß war, dass es ihm den Atem verschlug. Er zog sie noch enger an sich und sagte: „Ich weiß, dass es abgestanden klingt, Thea, aber so wie mit dir war es für mich vorher noch nie. Mit keiner anderen Frau."

Das machte ihr Angst, aber was ihr noch mehr Angst machte, war die Tatsache, dass ihr bei seinen Worten das Herz überging. „Du redest einfach zu viel, Nightshade."

„Thea ..."

Aber sie richtete sich nur kopfschüttelnd über ihm auf, um ihn ganz tief in sich aufzunehmen und seinen Körper so zu quälen, dass für Worte kein Bedarf mehr war.

9. KAPITEL

Colt war sofort hellwach. Eine alte Angewohnheit. Er registrierte seine Umgebung – das bleiche Licht der heraufziehenden Morgendämmerung im Zelt, die raue Decke, den harten Boden unter seinem Rücken und die weiche, schlanke Frau, die zusammengerollt auf ihm schlief. Als er sich daran erinnerte, wie sie sich irgendwann mitten in der Nacht auf der Suche nach einem bequemeren Plätzchen kurzerhand auf ihn gelegt hatte, musste er lächeln.

Zu diesem Zeitpunkt waren sie so erschöpft gewesen, dass sie sich nur noch herumgerollt hatten, um zu schlafen. Jetzt erinnerte ihn die aufgehende Sonne daran, dass es außerhalb des Zelts noch eine andere Welt gab, in der sie ihre Aufgaben hatten. Dennoch genoss er die Intimität noch einen Moment, wobei er sich sagte, dass es bestimmt bald wieder eine Gelegenheit geben würde, wo sie beide ganz allein waren.

Er zog ihr sanft die Decke über die nackten Schultern und fuhr ihr mit den Fingern zärtlich durch ihr über seinen Bauch fließendes Haar.

Sie bewegte sich, schlug die Augen auf und schaute ihn an.

„Gute Reflexe, Lieutenant."

Sie leckte sich mit der Zunge über die Zähne und wartete, bis ihr Gehirn und ihr Körper sich der Situation angepasst hatten. „Ich schätze, es ist Morgen."

„Die Sonne ist eben erst aufgegangen. Gut geschlafen?"

„War schon mal besser." Jeder Muskel in ihrem Körper schmerzte, aber es war davon auszugehen, dass sich das mit zwei Aspirin und ein paar Gymnastikübungen beheben ließ. „Und du?"

„Wie in Abrahams Schoß“, gab er zurück. „Manche Leute sind eben an gewisse Härten gewöhnt.“

Sie zog nur wortlos eine Augenbraue hoch, dann rollte sie sich von ihm herunter.

„Und manche Leute wollen nach dem Aufwachen Kaffee.“ Sobald sie von ihm weg war, spürte sie die Kälte. Fröstelnd griff sie nach ihrem Pullover.

„He.“ Bevor sie den Pullover überziehen konnte, schlang er ihr einen Arm um die Taille und zog sie wieder an sich. „Du hast etwas vergessen.“ Seine Hand legte sich auf ihren Scheitel und sein Mund auf ihren.

Während sich einladend ihre Lippen öffneten, hatte sie augenblicklich das Gefühl dahinzuschmelzen. Die ganze Nacht über waren sie wieder und wieder zusammengekommen, und jedes Mal war es wie ein schwerer Sturm gewesen, mit einer Sturmflut von Begierde. Doch diesmal war es sanfter, beständiger, eindringlicher, wie ein Feuer, das, nachdem es heftig gelodert hatte, immer noch brannte.

„Es ist wirklich wunderschön, mit dir aufzuwachen, Althea.“

Sie wäre am liebsten in ihn hineingekrochen und nie mehr herausgekommen, so sehr sehnte sie sich nach seiner Nähe. Aber das verriet sie ihm natürlich nicht, sondern fuhr ihm mit einem Finger über die Bartstoppeln an seinem Kinn und sagte: „Mit dir ist es eigentlich auch gar nicht schlecht, Nightshade.“

Dann rückte sie eilig von ihm ab – vielleicht ein bisschen zu eilig –, um sich Luft zu verschaffen. Er durchschaute ihr Manöver und lächelte.

„Weißt du, wenn wir verheiratet sind, sollten wir uns so eine richtig große Spielwiese anschaffen."

Sie schlüpfte in ihren Pullover. Als ihr Kopf wieder auftauchte, waren ihre Augen kühl. „Wer macht den Kaffee?"

Er nickte nachdenklich. „Das werden wir festlegen müssen. Solange man diese kleinen Routinearbeiten gerecht verteilt, läuft in einer Ehe alles glatt."

Sie verkniff sich kopfschüttelnd ein Grinsen und streckte die Hand nach ihrer Hose aus. „Du hast meine Unterwäsche ruiniert. Du musst mir neue kaufen."

Er beobachtete, wie sie die Hose an ihren langen, glatten Beinen hochzog. „Es wird mir ein Vergnügen sein." Er schlüpfte in sein Hemd, während Althea sich auf die Suche nach ihren Socken machte. Da er wusste, wie wichtig gutes Timing war, wartete er, bis sie beide gefunden hatte, bevor er sagte: „Weißt du, Darling, ich habe mir Folgendes überlegt ..."

Sie antwortete mit einem Ächzen, während sie in ihre Schuhe schlüpfte.

„Was hältst du davon, wenn wir an Silvester heiraten? Ich fände es romantisch, das neue Jahr so anzufangen."

Diesmal stieß sie den Atem zischend aus. „Ich werde den verdammten Kaffee machen", brummte sie und kroch aus dem Zelt.

Colt gab ihr einen freundlichen Klaps auf den Po und lachte leise in sich hinein. Das packt sie schon noch, dachte er. Sie wusste es nur noch nicht.

Nachdem es Althea endlich geschafft hatte, das Feuer wieder anzufachen, hatte sie von der herrlichen freien Natur die Nase gestrichen voll. Kann sein, dass es hier draußen wirklich schön ist, überlegte sie. Vielleicht war es sogar großartig mit den zerklüfteten, schneebedeckten Berggipfeln und den dicht bewaldeten Abhängen. Aber es war auch kalt und einsam.

Alles, was sie noch zu essen hatten, war eine Hand voll Nüsse, und weit und breit war kein Café in Sicht.

Sie war zu ungeduldig, um zu warten, bis das Wasser kochte. Als es so heiß war, dass sie den Finger nicht mehr hineinstecken konnte, schüttete sie eine großzügig bemessene Portion Pulverkaffee hinein. Bei dem Kaffeeduft, der aus dem Topf aufstieg, lief ihr das Wasser im Mund zusammen.

„Was für ein erhebender Anblick." Colt, der vor dem Zelt stand, beobachtete sie. „Eine schöne Frau, die sich über ein Lagerfeuer beugt. Und du hast wirklich eine wunderschöne Art, dich vorzubeugen, Thea."

„Halt die Klappe, Nightshade."

Er schlenderte grinsend auf sie zu. „Bist du morgens vor deiner ersten Tasse Kaffee immer so grantig, Darling?"

Sie schlug seine Hand weg, die sich anschickte, mit ihrem Haar zu spielen. Er versuchte schon wieder, sie um den kleinen Finger zu wickeln, und das musste auf der Stelle aufhören. „Hier ist Frühstück." Sie schob ihm die Dose mit den Nüssen hin. „Kaffee kannst du einschenken."

Folgsam hockte er sich hin und verteilte die schwarze Brühe auf zwei Tassen. „Ein schöner Tag", sagte er in verbindlichem Ton. „Fast windstill, gute Sicht."

„Ja, toll." Sie nahm die Tasse entgegen, die er ihr hinhielt. „Gott, Nightshade, für eine Zahnbürste wäre ich im Moment sogar bereit zu töten."

„Diesem Notstand kann ich leider nicht abhelfen." Er trank einen Schluck von seinem Kaffee, verzog angewidert das Gesicht. Giftiger Klärschlamm, entschied er, aber immerhin wurde man davon richtig wach. „Aber es wird nicht mehr lange dauern, bis wir wieder in der Zivilisation sind. Dann kannst du dir die Zähne putzen, ein schönes heißes Bad nehmen und dich eingehend der Haarpflege widmen."

Sie warf ihm einen finsteren Blick zu und sagte: „Kein Wort über meine Haare." Dann stellte sie ihren Kaffeebecher ab, kniete sich hin und begann in ihrer Handtasche herumzukramen. Nachdem sie ihre Haarbürste gefunden hatte, setzte sie sich im Schneidersitz mit dem Rücken zu Colt auf den Boden und begann sich vehement die Haare zu bürsten, ohne ihn noch zu beachten.

„Gib her." Er setzte sich hinter sie und zog sie zwischen seine angewinkelten Beine. „Ich bürste sie dir."

„Das kann ich selbst."

„Wenn du so weitermachst, wird du irgendwann kahl sein." Nach einem kurzen Gerangel nahm er ihr die Bürste weg. „Du solltest sorgfältiger damit umgehen", murmelte er, während er anfing, behutsam die kleinen Knötchen herauszubürsten. „Du hast das schönste Haar, das ich je gesehen habe. Aus der Nähe kann man hundert verschiedene Farbtöne von Rot und Gold und Rost sehen."

„Es sind einfach nur Haare." Doch wenn Althea überhaupt in irgendeinem Punkt eitel war, dann hatte Colt jetzt den Finger darauf gelegt. Und die sanften Bürstenstriche fühlten sich so wundervoll an, dass sie nicht widerstehen konnte, genüsslich aufzuseufzen, während er bürstete und anhob, streichelte und glättete. Auch wenn sie im Moment mitten im Nirgendwo waren, schwelgte Althea im Luxus.

„Da, sieh mal“, flüsterte Colt ihr ins Ohr. „Dort drüben.“

Als Althea den Kopf wandte, sah sie am Waldrand einen Hirsch stehen. Nein, es war kein Hirsch, wie sie gleich darauf erkannte. So riesige Hirsche gab es nicht. Seine breiten Schultern waren fast mannshoch. Jetzt hob er witternd den mit einem gewaltigen Geweih bewehrten Kopf.

„Das ist … ein …“

„Ein Wapiti“, sagte Colt leise, während er ihr freundschaftlich seine Arme um die Taille legte. „Ein amerikanischer Hirsch. Ein Prachtexemplar.“

„Groß. Riesengroß ist er.“

„Er wiegt wahrscheinlich an die siebenhundert Pfund. Da, jetzt hat er uns gewittert.“

Altheas Herz tat einen kleinen Sprung, als der Hirsch seinen wunderschönen Kopf drehte und sie ansah. Er wirkte hochmütig und weise zugleich, während er die Menschen betrachtete, die in sein Territorium eingedrungen waren.

Und dann verspürte sie ganz plötzlich aus Ehrfurcht vor der Schönheit des Lebens ein Brennen im Hals, ein inneres Beben, eine Art Wunder. Einen Moment lang verharrten alle drei, sich gegenseitig messend, während eine Lerche eine herzzerreißend schöne Melodie trällerte.

Gleich darauf drehte sich der Hirsch um und verschwand im Dickicht des Waldes.

„Er wollte wohl keinen Kaffee und keine Nüsse“, bemerkte Althea leise. Sie wusste nicht, warum sie so bewegt war. Sie wusste nur, dass es so war, dass sie sich tief berührt fühlte. Entspannt an Colt gelehnt und von seinen Armen umfangen, fühlte sie sich auf eine unerklärliche Weise zufrieden.

„Das kann ich gut verstehen.“ Colt rieb seine Wange an ihrem Haar. „Was für eine schöne Art, den Tag anzufangen.“

„Ja.“ Sie drehte sich um, legte ihm spontan einen Arm um den Hals und presste ihren Mund auf seinen. „Und das ist noch schöner.“

„Viel schöner“, pflichtete er ihr bei und schloss die Augen, als sie den Kuss vertiefte. Gleich darauf knabberte er an ihrem Hals und war amüsiert, als sie lachte und sein kratziges Gesicht wegschob. „Wenn wir wieder in Denver sind, möchte ich, dass du mich daran erinnerst, wo wir aufgehört haben.“

„Vielleicht mache ich es ja.“ Mit leisem Bedauern machte sie sich von ihm frei. „Aber jetzt sollten wir wohl besser unsere Zelte hier abbrechen. Ach, übrigens“, fügte sie hinzu, während sie sich ihr Schulterholster umschnallte, „du schuldest mir nicht nur Unterwäsche, sondern auch ein Frühstück.“

„Schreibs dir auf.“

Zwanzig Minuten später saßen sie angeschnallt im Cockpit. Colt überprüfte seine Instrumente, während Althea ein bisschen Rouge auflegte.

„Wir haben nicht vor, auf eine Party zu gehen“, brummte er.

„Wenn ich auch meine Zähne nicht putzen und nicht duschen kann“, sagte sie und zerbiss ein Pfefferminz, das sie in ihrer Handtasche gefunden hatte, „so habe ich doch den Sinn für ein gepflegtes Äußeres nicht ganz verloren.“

„Mir gefällt es aber, wenn du blass bist.“ Er startete die Motoren. „Es wirkt so zerbrechlich.“

Nachdem sie ihn einen Moment aus zusammengekniffenen

Augen angestarrt hatte, legte sie zum Trotz noch eine Portion Rouge auf. „Flieg einfach, Nightshade."

„Ja, Sir, Lieutenant."

Er sah keine Veranlassung, ihr zu sagen, dass es ein etwas problematischer Start werden könnte. Während sie ihr Haar zu einem Zopf flocht, manövrierte er das Flugzeug in die beste Startposition. Nachdem er ganz kurz mit einem Finger den St. Christophorus unter seinem Hemd berührt hatte, gab er Gas.

Die Maschine schoss nach vorn, hüpfte, schüttelte sich heftig und hob schließlich zentimeterweise vom Boden ab. Colt kämpfte mit dem Gegenwind, das Flugzeug neigte sich leicht zur Seite, dann pendelte es sich ein. Endlich erhoben sie sich aus dem winzigen Talkessel und flogen über Baumwipfel und Berge.

„Nicht übel, Nightshade." Althea warf ihren Zopf auf den Rücken. Als er ihr einen Blick von der Seite zuwarf, sah er ihr an, dass sie ganz genau gewusst hatte, wie schwierig der Start gewesen war. Die Hände, die gerade dabei waren, die Wimperntusche aufzuschrauben, waren völlig ruhig, aber sie hatte es gewusst. Und er hätte es wissen müssen, dass sie es wusste.

„Boyd hat Recht, Thea. Du bist wirklich eine tolle Partnerin."

„Versuch einfach nur, das Ding für einen Moment ruhig zu halten, okay?" In sich hineinlächelnd, hielt sie sich ihren Taschenspiegel vor und begann sorgfältig ihre Wimpern zu tuschen. „So, und was machen wir jetzt?"

„Dasselbe wie vorher. Wir schauen uns ein bisschen um. Das Haus, nach dem wir suchen, hat eine ansteigende Auffahrt."

„Das hilft uns bestimmt wahnsinnig viel weiter."

„Sei still. Es ist einstöckig, mit einem ums Haus herumlaufenden Balkon im ersten Stock, und hat eine dreigeteilte, nach Westen ausgerichtete Vorderfront aus Glas. In einer Szene auf dem Video ging die Sonne unter", erklärte er. „Irgendwo in der Gegend muss ein See sein, außerdem habe ich Tannen und Fichten gesehen, was uns einen Hinweis auf die ungefähre Höhe gibt. Das Haus ist aus weiß getünchten Baumstämmen erbaut. Es zu entdecken dürfte eigentlich nicht allzu schwierig sein."

Das war gut möglich, aber Althea wusste, dass es noch etwas gab, das ausgesprochen werden musste. „Es kann sein, dass sie nicht dort ist, Colt."

„Wir werden es herausfinden." Er flog einen Kreis und dann in Richtung Westen. Weil sie sah, wie beunruhigt er war, versuchte Althea ihn abzulenken. „Was für einen Rang hattest du eigentlich in der Air Force?"

„Major." Er rang sich ein Lächeln ab. „Sieht ganz danach aus, als ob ich höher gestellt wäre als du."

„Du bist aus dem Dienst ausgeschieden", erinnerte sie ihn. „Ich wette, du siehst in Uniform total aufgeblasen aus."

„Ich würde dich gern mal in Blau sehen. Sieh mal, da unten."

Als ihr Blick seinem Finger folgte, sah sie ein einstöckiges, aus Redwood-Baumstämmen errichtetes Haus. Nicht weit entfernt davon waren noch zwei andere, durch Baumreihen voneinander getrennte Häuser.

„Keins davon passt", sagte sie.

„Nein", stimmte er zu. „Aber ich bin sicher, wir werden es schon noch finden."

Sie setzten ihre Suche fort, wobei Althea fast die ganze Zeit die Gegend durch einen Feldstecher absuchte. Ab und zu entdeckte sie versteckt liegende Häuser, von denen die meisten unbewohnt zu sein schienen. Bei einigen, vor denen immer auch Autos parkten, kam Rauch aus dem Schornstein.

Einmal sah sie einen Mann in einem roten Hemd, der Holz hackte, und ein Rudel Hirsche, das auf einer Wiese graste.

„Da ist nichts", sagte sie nach einer Weile. „Es sei denn, wir wollen eine Dokumentation über ... he, Moment mal." Ein weißes Aufblitzen hatte sie aufmerksam gemacht, dann war es wieder verschwunden. „Flieg einen Kreis." Sie suchte die schneebedeckten Bergkämme ab.

Und da war es, Parterre und erster Stock aus geweißten Baumstämmen, eine dreigeteilte, nach Westen hinausgehende Vorderfront aus Glas, der ums Haus herumlaufende Balkon im ersten Stock. Am Ende der ansteigenden, mit Kies bestreuten Auffahrt stand ein großer Truck. Ein weiterer Hinweis darauf, dass das Haus bewohnt war, war der Rauch, der aus dem Schornstein kam.

„Das könnte es sein."

„Ich wette, dass es das ist." Colt flog einen Kreis, dann drehte er ab.

„Ich könnte diese Wette annehmen." Sie nahm das Mikrofon aus der Halterung. „Sag mir die Position. Ich gebe sie durch und sage Bescheid, dass sie jemand zur Überwachung raufschicken, bis wir einen Durchsuchungsbefehl haben."

Colt sagte ihr die Koordinaten. „Die Position kannst du von mir aus ruhig durchgeben, aber auf ein Stück Papier werde ich mit Sicherheit nicht warten."

„Was zum Teufel hast du vor?“

Er begegnete kurz ihrem Blick, dann schaute er weg. „Ich lande und gehe rein.“

„Nein“, widersprach sie scharf, „das machst du nicht.“

„Du tust, was du tun musst.“ Er steuerte die Wiese an, auf der Althea das Rudel Hirsche entdeckt hatte. „Und ich tue, was ich tun muss. Es gibt eine gute Chance, dass sie da ist. Ich gehe hier nicht unverrichteter Dinge wieder weg.“

„Aber was willst du machen?“ fragte sie, zu aufgeregt, um das gefährliche Landemanöver zu bemerken. „Einbrechen und rumballern? Das gibts bloß im Kino, Nightshade. Nicht genug damit, dass es illegal ist, es bringt auch die Gefangene in Gefahr.“

„Hast du eine bessere Idee?“ Er machte sich darauf gefasst, dass sie im Schnee auf der Wiese rutschen würden, wenn die Maschine aufsetzte. Er konnte nur beten, dass sie nicht ins Schleudern kamen.

„Wir werden ein Bewacherteam raufschicken. Und bis wir den Durchsuchungsbefehl haben, finden wir raus, wem das Haus gehört.“

„Und dann gehen wir erst rein? Nein, danke. Du kannst doch Ski fahren, oder?“

„Was?“

„Du wirst es gleich in einem Flugzeug tun. Halt dich gut fest.“

Sie riss den Kopf herum und sah durch die Windschutzscheibe, wie die schneebedeckte Wiese auf sie zukam. Sie hatte gerade noch Zeit für einen Fluch – einen hässlichen –, dann blieb ihr beim Aufprall die Luft weg.

Sie setzten auf und schlidderten. Neben dem Flugzeug spritzte Schnee auf und flog gegen die Fenster. Althea beobachtete mit fast stoischer Ruhe, wie sie auf eine Wand aus Bäumen zuschleuderten. Dann drehte sich die Maschine zweimal um die eigene Achse, bevor sie knirschend zum Stehen kam.

„Du Irrer!" Sie holte mehrmals hintereinander tief Atem und schluckte ihre Wut zum größten Teil hinunter. Sie hätte sie herausgelassen, aber im Cockpit gab es nicht genug Bewegungsspielraum. Und wenn sie ihn schon umbrachte, wollte sie es wenigstens richtig tun.

„Irgendwann bin ich mal mit kaputtem Radar in den Aleuten gelandet. Dagegen war das eben ein Kinderspiel."

„Und was beweist das?" fragte sie.

„Dass ich immer noch ein hervorragender Pilot bin."

„Werde endlich erwachsen!" brüllte sie ihn an. „Das ist hier nicht Fantasialand. Wir riegeln die Gegend ab, damit sie nicht entkommen können. Diesmal werden wir uns an die Vorschriften halten, Nightshade."

Er löste ruckartig seinen Sicherheitsgurt, dann packte er sie an den Handgelenken. „So, jetzt hörst du zur Abwechslung mal mir zu." Seine Finger gruben sich so tief in ihr Fleisch, dass es ihr eigentlich hätte wehtun müssen, aber die Wut in seinen Augen verhinderte, dass sie etwas fühlte. „Ich kann sehr gut zwischen Fantasie und Wirklichkeit unterscheiden, Althea. Ich habe in meinem Leben genug erlebt, um zu wissen, wie grausam die Wirklichkeit sein kann. Ich kenne dieses Mädchen. Ich habe sie schon als Baby im Arm gehalten, und ich bin wild entschlossen, ihr Wohlergehen nicht in die Hände irgendwelcher Bürokraten zu legen."

„Colt …“

„Vergiss, was du sagen wollest.“ Er schob sie beiseite. „Ich bitte dich nicht, mir zu helfen, weil ich mir alle Mühe gebe, für deine Idee von Recht und Ordnung Respekt aufzubringen. Aber das wird mich nicht daran hindern, selbst nach ihr zu suchen, Thea, und zwar jetzt sofort.“

„Warte.“

Sie hielt eine Hand hoch, dann fuhr sie sich damit durchs Haar. „Lass mich kurz nachdenken.“

„Du denkst viel zu viel.“ Doch als er Anstalten machte aufzustehen, drückte sie ihn wieder in den Sitz.

„Ich habe gesagt, du sollst warten.“ Dann legte sie den Kopf in den Nacken, schloss die Augen und überlegte.

„Wie weit ist es bis zu dem Haus?“ fragte sie nach einem Moment. „Eine halbe Meile?“

„Eher eine dreiviertel.“

„Die Straßen sind alle frei.“

„Ja.“ Seine Ungeduld war ihm deutlich anzumerken. „Und?“

„Es würde sich besser machen, wenn ich in einer Schneeverwehung stecken geblieben wäre. Aber eine Autopanne geht auch.“

„Wovon redest du?“

„Ich rede davon, mit dir zu kooperieren.“ Sie öffnete ihre Augen und nagelte ihn mit Blicken fest. „Es gefällt dir nicht, wie ich arbeite, und mir gefällt nicht, wie du arbeitest. Deshalb werden wir uns wohl in der Mitte treffen müssen. Ich werde bei der örtlichen Polizei Verstärkung anfordern und sie bitten, sich mit Boyd in Verbindung zu setzen. Vielleicht kann er sich ja um den Durchsuchungsbefehl kümmern.“

„Ich habe doch gesagt ...“

„Es ist mir egal, was du gesagt hast“, sagte sie ruhig. „So wird es gehen. Wir können da nicht einfach reinplatzen. Erstens, weil wir uns im Haus geirrt haben können. Und zweitens“, fuhr sie, ihm erneut mit einer Handbewegung das Wort abschneidend, fort, „würde dadurch die Gefahr für Liz noch größer, falls sie wirklich dort ist. Und drittens könnten diese Dreckskerle womöglich ungeschoren davonkommen, wenn wir uns nicht an gewisse Spielregeln halten, und das will ich nicht. Also hör zu ...“

Es schmeckte ihm nicht. Es war unerheblich, wie vernünftig es war oder wie gut der Plan war, den sie sich ausgedacht hatte. Aber während des langen Fußmarsches zu dem Haus widerlegte sie alle seine Gegenargumente durch schlichte Logik.

Sie würde reingehen.

„Wie kommst du darauf, dass sie dich reinlassen könnten, nur weil du darum bittest?“

Sie legte den Kopf schräg und schaute ihn von unten herauf an. „An dich habe ich meinen Charme bisher noch nicht verschwendet, Nightshade, aber ich habe trotzdem eine ganz erstaunliche Menge davon auf Lager.“ Um mit ihm mitzukommen, musste sie längere Schritte machen. „Was glaubst du wohl, was die meisten Männer tun, wenn eine schwache Frau an ihre Tür klopft und um Hilfe bittet, weil sie eine Autopanne hat und weil ...“ Sie erschauerte geziert und senkte ihre Stimme so, dass sie nur noch ein Schnurren war, „... es draußen so schrecklich kalt ist.“

Er stieß einen lauten Fluch aus und schaute seinem Atem

nach, der in einer weißen Wolke aus seinem Mund kam. „Und was ist, wenn sie dir anbieten, dich zu deinem Auto zurückzufahren und es zu reparieren?"

„Nun, dann würde ich schrecklich dankbar sein. Und ich werde sie lange genug hinhalten, damit getan werden kann, was getan werden muss."

„Und wenn sie unangenehm werden?"

„Dann werden wir ihnen wohl einen Tritt in den Hintern geben müssen."

Darauf freute er sich schon jetzt. Und dennoch ... „Ich denke trotzdem immer noch, dass ich mit dir reingehen sollte."

„Sie werden aber ganz bestimmt nicht so viel Mitgefühl haben, wenn die kleine schwache Frau mit einem großen starken Mann ankommt." Ihre Stimme troff vor Sarkasmus. „Mit ein bisschen Glück sind die örtlichen Kollegen da, bevor es zu unangenehm wird." Sie blieb stehen und schaute auf das Haus. „Wir sind schon ziemlich nah dran. Womöglich macht ja einer von ihnen einen Morgenspaziergang. Wir sollten nicht zusammen gesehen werden."

Colt schob seine zu Fäusten geballten Hände in seine Jackentaschen, dann zwang er sich, die Fäuste aufzumachen. Sie hatte Recht – mehr noch, sie war gut. Er nahm die Hände wieder heraus, packte sie an den Schultern und riss sie an sich. „Pass auf dich auf, Lieutenant."

Sie küsste ihn hart. „Gleichfalls, Nightshade."

Sie drehte sich um und ging mit langen Schritten davon. Er wollte sie aufhalten, wollte ihr sagen, dass er sie liebte. Doch er tat es nicht, sondern ging über den gefrorenen Boden an die

Rückseite des Hauses. Das war nicht der richtige Moment für Gefühle. Er würde sie sich für später aufheben.

Jeden Gedanken an sie verdrängend, rannte er geduckt durch den vereisten Schnee.

Althea ging schnell. Sie wollte bei Erreichen des Hauses außer Atem und ein bisschen aufgelöst wirken. Nachdem sie in Sichtweite der Glasfront war, stolperte sie mehr, als dass sie rannte, und schützte Erleichterung vor. Als sie beim Haus angelangt war, ließ sie sich rufend und klopfend gegen die Tür sinken.

In dem Mann, der ihr öffnete, erkannte sie Kline. Er trug eine ausgebeulte graue Jogginghose und kniff die geröteten Augen gegen den Rauch aus der Zigarette zusammen, die ihm im Mundwinkel klebte. Er roch nach abgestandenem Rauch und schalem Whiskey.

„Oh, Gott sei Dank!" Althea sank gegen den Türpfosten. „Dem Himmel sei Dank! Ich hatte schon Angst, ich würde nie mehr jemand sehen. Ich fühle mich, als wäre ich eine Ewigkeit gelaufen."

Kline musterte sie argwöhnisch. Süßes Ding, entschied er, aber er war nicht scharf auf Überraschungen. „Was wollen Sie?"

„Mein Auto ..." Sie presste sich eine zitternde Hand aufs Herz. „Es ist stehen geblieben ... ungefähr eine Meile von hier, nehme ich an. Ich will hier in der Gegend Freunde besuchen, aber ich habe mich verfahren. Vielleicht bin ich falsch abgebogen." Sie erschauerte und verkroch sich tiefer in ihren Parka. „Darf ich vielleicht einen Moment reinkommen? Ich fürchte, ich bin halb erfroren."

„Hier in der Nähe wohnt sonst niemand. Es gibt keine anderen Häuser."

Sie schloss die Augen. „Oh, Gott. Ich habe mir gleich gedacht, dass ich irgendwo falsch abgebogen bin. Ich muss im Kreis gefahren sein, weil auf einmal alles so gleich aussah. Ich bin heute Morgen schon ganz früh losgefahren ... weil ich von meinem Urlaub so viel wie möglich haben wollte." Sie schaute ihn mit großen Augen an und bewerkstelligte ein schwaches Lächeln. „Aber das ist bis jetzt gründlich schief gegangen. Sagen Sie, dürfte ich vielleicht bei Ihnen kurz telefonieren, um meine Freunde anzurufen, damit sie mich holen?"

„Kein Problem." Die Braut ist harmlos, entschied Kline. Und hübsch anzuschauen obendrein.

„Oh, ein Feuer ..." Nachdem er sie ins Haus gelassen hatte, rannte Althea mit einem erleichterten kleinen Aufschrei auf einen Kamin zu, in dem ein Feuer brannte. „Ich wusste nicht, dass man derart frieren kann." Während sie sich die Hände rieb, strahlte sie Kline über die Schulter an. „Sie können sich gar nicht vorstellen, wie dankbar ich Ihnen bin."

„Kein Problem", wiederholte er und nahm die Zigarette aus dem Mundwinkel. „Hier kommt nicht oft jemand vorbei."

„Das wundert mich nicht." Sie schaute auf die verglaste Vorderfront. „Obwohl es hier so schön ist. Und dieses Haus!" Geblendet von dem Anblick drehte sie sich einmal im Kreis. „Einfach traumhaft. Ich schätze, hier kann man, gemütlich mit einem Glas Wein am Kamin, sogar einen oder zwei Schneestürme gut durchstehen."

Er verzog den Mund. „Ich machs mir lieber mit was anderem am Kamin gemütlich."

Althea klimperte verführerisch mit den Wimpern, dann schlug sie sittsam den Blick nieder. „Das klingt ja richtig romantisch, Mr. ...?"

„Kline. Sie können mich Harry nennen."

„In Ordnung, Harry. Ich bin Rose", sagte sie, zu ihrem zweiten Vornamen Zuflucht nehmend, falls Kline Wild Bills Cop dem Namen nach kannte. Sie streckte ihm die Hand hin. „Freut mich wirklich sehr. Ich glaube, Sie haben mir das Leben gerettet."

„Was zum Teufel ist da unten eigentlich los?"

Althea schaute hinauf zu der Galerie und sah einen hoch gewachsenen, drahtigen Mann mit ungepflegten blonden Haaren. Sie erkannte ihn als den zweiten Mann in dem Video.

„Überraschender Besuch, Donner", rief Kline hinauf. „Eine Autopanne."

„Teufel ..." Donner blinzelte verschlafen und musterte Althea eingehend. „Sie sind aber früh dran, Süße."

„Ich habe Urlaub", erklärte sie mit einem strahlenden Lächeln.

„Ist das nicht niedlich?" Donner kam die Treppe hinunterstolziert – wie ein Hahn im Hühnerstall, fand Althea. „Warum machst du der Dame nicht einen Kaffee, Kline?"

„Tidal Wave ist schon in der Küche. Er ist heute mit Frühstück dran."

„Okay." Donner warf Althea ein vertrauliches Lächeln zu. „Sag ihm, dass er für die Lady auch eine Tasse mitbringen soll."

„Warum ..."

„Oh, eine Tasse Kaffee wäre einfach traumhaft", sagte Althea, während sie Kline aus großen Augen anschaute. „Ich spüre meine Finger gar nicht mehr."

„Klar." Er zuckte die Schultern und warf Donner einen Blick zu, dann schlenderte er davon.

Wie viele Mitglieder der Bande wohl sonst noch im Haus waren? Oder waren es nur die drei?

„Ich habe Harry gerade gesagt, wie wundervoll dieses Haus ist." Sie betrat das Wohnzimmer und deponierte ihre Handtasche auf einem Tisch. „Wohnen Sie das ganze Jahr über hier?"

„Nein, wir sind nur ab und zu da."

„Es sieht von außen gar nicht so groß aus, wie es ist."

„Es erfüllt seinen Zweck." Er ging auf Althea zu, die sich auf der Armlehne eines Sessels vor dem Kamin niedergelassen hatte. „Vielleicht haben Sie ja Lust, uns ein bisschen Gesellschaft zu leisten."

Sie lachte und protestierte nicht, als er ihr mit einem Finger durchs Haar fuhr. „Oh, aber meine Freunde erwarten mich. Trotzdem, ich habe zwei Wochen ..." Sie lachte wieder laut und heiser. „Womit vertreiben Sie sich denn hier so die Zeit?"

„Sie würden überrascht sein." Donner legte ihr eine Hand auf die Hüfte.

„Mich überrascht so leicht nichts."

„He, Finger weg." Kline kam mit einer Tasse schwarzem Kaffee zurück. „Hier, Rose, lassen Sie ihn sich schmecken."

„Danke." Sie roch geziert an dem Kaffee und bewegte nicht weniger geziert die Schultern. „Ich fühle mich jetzt schon ganz warm und kuschlig."

„Warum ziehen Sie Ihren Parka nicht aus?" Donner legte eine Hand auf ihre Kapuze, aber sie wich lächelnd aus.

„Sobald ich ein bisschen aufgetaut bin." Ihr Schulterholster hatte sie vorsichtshalber im Flugzeug zurückgelassen, aber sie zog es trotzdem vor, den Parka anzubehalten, weil ihre Pistole unter ihrem Pullover im Hosenbund steckte. „Sind Sie Brüder?“ erkundigte sie sich beiläufig.

Kline schnaubte verächtlich. „Wohl kaum. Dann schon eher Geschäftspartner.“

„Ach, wirklich? Womit machen Sie denn Ihre Geschäfte?“

„Kommunikation“, sagte Donner, wobei seine schneeweißen Zähne aufblitzten.

„Wie faszinierend. Deshalb also das tolle Equipment.“ Sie schaute auf den großen Fernseher, den Videorekorder und die Stereoanlage, lauter teure Geräte, die alle auf dem neuesten Stand der Technik waren. „Ich liebe es, mir an langen Winterabenden alte Filme anzusehen. Vielleicht können wir ja irgendwann mal zusammenkommen und ...“ Sie unterbrach sich, weil sie durch eine Bewegung im hinteren Teil der Galerie aufmerksam geworden war. Als sie hochschaute, sah sie das Mädchen.

Ihr Haar war zerzaust, und ihre Augen hatten einen unendlich müden Ausdruck. Obwohl sie abgenommen hatte, erkannte Althea Liz von dem Schnappschuss, den Colt ihr gezeigt hatte, wieder.

„Ach, hallo“, sagte sie und lächelte.

„Geh wieder in dein Zimmer“, herrschte Kline sie an.

Liz befeuchtete sich die Lippen. Sie trug ausgefranste Jeans und einen hellblauen Pullover, der an den Bündchen ebenfalls ausgefranst war. „Ich wollte mir Frühstück holen.“ Ihre Stimme klang leise, wie Althea registrierte, aber nicht unterwürfig.

„Du wirst es bekommen.“ Kline warf einen Blick auf Althea, zufrieden, dass sie mit freundlichem Desinteresse lächelte. „Jetzt geh wieder in dein Zimmer und warte, bis ich dich rufe."

Liz zögerte lange genug, um ihm einen kalten Blick zuzuwerfen. Als Althea es sah, wurde ihr ganz warm ums Herz. Das Mädchen ist noch nicht geschlagen, dachte sie, als Liz sich umdrehte und wieder in das Zimmer zurückging. Gleich darauf fiel die Tür mit einem Knall hinter ihr ins Schloss.

„Kinder", brummte Kline und zündete sich noch eine Zigarette an.

„Ja." Althea lächelte mitfühlend. „Ist sie Ihre Schwester?"

Kline verschluckte sich an dem Rauch, aber dann grinste er. „Richtig. Ja, sie ist meine Schwester. Äh ... wollten Sie nicht telefonieren?"

„Oh, ja." Althea stellte ihren Becher ab und stand auf. „Ich bin Ihnen wirklich unheimlich dankbar. Meine Freunde werden sich inzwischen bestimmt schon Sorgen machen."

„Da drüben ist es." Er machte eine einladende Geste. „Bitte."

„Danke." Doch als sie abnahm, hörte sie kein Freizeichen. „Oje, ich glaube, die Leitung ist tot."

Kline fluchte und kam herübergeschlendert, wobei er einen kleinen Haken aus der Tasche zog. „Hab ganz vergessen, dass ... äh ... wir schließen es nachts ab, damit die Kleine nicht ständig in der Welt rumtelefoniert. Wenn Sie ihre Telefonrechnung sehen würden, würden Sie blass werden. Na ja, wie die Kids heutzutage eben so sind."

„Ja." Althea lächelte. „Ich weiß." Als sie das Freizeichen hörte, wählte sie die Nummer der örtlichen Polizei. „Hallo, Fran", sagte sie fröhlich zu der Frau in der Zentrale, ganz so, wie sie es vorher vereinbart hatten. „Du kannst dir nicht vorstellen, was passiert ist. Ich habe mich verfahren, und dann hat auch noch mein Auto seinen Geist aufgegeben. Ich weiß wirklich nicht, was ich ohne diese netten Jungs hier gemacht hätte." Sie kicherte und hoffte, dass Colt in der Zwischenzeit seinen Zug machte. „Also wirklich, das ist doch gar nicht wahr, dass ich mich jedes Mal verfahre! Ich hoffe wirklich sehr, dass Bob raufkommt und mich holt."

Während Althea mit der Frau in der Polizeizentrale plauderte, kletterte Colt auf der Rückseite des Hauses auf den Balkon im ersten Stock. Mit dem Feldstecher hatte er durch die große Glasfront ins Haus schauen und alles sehen können, was er sehen musste. Althea kam allein zurecht, und Liz war im ersten Stock.

Sie hatten sich darauf verständigt, dass er Liz aus dem Haus holen würde, sofern sich eine Gelegenheit dazu ergab. Um sie aus der Gefahrenzone herauszubringen. Er hätte den direkten Weg vorgezogen – über Kline und den anderen Drecksack im Wohnzimmer und den großen Kerl, der sich in der Küche zu schaffen machte.

Aber Liz' Sicherheit hatte Vorrang. Und wenn er sie erst hier rausgebracht hatte, konnte er immer noch zurückkommen.

Ächzend machte er einen Klimmzug und schwang sich auf den Balkon, wo er durchs geschlossene Fenster Liz mit dem Rücken zu ihm zusammengerollt auf einem zerwühlten Bett liegen sah. Sein erster Impuls war es, die Scheibe einzuschlagen und durchs Fenster einzusteigen. Doch da er befürchtete, sie könnte vor Schreck womöglich laut aufschreien, klopfte er nur ganz sachte an das Glas.

Sie legte sich anders hin. Als er ein zweites Mal klopfte, drehte sie sich müde um und kniff die Augen gegen das grelle Sonnenlicht zusammen. Dann blinzelte sie ungläubig und schob sich langsam hoch. Colt legte schnell einen Finger an die Lippen, um ihr zu bedeuten, dass sie still sein sollte. Doch gegen ihre Tränen war sie machtlos. Sie schossen ihr aus den Augen und liefen ihr in Strömen über die Wangen, während sie zum Fenster rannte.

„Colt!"

Sie rüttelte an dem Fenster, dann legte sie ihre Wange gegen die Scheibe und weinte. „Ich will nach Hause. Bitte, bitte, ich will nach Hause!"

Er konnte sie durch das Glas kaum hören. In der Befürchtung, dass man sie unten hören könnte, klopfte er wieder gegen das Fenster und wartete, bis sie sich zu ihm umdrehte. „Mach auf, Baby." Er formte die Worte mit den Lippen, aber sie schüttelte den Kopf.

„Zugenagelt." Sie rang nach Luft und drückte sich die Fäuste gegen die Augen. „Sie haben es zugenagelt."

„Okay, okay. Schau mich an. Schau." Er wedelte mit der Hand vor ihrem Gesicht herum, um ihre Aufmerksamkeit wiederzubekommen. „Ein Kissen. Hol ein Kissen."

In ihren Augen glomm ein winziger Funke auf. Er hatte es eben schon einmal gesehen, dieses vorsichtige Zurückkehren der Hoffnung. Sie bewegte sich schnell und tat, was er ihr gesagt hatte.

„Drück es gegen das Glas. Halt es ganz fest und dreh deinen Kopf weg. Dreh den Kopf weg, Baby."

Er schlug mit dem Ellbogen die Scheibe ein, froh, dass das

Kissen den Lärm größtenteils dämpfte. Als das Loch groß genug war, zog er das Kissen heraus und kletterte ins Zimmer.

Liz warf sich aufschluchzend in seine Arme und klammerte sich an ihn. Er hob sie hoch und wiegte sie tröstlich wie ein Baby. „Schsch, Liz, alles wird gut. Ich bringe dich nach Hause."

„Es tut mir Leid. Es tut mir ja so Leid."

„Mach dir darüber jetzt keine Gedanken. Du darfst dir jetzt über gar nichts Gedanken machen." Er lehnte sich zurück, um ihr in die Augen zu schauen. Sie sieht so dünn aus, dachte er. So blass. Und er hatte noch viele Fragen. „Honey, du wirst noch eine kleine Weile durchhalten müssen. Wir verschwinden jetzt von hier und zwar schnell. Hast du einen Mantel? Schuhe?"

Sie schüttelte den Kopf. „Sie haben mir alles abgenommen, damit ich nicht weglaufen kann. Ich hätte es versucht, Colt, ich schwöre, dass ich es versucht hätte, aber ..."

„Schon gut." Er presste ihr Gesicht beruhigend gegen seine Schulter, weil er befürchtete, sie könnte einen Weinkrampf bekommen. „Du wirst jetzt nicht daran denken, sondern einfach nur das tun, was ich dir sage, okay?"

„Okay. Gehen wir? Jetzt gleich?"

„Sofort. Warte, wir wickeln dich in die Decke hier ein." Er zog mit einer Hand die Wolldecke vom Bett und versuchte sie ihr, so gut es ging, um die Schultern zu legen. „Wir müssen vom Balkon springen, aber ich halte dich fest. Wenn du einfach ganz fest deine Arme um meinen Hals legst und dich so locker wie möglich machst, wird es nicht schlimm werden." Er trug sie zum Fenster, um mit ihr durch das Loch nach draußen zu klettern. „Wenn du meinst, schreien zu müssen, mach es bloß im Kopf, keinesfalls laut, hast du mich verstanden? Es ist wichtig."

„Ich schreie nicht." Mit hämmerndem Herzen presste sie ihren Kopf an seine Brust. „Bitte, bring mich einfach nur nach Hause. Ich will zu Mom."

„Sie wünscht sich auch nichts mehr, als dass du endlich wieder bei ihr bist. Und dein alter Herr auch." Er redete weiter leise beruhigend auf sie ein, während er sich Zentimeter für Zentimeter mit ihr vortastete. „Sobald wir hier draußen sind, rufen wir sie an." Er sprach ein kurzes Gebet und sprang.

Man hatte ihm beigebracht, wie man sich fallen ließ, aus einem Gebäude, von einer Treppe, aus einem Flugzeug. Ohne das Mädchen hätte er einfach den Kopf eingezogen und sich abgerollt. Doch mit ihr drehte er sich in der Luft blitzschnell einmal um sich selbst, um die Wucht des Aufpralls abzumildern und auf dem Rücken zu landen, damit er ihr als Kissen diente, das den Stoß abfederte.

Bei dem harten Aufprall blieb ihm die Luft weg, durch seine Schulter zuckte ein stechender Schmerz. Aber sobald er gelandet war, war er auch schon wieder auf den Beinen, immer noch mit Liz im Arm, die er an seine Brust drückte. Er hatte bereits die Hälfte des Wegs zur Straße zurückgelegt, als er den Schuss hörte.

10. KAPITEL

Althea zog ihr Telefonat mit der Frau in der Polizeizentrale, die ihr sagte, dass in zehn Minuten Verstärkung eintreffen konnte, so weit wie möglich in die Länge. Sie hoffte zutiefst, dass es Colt gelungen war, Liz aus dem Haus herauszuholen, doch falls nicht, war nach ihrem derzeitigen Kenntnisstand trotzdem anzunehmen, dass die Befreiungsaktion wie am Schnürchen klappte.

„Danke, Fran. Ich freue mich auch schon, dich und Bob wiederzusehen. Sekunde, ich lasse mir nur noch schnell von Harry erklären, wo ich genau bin. Ich habe nämlich keinen Schimmer."

Althea warf ein strahlendes Lächeln in Harrys Richtung und legte eine Hand über den Hörer. „Haben Sie hier eine Adresse oder sonst irgendeinen Anhaltspunkt? Bob will mich nämlich abholen."

„Kein Problem." Er wandte den Kopf, als Tidal Wave aus der Küche ins Wohnzimmer kam. „Hoffentlich hast du für unseren Gast auch Frühstück gemacht", sagte Harry zu ihm. „Sie hatte einen unruhigen Morgen."

„Es reicht für alle." Tidal Wave drehte sich zu Althea, dann verengten sich seine harten braunen Augen. „Hey, zum Teufel! Was ist denn das?"

„Benimm dich", ermahnte ihn Donner. „Hier ist eine Dame anwesend."

„Was heißt denn hier Dame, verdammt? Die ist von den Bullen. Das ist Wild Bills Cop."

Er stürzte sich auf Althea, aber die war darauf vorbereitet. Nachdem sie das Aufblitzen in seinen Augen gesehen hatte, hatte sie augenblicklich ihre Waffe gezogen. Sie hatte keine Zeit, sich um die beiden anderen Männer Gedanken zu machen, während zweihundertsechzig Pfund Muskelfleisch auf sie zuflogen.

Ihre erste Kugel ging ins Leere, als Althea mit voller Wucht gegen einen antiken Tisch geschleudert wurde. Dabei ging eine Sammlung mit kleinen bunten Glasflaschen zu Bruch, und rosa und blaue Scherben flogen durch die Luft. Althea hörte die Engel im Himmel singen. Durch einen Schleier sah sie, dass sich ihr Widersacher bereits wieder mit erhobenen Fäusten auf sie stürzte.

Instinktiv rollte sie sich zur Seite, um dem Faustschlag auszuweichen. Tidal Wave war groß und schwer, dafür war sie schnell. Sie zog sich auf die Knie hoch und packte ihre Waffe mit beiden Händen.

Diesmal verfehlte die Kugel ihr Ziel nicht. Sie hatte nur einen Moment Zeit, um die Blutspritzer auf seinem weißen T-Shirt zu registrieren, bevor sie auf die Füße sprang.

Donner rannte zur Tür, und Kline zog fluchend eine Schublade auf. Sie sah das Aufblitzen von Metall.

„Hände hoch! Keine Bewegung!“

Auf ihren Befehl hin blieb Donner erstarrt stehen und hob dann langsam die Hände, aber Kline riss trotzdem die Pistole aus der Schublade.

„Lassen Sie die Waffe fallen, Harry“, sagte sie schneidend, während sie einen Schritt zurücktrat, damit sie beide Männer im Blick behalten konnte. „Andernfalls werden Sie den Teppich genauso mit Ihrem Blut voll tropfen wie Ihr Freund hier.“

„Miststück.“ Mit zusammengebissenen Zähnen ließ er die Pistole fallen.

„So ist es brav. Okay, und jetzt mit dem Gesicht auf den Boden, Hände auf den Rücken. Sie auch, Romeo“, sagte sie zu Donner. Während die Männer gehorchten, griff sie nach Klines Waffe. „Ihr hättet wirklich nicht so leichtsinnig sein dürfen, eine Fremde in euer Haus zu lassen.“

Dass sie barbarische Schmerzen hatte, merkte Althea erst, nachdem ihr Adrenalinspiegel wieder etwas abgesunken war. Sie war von Kopf bis Fuß ein einziger Schmerz. Jetzt konnte sie nur noch hoffen, dass Tidal Wave sie bei seinem überfallartigen Angriff nicht ernsthaft verletzt hatte.

Ganz weit in der Ferne ertönte Sirenengeheul. „Scheint so, als ob die gute Fran die Truppe postwendend in Marsch gesetzt hätte. Und jetzt, nur falls das noch nicht klar ist, ich bin von der Polizei, und Sie sind verhaftet.“

Althea klärte gerade die beiden Verhafteten mit ruhiger Stimme über ihre Rechte auf, als Colt mit einer Pistole in der einen und einem Messer in der anderen Hand ins Zimmer gestürmt kam. Wahrscheinlich waren kaum mehr als drei Minuten vergangen, seit sie den ersten Schuss abgegeben hatte. Der Mann war wirklich schnell.

Nachdem sie ihm einen kurzen Blick zugeworfen hatte, beendete sie die Prozedur und bat Colt anschließend: „Kümmerst du dich um diese beiden Idioten hier, Nightshade?“ Dann griff sie nach dem herunterbaumelnden Telefonhörer und fragte: „Officer Mooney? Ja, hier ist Lieutenant Grayson. Wir brauchen hier draußen einen Krankenwagen. Ich habe einen Verhafteten mit einer Schusswunde. Nein, die Situation ist unter Kontrolle. Danke für Ihre Hilfe."

Sie legte auf und wendete sich wieder zu Colt um. „Was ist mit Liz?"

„Sie ist okay. Ich habe ihr gesagt, dass sie an der Straße auf die Polizei warten soll. Ich habe die Schüsse gehört." Seine Hände waren ruhig. Dafür sollte er dankbar sein. Seine Knochen waren weich wie Gelee. „Ich dachte mir, dass etwas schief gelaufen ist."

„Da hast du richtig gedacht. Der da." Sie deutete mit dem Kopf auf Tidal Wave. „Er muss mich mit Wild Bill gesehen haben. Warum versuchst du nicht, irgendwo ein Handtuch aufzutreiben? Wir sollten besser diese Blutung stoppen."

„Zum Teufel damit!" Es brach so heftig aus ihm heraus, dass die beiden Männer auf dem Boden zusammenzuckten. „Dir läuft an der Schläfe das Blut herunter!"

„Ja?" Sie berührte die klaffende Wunde an ihrer rechten Schläfe, dann schaute sie angewidert auf ihre blutverschmierten Fingerspitzen. „Herrgott. Das muss ich wohl nähen lassen. Ich hasse es, mich nähen zu lassen."

„Wer war das?" Colt taxierte die drei Männer mit eiskalten Augen.

„Der, auf den ich geschossen habe. Der im Moment gerade dabei ist zu verbluten. Los, beeil dich, hol mir ein Handtuch, damit wir ihn wenigstens noch vor Gericht bringen können." Als Colt keine Anstalten machte, ihrer Aufforderung nachzukommen, trat sie entschlossen zwischen ihn und den Verletzten und sagte: „Komm mir jetzt bloß nicht mit so einem Quatsch, Nightshade. Ich bin keine hilflose junge Dame, und edle Ritter kann ich auf den Tod nicht ausstehen. Hast du das kapiert?“

„Ja.“ Er holte tief Luft. Er hatte im Moment einfach zu viele Gefühle. Und kein einziges Gefühl vermochte an der Situation etwas zu ändern. „Ja, ich hab’s kapiert, Lieutenant.“

Damit wandte er sich ab und tat, was sie von ihm verlangt hatte. Wenigstens kam sie mit der Situation zurecht, dachte er. Aber sie kam ja mit allem zurecht.

Er wurde erst wieder ruhiger, als sie im Flugzeug saßen. Oder zumindest musste er so tun, weil Liz bei ihnen war. Sie hatte sich an ihn geklammert und ihn angefleht, sie nicht mit der Polizei zurückzuschicken, bei ihr zu bleiben. Deshalb saß Liz jetzt neben ihm auf dem Kopilotensitz, während sich Althea hinten auf den Notsitz gesetzt hatte.

Liz, die in seiner Jacke ganz verloren wirkte, starrte schweigend aus dem Fenster. Obwohl Colt sie so warm eingepackt hatte, zitterte sie immer noch. Als sie oben waren und gen Osten flogen, begannen ihr die Tränen über die Wangen zu strömen. Ihre Schultern bebten heftig, aber sie gab keinen Laut von sich. Gar keinen.

„Na komm, Baby.“ Colt griff hilflos nach ihrer Hand. „Jetzt ist alles gut. Jetzt tut dir niemand mehr weh.“

Aber ihre Tränen versiegten nicht.

Althea stand wortlos auf, kam nach vorn und löste Liz’ Sicherheitsgurt. Immer noch schweigend veranlasste sie Liz, ein Stück zu rutschen, damit sie sich auf ihren Platz setzen konnte. Dann nahm sie das Mädchen auf den Schoß und drückte ihren Kopf an ihre Schulter. Teilte mit ihr ihren Kummer.

„Lass es alles raus", murmelte sie.

Und dann hallte ganz plötzlich Liz' lautes Schluchzen durch das Cockpit. Der Schmerz, der darin mitschwang, zerriss Althea fast das Herz, während sie das Mädchen in ihren Armen wiegte und an sich drückte. Colt hob eine Hand und fuhr Liz über das zerzauste Haar. Aber Liz schmiegte sich bei der Berührung nur noch enger an Althea.

Er ließ die Hand sinken und konzentrierte sich auf den Himmel.

Althea hatte ruhig, aber bestimmt darauf beharrt, dass es vernünftig war, zuerst ins Krankenhaus zu fahren, und schließlich hatte Liz es eingesehen. Obwohl sie ständig wiederholte, dass sie nur nach Hause wollte. Woraufhin sie von Althea wieder und wieder daran erinnert wurde, dass ihre Eltern bereits auf dem Weg nach Denver waren.

„Ich weiß, wie schwer es dir fällt." Althea ließ auch im Warteraum des Krankenhauses ihren Arm um Liz' Schultern liegen. „Und ich weiß auch, dass es dir Angst macht, aber es muss einfach sein."

„Ich will aber nicht, dass der Arzt mich anfasst."

„Das kann ich gut verstehen." Oh, und wie gut sie das verstehen konnte! „Aber es ist kein Arzt, sondern eine Ärztin." Althea lächelte und fuhr Liz sachte mit einer Hand über den Arm. „Sie wird dir nicht wehtun."

„Es wird sehr schnell vorbei sein", versicherte Colt. Es fiel ihm schwer, sein entspanntes Lächeln beizubehalten. Am liebsten hätte er seinen Zorn laut herausgeschrien. Wild um sich geschlagen. Jemanden umgebracht.

„Okay.“ Liz schaute wieder argwöhnisch in die Richtung, in der das Untersuchungszimmer lag. „Bitte ...“ Sie presste die Lippen zusammen und schaute Althea flehend an.

„Möchtest du, dass ich mit reinkomme? Bei dir bleibe?“ Als Liz nickte, zog sie das Mädchen enger an sich. „Klar, kein Problem. Colt, was hältst du davon, wenn du uns inzwischen etwas zu trinken holst? Und vielleicht ein paar Knabberriegel?“ Sie lächelte auf Liz hinunter. „Ich könnte gut ein paar Süßigkeiten vertragen. Du auch?“

„Ja.“ Liz holte zitternd Atem. „Ich denke schon.“

„Wir sind in ein paar Minuten wieder da“, sagte Althea zu Colt. Er konnte nichts in ihren Augen lesen. Mit dem Gefühl, nutzlos zu sein, schlenderte er den Flur hinunter.

Im Behandlungszimmer half Althea Liz, ihre ausgefransten Sachen auszuziehen und in ein Krankenhausnachthemd zu schlüpfen. Sie sah die Blutergüsse, mit denen der Körper des Mädchens bedeckt war, sagte jedoch nichts. Sie würden von Liz eine offizielle Aussage brauchen, aber das konnte noch warten.

„Das ist Dr. Mailer“, stellte sie die junge Ärztin vor, die an den Untersuchungsstuhl trat.

„Hallo, Liz.“ Dr. Mailer streckte ihrer Patientin weder die Hand hin noch berührte sie sie sonst in irgendeiner Weise. Sie war auf Traumapatienten spezialisiert und verstand die Ängste von Vergewaltigungsopfern. „Ich werde dir jetzt ein paar Fragen stellen und einige Untersuchungen machen müssen. Wenn du irgendetwas wissen willst, scheu dich nicht zu fragen. Und wenn du möchtest, dass ich eine kleine Pause mache, sag es einfach. Okay?“

„Okay." Liz legte sich zurück und schaute an die Decke. Aber Altheas Hand ließ sie nicht los.

Althea hatte sich an Dr. Mailer gewandt, weil sie den Ruf der Frau kannte. Und während die Ärztin jetzt Liz untersuchte, konnte Althea zu ihrer Erleichterung feststellen, dass sie diesem Ruf vollauf gerecht wurde. Dr. Mailer war sanft, freundlich und effizient. Sie schien instinktiv zu wissen, wann sie eine Pause einlegen und Liz Gelegenheit geben musste, sich zu erholen, und wann sie weitermachen konnte.

„So, das wars." Dr. Mailer streifte ihre Gummihandschuhe ab und lächelte. „Jetzt möchte ich, dass du dich noch ein Weilchen hier bei uns ausruhst, und ich mache unterdessen ein Rezept für dich fertig, das du mitnehmen kannst, wenn du gehst."

„Ich muss doch nicht dableiben, oder?"

„Nein." Dr. Mailer legte eine Hand über die von Liz. „Du warst sehr tapfer. Wenn deine Eltern da sind, unterhalten wir uns noch einmal. Ich werde in der Zwischenzeit versuchen, irgendwo etwas zu essen für dich aufzutreiben."

Als sie ging, warf Dr. Mailer Althea einen Blick zu, der ihr sagte, dass sie sich später unterhalten würden.

„Du warst wirklich sehr tapfer", sagte Althea und half Liz beim Aufstehen. „Willst du, dass ich nachsehe, ob Colt diese Knabberriegel aufgetrieben hat? Ich kann mir kaum vorstellen, dass Dr. Mailer an diese Art Essen gedacht hat, deshalb werden wir es uns schon selbst beschaffen müssen."

„Ich will aber nicht allein bleiben."

„Okay." Althea nahm ihre Bürste aus ihrer Handtasche und begann, Liz' zerzaustes Haar zu bürsten. „Schrei einfach, wenn es ziept."

„Als ich Sie da unten sah, hatte ich schon Angst, dass Sie auch eine von diesen Frauen sind, die sie raufgebracht haben. Dass es wieder losgeht." Liz machte ganz fest die Augen zu. Durch ihre Lider quollen Tränen. „Dass sie mich wieder zwingen, diese ganzen widerlichen Sachen zu machen."

„Tut mir Leid, dass ich dich erschreckt habe. Aber es gab keine Möglichkeit, dir zu sagen, dass ich da bin, um dir zu helfen."

„Und als ich Colt am Fenster sah, dachte ich, ich träume. Weil ich doch die ganze Zeit geträumt hab, dass mich jemand holt, aber es kam niemand. Ich hatte schon Angst, dass es Mom und Dad ganz egal ist, was mit mir passiert."

„Honey, deine Eltern haben die ganze Zeit über verzweifelt versucht, dich zu finden." Sie legte Liz einen Finger unters Kinn. „Sie haben sich schreckliche Sorgen gemacht. Deshalb haben sie Colt losgeschickt. Und ich kann dir versichern, dass er sich ebenfalls schreckliche Sorgen gemacht hat. Du kannst dir nicht vorstellen, was er alles auf die Beine gestellt hat, um dich zu finden."

Liz versuchte zu lächeln, aber ihr Mund zitterte zu sehr. „Aber sie wissen nicht, dass ... vielleicht lieben sie mich ja nicht mehr, wenn sie erfahren, dass ... alles."

„Das darfst du nie glauben." Altheas Finger schlossen sich fester um Liz' Kinn. „Es wird sie empören, und es wird ihnen wehtun, und es wird ihnen sehr schwer fallen, das, was dir passiert ist, zu akzeptieren, aber doch nur, weil sie dich von ganzem Herzen lieben. Und egal, was passiert ist, daran wird sich nie etwas ändern."

„Ich ... ich kann einfach nichts anderes tun als weinen."

„Mehr musst du im Moment auch nicht tun."

Liz wischte sich mit einer zitternden Hand die Tränenspuren von den Wangen. „Es war meine eigene Schuld, weil ich von zu Hause weggelaufen bin."

„Es war deine Schuld, dass du von zu Hause weggelaufen bist", korrigierte Althea sie. „Aber das ist auch das Einzige, woran du schuld bist."

Liz drehte abrupt den Kopf weg. Während sie auf den gefliesten Boden starrte, begannen ihr wieder die Tränen über die Wangen zu strömen. „Sie können sich nicht vorstellen, wie sich das anfühlt", sagte sie dumpf. „Sie wissen nicht, wie es ist. Wie schrecklich es ist. Wie demütigend."

„Du irrst dich." Sanft, aber entschlossen legte Althea Liz erneut die Hand unters Kinn und hob sich ihr Gesicht entgegen, bis sich ihre Blicke trafen. „Ich weiß es. Ich weiß es ganz genau."

„Sie auch?" Liz atmete zitternd aus. „Ist es Ihnen auch passiert?"

„Als ich ungefähr in deinem Alter war. Und ich habe mich gefühlt, als ob man etwas aus mir herausgeschnitten hätte, was ich nie wiederbekomme. Ich hatte das Gefühl, dass ich mich nie wieder sauber, nie wieder ganz fühlen würde. Dass ich nie wieder ich selbst sein würde. Und ich habe eine sehr lange Zeit geweint, weil es nichts gab, was ich sonst hätte tun können."

Liz nahm das Papiertaschentuch, das Althea ihr in die Hand drückte. „Ich habe mir eingeredet, dass nicht ich es bin, der das passiert. Und irgendwie war ich es auch nicht. Aber ich hatte so schreckliche Angst. Es ist vorbei. Colt sagt, dass es vorbei ist, aber weh tut es immer noch."

„Ich weiß." Althea nahm Liz wieder in die Arme. „Es tut

mehr weh als alles andere, und es wird noch eine ganze Weile wehtun. Aber du bist nicht allein. Du musst dich immer daran erinnern, dass du nicht allein bist. Du hast deine Familie, deine Freunde. Du hast Colt. Und wenn du willst, kannst du jederzeit mit mir reden."

Liz schmiegte sich schniefend an Althea. „Was haben Sie gemacht? Hinterher, meine ich. Was haben Sie da gemacht?"

„Ich habe überlebt", murmelte Althea, über Liz' Kopf hinweg ins Leere starrend. „Und du wirst auch überleben."

Colt stand, den Arm voller Getränkedosen und Knabberriegel, in der Tür des Untersuchungszimmers. Wenn er sich vorhin nutzlos gefühlt hatte, so fühlte er sich jetzt unerträglich nutzlos.

Hier war im Moment kein Platz für ihn, er konnte den Schmerz dieser beiden Frauen nicht nachempfinden, selbst wenn er sich noch so große Mühe gab. Seine erste und einzige Reaktion war Wut. Aber an wem sollte er sie auslassen? Er verließ das Behandlungszimmer und stellte die Dosen und Knabberriegel auf einem Tisch im Wartezimmer ab. Aber wenn er die beiden nicht trösten, wenn er das, was passiert war, nicht ungeschehen machen konnte, was konnte er dann tun?

Er fuhr sich übers Gesicht und versuchte, einen klaren Kopf zu bekommen. Als er die Hände wieder herunternahm, sah er Liz' Eltern aus dem Aufzug steigen.

Jetzt konnte er immerhin etwas tun. Er ging auf sie zu, um sie zu begrüßen.

Im Untersuchungszimmer hatte Althea Liz' Haar fertig gebürstet. „Willst du dich jetzt anziehen?"

Liz verzog ihr Gesicht zu etwas, das für ein Lächeln durchgehen konnte. „Das Zeug zieh ich nie mehr an."

„Das kann ich gut verstehen. Na, vielleicht kann ich dir ja irgendwo etwas organisieren ..." Althea wandte den Kopf, als sie aus dem Augenwinkel draußen auf dem Flur eine Bewegung erhaschte. Sie sah eine bleiche Frau und einen gequält dreinschauenden Mann, beide mit rot geränderten Augen.

„Oh, Baby! Oh, Liz!" Die Frau rannte, dicht gefolgt von ihrem Mann, auf Liz zu.

„Mom!" Liz warf sich schluchzend in ihre Arme. „Oh, Mom!"

Althea trat einen Schritt beiseite, während sich Eltern und Kind mit Tränen in den Augen begrüßten. Als sie Colt auf der Schwelle entdeckte, ging sie zu ihm hin. „Du bleibst am besten hier. Ich sage Dr. Mailer Bescheid, dass sie hier sind, bevor ich gehe."

„Wohin gehst du denn?"

Sie hängte sich ihre Tasche über die Schulter. „Meinen Bericht schreiben."

Sie schrieb ihn, und dann ging sie nach Hause und legte sich in die Badewanne, bis die Haut an ihren Fingern und Zehen ganz verschrumpelt war. Und anschließend fiel sie völlig erschöpft nackt ins Bett und schlief tief und traumlos, bis sie von einem lauten Klopfen an der Tür geweckt wurde.

Völlig groggy tastete sie nach ihrem Bademantel und knotete ihn auf dem Weg zur Tür zu. Als sie Colt durch den Spion sah, machte sie ein finsteres Gesicht und riss die Tür auf.

„Nenn mir einen guten Grund, warum ich dir nicht eine Anzeige wegen Ruhestörung aufbrummen sollte. Meine Ruhe."

Er hielt ihr einen flachen rechteckigen Karton hin. „Ich habe Pizza mitgebracht."

Sie atmete betont aus und wieder ein – wobei ihr der Duft nach Käse und Gewürzen in die Nase stieg. „Na, vielleicht rettet dich das ja. Ich nehme an, du willst damit reinkommen."

„So habe ich es mir gedacht."

„Na schön, dann komm rein." Nach dieser nicht allzu begeisterten Einladung drehte sie sich um und ging weg, um Teller und Servietten zu holen. „Wie hält sich Liz?"

„Überraschend gut. Marleen und Frank sind so eins mit ihr, wie man sich nur vorstellen kann."

„Das werden sie auch sein müssen." Sie kam zurück, um die Teller auf den Tisch zu stellen. „Ich hoffe, ihnen ist klar, dass sie alle zusammen eine Familientherapie machen müssen."

„Sie haben bereits mit Dr. Mailer darüber gesprochen. Sie will ihnen helfen, einen guten Therapeuten zu finden." Er zerteilte die Pizza, während er sorgfältig nach Worten suchte. „Als Erstes wollte ich dir danken. Und versuch jetzt nicht wieder, mir gleich den Wind aus den Segeln zu nehmen, Thea. Ich möchte es wirklich gern aussprechen."

„Also gut", sagte sie. Sie setzte sich und suchte sich ein Stück Pizza aus. „Dann mach."

„Ich spreche nicht nur von der offiziellen Kooperation, der Art, wie du mir geholfen hast, sie zu finden und da rauszuholen. Dafür schulde ich dir viel Dank, aber das ist beruflich. Hast du vielleicht irgendwas zu trinken da?"

„In der Küche ist noch etwas Burgunder."

„Ich hole ihn, bleib sitzen", sagte er, als sie Anstalten machte aufzustehen.

Althea zuckte die Schultern und wandte sich wieder ihrem Essen zu. „Tu dir keinen Zwang an." Sie war bereits bei ihrem zweiten Stück, als Colt mit einer Flasche und zwei Gläsern zurückkam. „Ich schätze, ich war zu müde, um zu merken, dass ich am Verhungern bin."

„Dann muss ich mich wenigstens nicht dafür entschuldigen, dass ich dich geweckt habe." Er füllte beide Gläser, trank aber nicht. „Außerdem muss ich dir noch dafür danken, wie du mit Liz umgegangen bist. Ich schätze, ich dachte, es reicht, sie da rauszuholen ... diesen edlen Ritter zu spielen, den du auf den Tod nicht ausstehen kannst." Er schaute auf, begegnete ihrem Blick. In seinen Augen war eine Müdigkeit, die sie vorher nicht gesehen hatte. „Doch das war nicht so. Und auch ihr zu sagen, dass alles gut ist, dass alles vorbei ist, war nicht genug. Sie brauchte dich."

„Sie brauchte eine Frau."

„Du bist eine Frau. Ich weiß, dass es viel verlangt ist, aber sie hat zweimal nach dir gefragt, nachdem du weg warst." Er spielte mit dem Stiel seines Glases. „Sie werden noch mindestens einen Tag in der Stadt bleiben ... bis Dr. Mailer die ersten Untersuchungsergebnisse aus dem Labor hat. Ich habe gehofft, dass du noch mal mit Liz redest."

„Darum brauchst du mich nicht zu bitten, Colt." Sie griff nach seiner Hand. „Ich war an der Sache ebenso beteiligt wie du."

Er zog ihre Hand an die Lippen. „Ich liebe dich, Thea. Sehr. Nein, zieh jetzt nicht deine Hand weg." Er packte sie fester, um sie daran zu hindern. „Ich habe das vorher noch nie zu einer Frau gesagt. Ich habe andere Sachen gesagt." Er lächelte schwach. „‚Ich bin verrückt nach dir‘, ‚du bist was Besonderes für mich‘, so Sachen eben. Aber ich habe bis jetzt noch nie das Wort *Liebe* in den Mund genommen.“

Sie glaubte ihm. Viel schlimmer aber war, dass sie ihm glauben wollte. Sei vorsichtig, ermahnte sie sich. Mach immer nur einen Schritt nach dem anderen. „Hör zu, Colt, seit wir uns kennen gelernt haben, sitzen wir in einer Achterbahn der Gefühle, und das ist noch nicht lange her. In einer Achterbahn wird einem ganz schwindlig, und die Perspektive gerät außer Kontrolle. Warum lassen wir uns nicht ein bisschen mehr Zeit?“

Er konnte spüren, dass ihre Nerven vibrierten, aber diesmal fand er es gar nicht lustig. „Ich muss akzeptieren, dass ich das, was Liz passiert war, nicht ändern kann. Das fällt mir schwer. Genauso wenig kann ich ändern, was ich für dich empfinde. Das zu akzeptieren fällt mir allerdings sehr leicht.“

„Ich weiß nicht genau, was du von mir willst, Colt, und ich glaube nicht, dass ich es dir geben kann.“

„Wegen dem, was dir passiert ist? Wegen dieser Sache, über die du mit Liz im Behandlungszimmer gesprochen hast?“

Sie entzog ihm abrupt ihre Hand. „Das war nur etwas zwischen Liz und mir“, sagte sie kalt. „Es geht dich nichts an.“

Es war genau die Reaktion, mit der er gerechnet hatte, die, auf die er vorbereitet war. „Wir wissen beide, dass das nicht stimmt. Aber wir werden erst darüber reden, wenn du dazu bereit bist.“ Um sie abzulenken, griff er nach seinem Weinglas und fuhr fort: „Du weißt, dass Scotts Chancen durchzukommen fifty-fifty stehen.“

„Ich weiß.“ Sie beobachtete ihn wachsam. „Ich habe im

Krankenhaus angerufen, bevor ich ins Bett gegangen bin. Boyd verhört im Moment Kline und Donner."

„Ich kann es gar nicht erwarten, sie zu sehen, du auch nicht?"

„Nein." Sie lächelte wieder. „Ich auch nicht."

„Ich habe geglaubt, mir bleibt das Herz stehen, als ich diese Schüsse hörte." Wieder ein bisschen entspannter biss er in seine Pizza. „Daraufhin bin ich zurückgerast, wie die Kavallerie ins Haus gedonnert und was sehe ich da?" Er schüttelte den Kopf und stieß mit ihr an. „Dich, mit blutüberströmtem Gesicht ..." Er machte eine Pause, um ihr sanft über den Verband an ihrer Schläfe zu fahren. „Mit einer Kanone in jeder Hand. Und vor dir auf dem Boden ein dreihundert Pfund schwerer Kerl, der gerade verblutet, und zwei andere Burschen mit dem Gesicht nach unten und den Händen hinterm Kopf verschränkt ein bisschen weiter entfernt auf dem Boden. Und du stehst einfach nur da wie Diana nach der Jagd und erklärst ihnen ihre Rechte. Ich muss zugeben, dass ich mich ziemlich überflüssig gefühlt habe."

„War schon in Ordnung so, Nightshade." Sie atmete besiegt aus. „Und ich schätze, du verdienst es zu wissen, dass ich schrecklich froh war, dich zu sehen. Du hast ausgesehen wie Jim Bowie bei der Belagerung von Alamo."

„Er hat verloren."

Sie gab nach und beugte sich vor, um ihn zu küssen. „Du nicht."

„Wir nicht", stellte er richtig, erfreut darüber, dass ihr Mund weich, entspannt und freundlich gewesen war. „Ich habe dir ein Geschenk mitgebracht."

„Ach ja?“ Weil der gefährliche Moment vorbei zu sein schien, hoben sich ihre Mundwinkel, und dann küsste sie ihn wieder. „Zeig her.“

Er langte hinter sich nach seiner Jacke, kramte in der Tasche herum und brachte schließlich eine reichlich zerknitterte Papiertüte zum Vorschein, die er ihr in den Schoß warf.

„Ah, und du hast es so hübsch eingepackt.“ Kichernd steckte sie die Hand in die Tüte. Und zog einen BH und einen Slip heraus, beides in mitternachtsblauer Seide. Aus ihrem Kichern wurde ein volltönendes anerkennendes Lachen.

„Ich bezahle nur meine Schulden“, sagte er. „Und da davon auszugehen war, dass du wahrscheinlich einen ganzen Vorrat an weißen Garnituren hast, habe ich zur Abwechslung etwas anderes genommen.“ Er streckte die Hand aus und ließ sie über die spitzenbesetzte Seide gleiten. „Vielleicht willst du es ja anprobieren.“

„Schon möglich.“ Aber sie wusste, was sie jetzt wollte. Was sie jetzt brauchte. Deshalb stand sie auf, um es sich zu nehmen. Sie schob ihre Finger in sein Haar und zog sein Gesicht zu sich heran, bis sein Mund sich auf ihren legte. „Und vielleicht willst du ja mit mir ins Bett gehen.“

„Keine Frage.“ Ohne den Kuss zu beenden, fuhr er ihr beim Aufstehen mit den Händen über ihre Hüften und zog sie eng an sich. „Ich dachte schon, du fragst nie.“

„Ich wollte bloß nicht, dass die Pizza kalt wird.“

Er fuhr ihr mit einem Finger vorn an ihrem Bademantel bis zur Taille, wo er innehielt und mit ihrem Gürtel spielte. „Bist du immer noch hungrig?“

Sie zog ihm das Hemd aus der Jeans. „Jetzt, wo du es sagst.“

Und als er sie schwungvoll hochhob, lachte sie laut auf. „Wofür soll das denn gut sein?"

„Ich habe beschlossen, dir den Boden unter den Füßen wegzuziehen. Als Erstes." Während er mit ihr das Schlafzimmer ansteuerte, beschloss er, dass sie für eine weitere Überraschung reif war.

Die Decke war zurückgeschlagen, aber das weiße Laken sah kaum benutzt aus von ihrem kurzen Schlaf. Colt legte sie ab und gesellte sich zu ihr, wobei er ihr Gesicht mit zärtlich verspielten Küssen überschüttete.

Ihre Finger waren damit beschäftigt, seine Knöpfe zu öffnen. Inzwischen wusste sie, wie es sein würde, und war auf den Sturm und das Feuer und die Flut vorbereitet – ja, erwartete sie sogar begierig. Als ihre Hände Baumwolle beiseite schoben und auf festes warmes Fleisch stießen, gab sie ein leises, lustvolles Aufstöhnen von sich.

Er fuhr fort, sie zu küssen, zu liebkosen und an ihrem Hals zu knabbern, während sie ihm hastig seine Kleider abstreifte. Er spürte, dass in ihr eine wilde Energie loderte, die selbstvergessene Hemmungslosigkeit versprach. Jedes Mal, wenn Begierde ihn durchzuckte, atmete er tief durch und versuchte ruhig zu bleiben.

Begierig bot Althea ihm ihren Mund und wölbte sich ihm entgegen. „Ich will dich."

Noch nie im Leben war ihm von drei atemlosen Worten schwindlig geworden, bis zu diesem Zeitpunkt. Er wusste zu schätzen, was sie ihm anbot, aber er wollte auch das von ihr, was sie noch zurückhielt. „Ich weiß. Ich kann es schmecken."

Er legte seinen Mund wieder auf ihren und dehnte den Kuss

so lange aus, dass sie erneut vor Verlangen aufstöhnte. Die Hand, die sich an seiner nackten Schulter zur Faust geballt hatte, erschlaffte.

„Und ich will dich", murmelte er, während er sich zurückzog und auf sie hinunterschaute. „Ganz und gar." Fasziniert fuhr er ihr mit den Fingern durchs Haar und breitete die flammend rote Fülle auf dem schneeweißen Laken aus. Dann kam sein Mund wieder ganz langsam auf sie zu, um sanft, oh, so sanft, den Verband an ihrer Schläfe zu küssen.

Ihre Gefühle ballten sich wie eine mit Eisenspitzen versehene Faust in ihr zusammen. „Colt ..."

„Schsch ... ich will dich einfach nur anschauen."

Und das tat er, wobei er den Umriss ihres Gesichts mit einer Fingerspitze nachzeichnete, mit einem Daumen an ihrer Unterlippe rieb, um ihn dann an ihrer Kinnpartie entlangwandern zu lassen, an ihrem Hals abwärts bis zu der Schlagader, die in ihrer Halsgrube pochte.

„Gleich geht die Sonne unter", sagte er leise. „Das Licht stellt unglaubliche Dinge mit deinem Gesicht, deinen Augen an. Im Moment sind sie golden, mit cognacfarbenen Pünktchen. Ich habe noch nie solche Augen gesehen. Du siehst aus wie ein Bild." Er fuhr ihr mit dem Daumen übers Schlüsselbein. „Aber ich kann dich berühren, kann spüren, wie du zitterst, merke, wie lebendig du bist."

Sie hob eine Hand in der Absicht, ihn über sich zu ziehen und endlich ihre Sehnsucht zu stillen. „Ich brauche keine Worte."

„Klar brauchst du welche." Er lächelte ein bisschen, streichelte ihr Gesicht. „Kann sein, dass ich die richtigen noch nicht gefunden habe, aber brauchen tust du sie auf jeden Fall." Als er den Kopf beugte, um seine Lippen auf ihr Handgelenk zu pressen, entdeckte er die verblassten blauen Flecken. Und erinnerte sich.

Finster dreinschauend setzte er sich mit gespreizten Beinen auf sie und griff nach ihren Handgelenken. Er untersuchte sie eingehend, bevor er sie wieder anschaute. „Das war ich."

Lieber Gott, dachte sie, es muss doch einen Weg geben, dass dieses schreckliche Zittern aufhört. „Egal. Du warst wütend. Schlaf jetzt endlich mit mir."

„Es gefällt mir aber nicht, dass ich dir in meiner Wut wehgetan habe oder es sogar wieder tun könnte." Unendlich behutsam zog er ihre Handgelenke einzeln an seine Lippen und spürte, wie sich ihr Puls beschleunigte. „Du machst es einem zu leicht zu vergessen, wie zart du bist, Althea." Der Ärmel ihres Bademantels rutschte nach oben, als er seine Lippen über ihren Unterarm zu ihrem Ellbogen gleiten ließ. „Wie schlank. Wie unglaublich perfekt du bist. Ich werde es dir zeigen müssen."

Er legte eine Hand unter ihren Hinterkopf und hob sich ihr Gesicht entgegen. Dann war sein Mund wieder auf ihrem und küsste sie so lange, bis ihr ganz schwindlig war. Er spürte, dass sie gab, aber er wusste, dass er noch eine weitere Schicht Zurückhaltung abtragen musste. Ihre Arme hatte sie um seinen Hals geschlungen, ihre Muskeln entspannten sich.

Was machte er da mit ihr? Sie wusste nur, dass sie nicht denken, dass sie nicht widerstehen konnte. Sie war auf Begierde eingestellt gewesen, und er gab ihr Zärtlichkeit. Sein sanfter Mund verführte und entzückte sie gleichermaßen.

Sie wollte ihm sagen, dass es nicht nötig war, sie zu verführen, doch, oh, es war so herrlich, sich den Geheimnissen zu öffnen, die er mit diesem verheerend sanften Mund und diesen langsamen entspannten Händen freilegte.

Die letzten Sonnenstrahlen des Tages fielen ihr über die Augen, als er sie zurücksinken ließ, um seine Lippen an ihrem Hals nach unten wandern zu lassen. Sie hörte ihren Bademantel rascheln, während er ihn nach unten schob und begann, ihre nackte Schulter mit aufreizend langsamen Küssen zu bedecken und mit der Zunge eine nasse Spur darüber zu ziehen.

Er konnte den genauen Moment bestimmen, in dem sie losließ. Als ihre Hände anfingen, seine Zärtlichkeiten ebenso zärtlich zu erwidern, wurde ihm fast schwindlig vor Freude und Glück. Er widerstand dem Drang, das Tempo zu beschleunigen, und erkundete wieder und wieder unter ihrem Bademantel ihren Körper, bis dieser dahinschmolz und unter seinen Händen weich wurde wie warmes Wachs.

Dabei beobachtete er unablässig ihr Gesicht, erregt von jedem einzelnen Gefühl, das sich darauf spiegelte, entzückt von der Art, wie sie gespannt den Atem anhielt und, sobald er sie berührte, ausatmete. Er hätte schwören mögen, dass sie schwebte, als er den Bademantel beiseite schob.

Dann schlug sie die Augen auf, die schwer und dunkel waren. Er wusste, dass sie nicht passiv sein würde, obwohl sie sich ergeben hatte. Ihre Hände ließen sich ebenso viel Zeit wie seine, um seinen Körper mit atemberaubender Zärtlichkeit zu ertasten, zu berühren und in Besitz zu nehmen.

Bis er ebenso verführt war wie sie.

Weiches, keuchendes Stöhnen. Geheimnisse, ins Ohr geflüstert. Intensive, ins Endlose hinausgezogene Zärtlichkeiten, währenddessen die Sonne der Dämmerung und die Dämmerung der Nacht Platz machten. Da war Verlangen, aber keine Hast, es zu befriedigen. Da war Lust, und die Sehnsucht, sie zu verlängern.

Schwelgen. Heute Nacht schwelgten sie nur.

Er berührte, sie erbebte. Sie kostete, er erschauerte.

Und als er endlich in sie hineinglitt, lächelte sie ihn an und zog ihn noch enger an sich. Der Rhythmus, den sie wählten, war ruhig, voller Liebe und wie Musik. Sie stiegen zusammen langsam und stetig auf, bis sein Keuchen in ihrem widerhallte. Und schwebten zusammen wieder zur Erde zurück.

Sie lag noch lange schweigend da, wie betäubt von dem, was gerade passiert war. Er hatte ihr etwas geschenkt, und sie hatte sein Geschenk erwidert. Es konnte nicht mehr zurückgenommen werden. Sie fragte sich, was sie nun, nachdem sie sich verliebt hatte, unternehmen könnte, um sich zu schützen.

Zum ersten Mal. Sie hatte sich zum ersten Mal in ihrem Leben verliebt.

Vielleicht würde es ja vorbeigehen. Ein Teil von ihr wand sich bei der Vorstellung, dass sie das, was sie gerade gefunden hatte, wieder verlieren könnte. Egal wie sehr sie sich auch daran erinnerte, dass sie sich ihr Leben genauso eingerichtet hatte, wie sie es wollte, konnte sie sich doch nicht mehr vorstellen, wie es ohne ihn sein würde.

Aber sie hatte keine Wahl. Irgendwann würde er sie verlassen. Und sie würde überleben.

„Du denkst wieder einmal." Er rollte sich auf den Rücken, schlang einen Arm um sie und zog sie eng an sich. „Ich kann fast hören, wie es in deinem Kopf arbeitet.“ Widerlich zufrieden küsste er ihr Haar, schloss die Augen. „Sag mir das Erste, was dir in den Kopf kommt.“

„Was? Ich weiß nicht ...“

„Nein, analysiere es nicht. Das ist ein Test. Das Erste, Thea. Jetzt.“

„Ich habe mich gefragt, wann du wohl wieder nach Hause fährst“, hörte sie sich selbst sagen. „Nach Wyoming.“

„Aha.“ Er lächelte ... süffisant. „Gut zu wissen, dass ich das Erste bin, was dir in den Kopf kommt.“

„Sei nicht immer so eingebildet, Nightshade.“

„Okay. Ich weiß es noch nicht genau. Erst muss ich hier noch ein paar Kleinigkeiten erledigen.“

„Was denn?“

„Das mit dir, zum Beispiel. Wir sind uns noch nicht einig.“

„Colt ...“

Er grinste wieder. Vielleicht war es ja nur Wunschdenken, aber irgendwie bildete er sich ein, nicht Verärgerung, sondern Verzweiflung in ihrer Stimme mitschwingen zu hören. „Ich bin immer noch für Silvester – wahrscheinlich bin ich ja sentimental –, aber wir haben ja noch ein bisschen Zeit. Darüber hinaus habe ich das, weshalb ich hergekommen bin, noch nicht beendet.“

Sie hob erstaunt den Kopf. „Was soll das heißen? Du hast Liz gefunden.“

„Das reicht nicht.“ Seine Augen glühten in den Schatten. „Wir haben den Kopf der Bande noch nicht. Erst dann ist es zu Ende.“

„Das kannst du getrost unsere Sorge sein lassen. Persönliche Rache ist hier fehl am Platz.“

„Ich rede nicht von Rache.“ Obwohl es das natürlich war. „Ich werde das zu Ende zu bringen, Althea. Und ich würde es gern mit dir zusammen zu Ende bringen.“

„Und wenn ich es nicht will?“

Er wickelte sich eine Haarsträhne von ihr um den Finger. „Dann werde ich alles versuchen, um dich umzustimmen. Vielleicht hast du es noch nicht gemerkt, aber ich kann sehr hartnäckig sein.“

„Ich habe es gemerkt“, brummte sie. Aber es gab einen Teil in ihr, der bei dem Gedanken, dass ihre Partnerschaft noch nicht zu Ende war, anfing zu glühen. „Ich nehme an, ein paar Tage kann ich dir noch geben.“

„Gut.“ Er schob sie ein bisschen von sich weg und fuhr ihr mit einer Hand über die Hüfte. „Ein paar Nächte eingeschlossen?“

„Möglich.“ Auf ihrem Gesicht blitzte ein übermütiges Lächeln auf. „Wenn du dafür sorgst, dass es sich für mich lohnt.“

„Oh, das werde ich.“ Er senkte den Kopf. „Das ist ein Versprechen.“

11. KAPITEL

Althea fuhr schreiend aus dem Schlaf hoch, wobei sie mit Händen und Füßen blind um sich schlug, um sich aus den Armen zu befreien, die sie fest gepackt hielten. Sie konnte seine Hände auf sich spüren, sie fühlte, wie sie zupackten, heiß, schmerzhaft. Aber diesmal ... Gott, bitte, diesmal ...

„Althea ...“ Colt schüttelte sie kräftig und zwang sich, ruhig und fest zu sprechen, obwohl sein Herz wie verrückt gegen seine Rippen hämmerte. „Althea, wach auf. Du hast geträumt.“

Sie balancierte an den glitschigen Rändern ihres Traums entlang. Die Wirklichkeit war nur ein dünner Lichtstrahl am Ende des schwarzen Tunnels ihres Albtraums. Mit letzter Kraft bekam sie ihn zu fassen – und Colt.

„Es ist alles gut ...“ Immer noch mitgenommen von dem Schrei, der ihn geweckt hatte, wiegte er sie in seinen Armen und drückte sie an sich, um ihren mit kaltem Schweiß bedeckten Körper zu wärmen. „Es ist alles gut, Baby. Halt dich einfach an mir fest.“

„Oh, Gott ...“ Sie atmete in einem langen zitternden Schluchzer aus und barg ihr Gesicht an seiner Schulter, die Hände an seinem Rücken hilflos zu Fäusten geballt. „Oh, Gott ... oh, Gott.“

„Jetzt ist alles gut.“ Er fuhr fort, sie zu streicheln und zu trösten, aber sie klammerte sich nur noch fester an ihn. „Ich bin ja da. Du hast geträumt, das ist alles. Du hast nur geträumt.“

Sie bahnte sich ihren Weg aus ihrem Traum, aber die Angst kehrte mit zurück, und sie war zu groß, um sich ihrer zu schämen. Deshalb klammerte Althea sich zitternd an ihn und versuchte dieselbe Kraft aufzubringen, die sie in ihm spürte.

„Gib mir eine Minute. In einer Minute bin ich wieder okay." Gleich hört das Zittern auf, versuchte sie sich gut zuzureden. Die Tränen würden trocknen. Die Angst würde versiegen. „Es tut mir Leid." Aber nichts hörte auf. Instinktiv barg sie ihr Gesicht an seinen Hals. „Gott, es tut mir Leid."

„Entspann dich einfach." Sie zitterte wie ein kleiner Vogel. Und fühlte sich auch so zerbrechlich an. „Soll ich Licht machen?"

„Nein." Sie presste ihre Lippen aufeinander, damit sie aufhörten zu zittern. Sie wollte kein Licht. Wollte nicht, dass er sie sah, bevor sie sich wieder unter Kontrolle hatte. „Nein. Ich hole mir nur ein Glas Wasser, dann geht es mir gleich wieder gut."

„Ich hole es dir."

Als er ihr das Haar aus dem Gesicht strich, spürte er erschüttert, dass es schon wieder tränenüberströmt war. „Ich bin gleich wieder da."

Nachdem er sie verlassen hatte, zog sie ihre Knie eng an ihre Brust. Reiß dich zusammen, befahl sie sich selbst, aber sie ließ dennoch ihren Kopf auf ihre Knie fallen. Während sie dem Wasserrauschen lauschte und auf den schmalen Streifen Licht schaute, der aus dem Bad auf den Schlafzimmerboden fiel, holte sie tief und ruhig Atem.

„Tut mir Leid, Nightshade", sagte sie, als er mit dem Wasser zurückkam. „Ich schätze, ich habe dich aufgeweckt."

„Vermutlich." Er hörte, dass ihre Stimme ruhiger geworden war. Aber ihre Hände nicht. Er legte seine Hände um ihre und hob das Glas an ihre Lippen. „Das muss ja ein schlimmer Traum gewesen sein."

Das Wasser tat ihrer trockenen Kehle gut. „Muss wohl. Danke." Sie überließ ihm das Glas, beschämt darüber, dass sie es nicht selbst halten konnte.

Colt stellte es auf dem Nachttisch ab, bevor er wieder neben ihr ins Bett schlüpfte. „Erzähl ihn mir."

Sie bewegte abwehrend die Schultern. „Schieb es auf den harten Tag und die Pizza."

Sehr entschlossen, unendlich sanft nahm er ihr Gesicht in seine Hände. Im Lichtschein, der aus dem Bad fiel, konnte er sehen, wie blass sie war.

„Nein, das werde ich nicht einfach auf sich beruhen lassen, Thea. Diesmal nicht. Du bist schreiend aufgewacht." Sie versuchte ihr Gesicht abzuwenden, aber er ließ es nicht zu.

„Du zitterst immer noch. Ich kann genauso stur sein wie du, und im Moment glaube ich, dass ich im Vorteil bin."

„Ich hatte einen Albtraum." Sie wollte ihn anfahren, brachte jedoch die Kraft dazu nicht auf. „Das passiert jedem ab und zu."

„Wie oft hast du diesen ganz bestimmten?"

„Nie."

Sie hob eine müde Hand und fuhr sich damit durchs Haar. „Schon seit Jahren nicht mehr. Ich weiß nicht, was ihn hervorgerufen hat."

Er glaubte es zu wissen. Und wenn er sich nicht sehr irrte, wusste sie es ebenfalls. „Hast du ein Hemd, ein Nachthemd oder irgendwas? Du frierst."

„Ich hole mir eins."

„Sag mir einfach, wo es ist." Als er den kurzen, ungehaltenen Seufzer hörte, den sie ausstieß, fühlte er sich ein bisschen erleichtert.

„In der obersten Kommodenschublade. Links."

Er stand auf und griff nach dem Erstbesten, was ihm in die Hand fiel. Bevor er es ihr über den Kopf zog, schaute er sich das weite Männerunterhemd genauer an. „Ein aufregendes Teil hast du da, Lieutenant."

„Es erfüllt seinen Zweck."

Er zog es ihr über den Kopf und schob ihr Kissen in den Rücken wie eine besorgte Mutter.

Sie schaute ihn finster an. „Ich mag es nicht, wenn man mich so verhätschelt."

„Du wirst es überleben."

Nachdem er alles für sie getan hatte, was er im Moment tun konnte, schlüpfte er in seine Jeans, entschieden, diesmal nicht locker zu lassen. Sie würden reden, egal ob es ihr passte oder nicht. Er nahm ihre Hand und wartete, bis sie ihn anschaute.

„Der Albtraum. Du träumst davon, dass du wieder vergewaltigt wirst, stimmts?" Ihre Hand versteifte sich in seiner. „Ich habe dir erzählt, dass ich gehört habe, wie du dich mit Liz unterhalten hast."

Sie befahl ihren Fingern, sich zu entspannen, aber sie blieben steif und kalt. „Es ist lange her. Es ist schon lange nicht mehr wichtig."

„Natürlich ist es noch wichtig, wenn du nachts schreiend aus dem Schlaf aufwachst. Plötzlich ist alles wieder da", fuhr er leise fort. „Wegen all dem, was mit Liz passiert ist. Es hat deine Erinnerungen wieder an die Oberfläche gebracht."

„Okay. Na und?“

„Vertrau mir, Althea“, sagte er leise, ohne seinen Blick von ihr abzuwenden. „Lass mich dir helfen.“

„Es tut weh“, hörte sie sich selbst sagen. Dann schloss sie die Augen. Jetzt hatte sie es zum ersten Mal zugegeben. „Nicht die ganze Zeit. Nicht mal die meiste Zeit. Es kommt nur ab und zu hoch und schneidet einen in Stücke.“

„Ich will verstehen.“ Er zog ihre Hand an seine Lippen. Weil sie es zuließ, ließ er sie dort. „Sprich mit mir.“

Sie wusste nicht, wo sie anfangen sollte. Wahrscheinlich am besten am Anfang. Sie ließ ihren Kopf gegen die Kissen sinken und schloss wieder die Augen.

„Mein Vater trank, und wenn er getrunken hatte, trank er noch mehr, und wenn er noch mehr getrunken hatte, wurde er gemein. Er hatte große Hände.“ Sie ballte ihre zu Fäusten, machte sie wieder auf. „Er schlug meine Mutter damit und mich auch. Meine früheste Erinnerung sind diese Fäuste, die Wut darin, die ich nicht verstehen konnte, gegen die ich wehrlos war. Ich kann mich nicht besonders gut an ihn erinnern. Eines Nachts hatte er mit jemandem Streit, der noch gemeiner war als er, und am Ende war er tot. Damals war ich sechs.“

Sie öffnete ihre Augen wieder, weil ihr klar geworden war, dass es nur eine andere Art von Verstecken war, wenn sie die Augen schloss. „Nachdem er tot war, beschloss meine Mutter, in seine Fußstapfen zu treten. Sie hat nicht so viel getrunken wie er, aber dafür regelmäßiger.“

Er wunderte sich, wie es die Leute, die sie gerade beschrieben hatte, geschafft hatten, etwas so Schönes und Wahrhaftiges hervorzubringen wie die Frau neben ihm. „Hattest du jemand anders?“

„Ich hatte Großeltern, die Eltern meiner Mutter. Ich weiß nicht, wo sie leben. Ich habe sie nie kennen gelernt. Sie hatten nie mehr irgendetwas mit ihr zu tun, seit sie mit meinem Vater durchgebrannt ist.“

„Aber sie wussten von dir?“

„Falls ja, interessierte es sie nicht.“

Er sagte nichts, versuchte zu begreifen. Aber er konnte es nicht, er konnte einfach nicht verstehen, dass es Familien gab, die sich so gleichgültig waren. „Okay. Was hast du gemacht?“

„Wenn du ein Kind bist, machst du gar nichts“, sagte sie. „Du bist den Erwachsenen auf Gnade und Ungnade ausgeliefert, und die Wahrheit ist, dass viele Erwachsene keine Gnade kennen.“ Sie legte eine kleine Pause ein, um dann fortzufahren: „Als ich acht war, ging sie eines Abends aus – sie ging oft aus –, aber diesmal kam sie nicht wieder. Zwei Tage später rief eine Nachbarin bei der Fürsorge an. Ich wurde abgeholt.“

Sie griff wieder nach dem Wasserglas. Diesmal zitterte ihre Hand nicht. „Es ist eine lange, typische Geschichte.“

„Ich will sie hören.“

„Sie steckten mich in ein Heim.“ Sie trank einen Schluck. Sie verzichtete darauf, ihm zu erzählen, wie verängstigt, wie verloren sie sich gefühlt hatte. Es verstand sich von selbst. „Es war okay. Annehmbar. Dann fanden sie sie, sie ermahnten sie ein bisschen und legten ihr dringend ans Herz, einen anständigeren Lebenswandel zu führen, und schickten mich zu ihr zurück.“

„Warum zum Teufel haben sie das gemacht?“

„Damals sah man manches noch anders. Die Gerichte waren

fest davon überzeugt, dass ein Kind bei seiner Mutter am besten aufgehoben ist. Aber sie blieb natürlich nicht lange trocken, und dann begann der Teufelskreis wieder von vorn. Ich lief ein paarmal weg, und sie brachten mich zurück. Ich galt als schwer erziehbar. Ich entwickelte zu dieser Zeit meinen ganz eigenen Trotz."

„Kein Wunder."

„Ich wurde im System herumgereicht. Sozialarbeiter, Gericht, Schulpsychologen. Sie waren alle überfordert. Dann fing meine Mutter etwas mit einem Typen an und verschwand. Nach Mexiko, glaube ich. Auf jeden Fall ist sie nie mehr zurückgekommen. Damals war ich zwölf, dreizehn, und ich hasste es, dass ich nicht wusste, was ich wollte. Also bin ich abgehauen, wann immer ich konnte. Schließlich steckten sie mich als ‚jugendliche Straftäterin' in ein Heim, das nur eine Kategorie entfernt war von einem Erziehungsheim." Sie verzog den Mund zu einem spöttischen Lächeln. „Dort hat man mir Gottesfurcht eingebläut. Es war hart dort, fast wie im Gefängnis. Ich beschloss, mich zusammenzureißen, und benahm mich so gut, dass ich schließlich in eine Pflegefamilie kam."

Sie trank das Glas aus und stellte es ab. Sie wusste, dass ihre Hände nicht mehr lange ruhig bleiben würden. „Ich hatte Angst, dass sie mich bis zu meinem achtzehnten Lebensjahr wegsperren würden, wenn ich es diesmal wieder nicht schaffte. Deshalb gab ich mir richtig Mühe. Meine Pflegeeltern waren nette Leute, ein bisschen naiv vielleicht, aber nett, mit den besten Absichten. Sie wollten die Welt verbessern. Sie waren im Elternbeirat, demonstrierten gegen Atomkraftwerke und überlegten sich, ein vietnamesisches Waisenkind zu adoptieren. Ich nehme an, dass ich sie manchmal hinter ihrem Rücken belächelt habe, aber ich mochte sie trotzdem. Sie waren freundlich zu mir."

Sie legte erneut eine Pause ein, und er wartete schweigend. „Sie zeigten mir Grenzen, die ich akzeptieren konnte, und sie behandelten mich fair. Die Sache hatte nur einen Haken. Sie hatten einen Sohn. Er war siebzehn, Captain des Footballteams, ein Spitzenschüler. Sie haben ihn vergöttert. Und er war bei allen sehr beliebt. Er hatte tatsächlich viel Charme, aber innerlich war er ein Dreckskerl. Man sah es nicht auf den ersten Blick, aber der Dreck war da." Ihre Augen glitzerten bei der Erinnerung. „Ich konnte ihn sehen. Ich hasste die Art, wie er mich ansah, wenn seine Eltern nicht herschauten." Sie atmete jetzt schneller, aber ihre Stimme klang immer noch ruhig. „Als ob ich ein Stück Fleisch wäre, das er taxierte, um es auf den Grill zu legen. Sie konnten es nicht sehen. Sie sahen nur den perfekten Sohn, der ihnen nichts als Freude machte. Und eines Abends, als sie nicht zu Hause waren, kam er von einem Date zurück. Oh Gott."

Als sie sich die Hände vors Gesicht schlug, zog Colt sie eng an sich. „Es ist okay, Thea. Das reicht."

„Nein." Sie schüttelte nachdrücklich den Kopf und machte sich von ihm los. Sie war so weit gegangen. Jetzt würde sie es auch zu Ende bringen. „Er war wütend. Wahrscheinlich weil er es ausnahmsweise nicht geschafft hat, dieses Mädchen, mit dem er ausgegangen war, um den kleinen Finger zu wickeln. Er kam in mein Zimmer. Als ich ihm sagte, dass er rausgehen soll, lachte er nur und erinnerte mich daran, dass er hier zu Hause sei und dass ich nur da wäre, weil seine Eltern Mitleid mit mir gehabt hätten. Natürlich hatte er Recht."

„Nein, hatte er nicht."

„Doch, damit schon", widersprach Althea. „Mit dem Rest nicht, aber damit schon. Dann machte er seine Hose auf. Ich rannte zur Tür, aber er kam mir nach und warf mich aufs Bett. Dabei krachte ich mit dem Kopf gegen die Wand. Ich weiß noch, dass mir einen Moment lang ganz schwindlig wurde, dann hörte ich ihn sagen, dass Mädchen wie ich für so was normalerweise bezahlten und dass ich mich geschmeichelt fühlen sollte, weil er mir einen echten Kick verschaffen würde. Er kam zu mir ins Bett. Ich schlug um mich und brüllte ihn an, dass er seine dreckigen Finger von mir lassen sollte. Er schlug mir ins Gesicht und warf sich über mich. Dann fing ich an zu schreien. Ich schrie die ganze Zeit, während er mich vergewaltigte. Als er fertig war, schrie ich nicht mehr, sondern weinte nur noch. Er stand auf und machte sich die Hose zu. Er warnte mich, dass er alles abstreiten würde, wenn ich irgendwem etwas erzählen sollte. Und wem würde man dann glauben, ihm oder mir? Er war ihr Sohn, von daher war es natürlich klar, dass ich die schlechteren Karten hatte. Außerdem konnte er jederzeit fünf Kumpel auftreiben, die bereit waren zu bestätigen, dass ich es mit allen fünfen freiwillig getrieben hätte. Und dann würde man mich wieder ins Heim stecken.

Deshalb sagte ich nichts, weil es nichts zu sagen gab und niemandem, dem ich es hätte sagen können. Im darauf folgenden Monat hat er mich noch zweimal vergewaltigt, bevor ich den Mut aufbrachte, wegzulaufen. Natürlich fingen sie mich wieder ein, aber diesmal hatte ich mir das vielleicht sogar gewünscht. Ich blieb im Heim, bis ich achtzehn war. Und als ich schließlich rauskam, schwor ich mir, es nie zuzulassen, dass jemals wieder irgendwer diese Art von Kontrolle über mich hat. Ich war wild entschlossen, dafür zu sorgen, dass ich mich nie wieder wie ein Nichts fühle."

Colt streckte unsicher eine Hand aus und wischte ihr behutsam eine Träne von der Wange. „Du hast aus deinem Leben etwas gemacht, Althea."

„Ich habe es zu meinem gemacht." Sie atmete aus, dann wischte sie sich mit einer schroffen Bewegung die Tränen von den Wangen. „Bis jetzt habe ich nicht gern darüber nachgedacht, Colt."

„Aber es ist da."

„Ja, es ist da", stimmte sie zu. „Der Versuch, so zu tun, als ob es nie passiert wäre, bringt es nur dichter an die Oberfläche. Das habe ich auch gelernt. Aber wenn man es einfach als einen Teil dessen akzeptiert, was einen zu dem gemacht hat, was man ist, verliert es an Bedeutung. Ich hasse Männer deswegen nicht, ebenso wenig wie ich mich selbst hasse. Aber ich weiß, wie es ist, ein Opfer zu sein."

Er wollte sie wieder an sich ziehen, doch er fürchtete, dass sie vielleicht nicht berührt werden wollte. „Ich wünschte, ich könnte dir deinen Schmerz nehmen."

„Es sind alte Narben", murmelte sie. „Ich spüre sie nur noch zu gewissen Gelegenheiten." Sie merkte, dass er sich zurückgezogen hatte, und das tat weh. „Ich bin kein anderer Mensch geworden, nachdem ich es dir erzählt habe. Das Problem ist nur, dass sich die meisten Menschen verändern, wenn man ihnen so eine Geschichte erzählt."

„Ich habe mich nicht verändert." Er hätte sie gern berührt, aber er wagte es nicht. „Verdammt, Thea, ich weiß einfach nicht, was ich sagen soll. Was ich für dich tun kann." Er stand auf und ging vom Bett weg. „Ich könnte dir vielleicht einen Tee machen."

Sie hätte fast gelacht. „Nightshades Wundertee gegen alles? Nein danke."

„Was willst du dann?" fragte er. „Sags mir einfach."

„Warum erzählst du mir nicht, was du willst?"

„Das kann ich dir ganz genau sagen." Er schlenderte zum Fenster, wirbelte herum. „Ich will, dass du wieder fünfzehn bist, damit ich diesem Dreckskerl die Fresse einschlagen kann. Ich will ihn so fertig machen, dass er nicht mehr weiß, wo oben und unten ist. Und außerdem will ich deinem Vater beide Beine brechen und deiner Mutter einen Tritt in den Hintern verpassen."

„Schön, das kannst du nicht", sagte sie kühl. „Denk dir was anderes aus."

„Ich will dich in den Arm nehmen!" schrie er und rammte seine Hände in seine Hosentaschen. „Und wage es doch nicht, dich anzufassen."

„Ich will weder deinen Tee noch dein Mitleid. Wenn du mir nicht mehr anzubieten hast, solltest du vielleicht lieber gehen."

„Was willst du denn?"

„Ich will, dass man mich verdammt noch mal so akzeptiert, wie ich bin. Und nicht auf Zehenspitzen um mich herumschleicht, als ob ich schwerbehindert wäre, nur weil ich Vergewaltigung und Misshandlung überlebt habe."

Er wollte ebenso heftig reagieren, aber dann hielt er sich zurück, weil ihm klar wurde, dass es ihm dabei gar nicht um sie ging. Alles, worum seine Gedanken im Moment kreisten, waren sein eigener Zorn, seine eigene Hilflosigkeit, sein eigener Schmerz. Langsam ging er zum Bett zurück und setzte sich neben sie. Ihre Augen waren immer noch nass; er sah sie im Halbdunkel glänzen. Er legte seine Arme um sie und zog sie sanft an sich, bis ihr Kopf auf seiner Schulter lag.

„Ich gehe aber nicht", murmelte er. „Okay?"

Sie seufzte zufrieden auf. „Okay."

Althea erwachte bei Sonnenaufgang mit dumpfen Kopfschmerzen. Sie wusste sofort, dass Colt nicht mehr neben ihr lag. Müde rollte sie sich auf den Rücken und rieb sich die verquollenen Augen.

Was hast du anderes erwartet, fragte sie sich. In Gesellschaft einer Frau, die ihm eine solche Geschichte erzählt hatte, würde sich kein Mann wohl fühlen. Und warum hatte sie bloß ihre ganze Vergangenheit bei ihm abgeladen? Wie hatte sie ihm etwas von sich anvertrauen können, was sie bisher noch niemandem erzählt hatte?

Nicht einmal Boyd, der Mensch, den sie als ihren engsten Freund betrachtete, wusste mehr, als dass sie im Heim gewesen war. Den Rest hatte sie für sich behalten – bis letzte Nacht.

Sie zweifelte nicht daran, dass die Sache mit Liz die Tür zu ihrem Unterbewusstsein geöffnet und den Albtraum hereingelassen hatte. Aber sie hätte in der Lage sein sollen, damit umzugehen, es zurückzuhalten, ihre Intimsphäre zu schützen. Die Tatsache, dass sie es nicht getan hatte, konnte nur eins bedeuten.

Althea seufzte auf, dann setzte sie sich auf und legte ihren Kopf auf ihre angezogenen Knie.

Sie liebte Colt. Sie kam nicht länger drum herum, dieser

Wahrheit ins Gesicht schauen. Und die Liebe machte einen – genauso, wie sie immer angenommen hatte – töricht, verletzlich und unglücklich.

Dagegen sollte es Tabletten geben, überlegte sie. Ein Serum, das man sich spritzen lassen konnte. So etwas wie ein Gegengift gegen einen Schlangenbiss.

Das Geräusch von Schritten veranlasste sie, ruckartig den Kopf zu heben. Ihre Augen weiteten sich überrascht, als Colt mit einem Tablett in der Hand zur Tür hereinkam.

Er hatte einen Sekundenbruchteil Zeit, um in ihrem Gesicht zu lesen, bevor es sich wieder verschloss. Sie hat geglaubt, du wärst klammheimlich verschwunden, dachte er grimmig. Er würde der Lady wohl oder übel zeigen müssen, dass er die Absicht hatte zu bleiben, egal wie sehr sie auch versuchte, ihn loszuwerden.

„Morgen, Lieutenant. Ich dachte mir, du hast einen vollen Tag Arbeit vor dir."

„Das siehst du absolut richtig." Argwöhnisch beobachtete sie, wie er ans Bett kam, wartete, bis er das Tablett auf dem Bett abgestellt hatte. „Was verschafft mir die Ehre?" fragte sie, auf die Teller mit dem französischen Toast deutend.

„Hast du schon vergessen, dass ich dir ein Frühstück schulde?"

„Nein."

Ihr Blick glitt von den Tellern zu seinem Gesicht. Die Liebe machte immer noch, dass sie sich töricht und verletzlich fühlte, aber nicht mehr unglücklich. „Du bist ja wirklich der reinste Zauberer in der Küche."

„Wir haben alle unsere Talente." Er setzte sich im Schneidersitz zu ihr aufs Bett und nahm sich einen Toast. „Ich könnte mir vorstellen, dass ..." er kaute, schluckte, „wenn wir verheiratet sind, ich mich ums Essen und die Wäsche kümmere."

Sie ignorierte die Panik, die sich ihrer zu bemächtigen drohte, und konzentrierte sich auf ihren ersten Bissen. „Das wird langsam zur Obsession, Nightshade. Du solltest es mal mit einer Therapie versuchen."

„Meine Mutter brennt schon darauf, dich kennen zu lernen." Er grinste, als Altheas Gabel klappernd auf ihren Teller fiel. „Sie und Dad lassen dir schöne Grüße bestellen."

„Deine ..." Ihr fehlten die Worte.

„Sie und mein Vater kennen Liz. Ich habe sie angerufen, um sie zu beruhigen, und dabei habe ich ihnen von dir erzählt." Lächelnd schob er ihr das Haar von den Schultern. Er hatte bis jetzt gar nicht gewusst, dass eine Frau in einem Männerunterhemd so sexy aussehen konnte. „Meine Mutter hätte gern, dass wir im Frühling heiraten ... du weißt schon, von wegen Junibraut und so. Aber ich habe ihr gesagt, dass ich so lange nicht mehr warten kann."

„Du spinnst ja vollkommen."

„Kann schon sein." Sein Grinsen verblasste. „Aber ich bin in deinem Kopf, Thea, das weißt du ganz genau. Ich bin da richtig drin und gehe nicht wieder raus."

Damit hatte er Recht, aber das änderte nichts an der grundsätzlichen Frage. Sie würde nicht heiraten. Punkt.

„Hör zu, Colt." Versuch es mit Vernunft, dachte sie. „Ich habe dich wirklich gern, aber ..."

„Du hast was?“ Seine Mundwinkel bogen sich wieder nach oben.

„Ich mag dich“, fauchte sie ihn an, erbost über das belustigte Funkeln in seinen Augen.

„Untertreibung.“ Er tätschelte liebevoll ihre Hand, schüttelte den Kopf. „Du enttäuschst mich, wirklich. Ich hätte dich für mutiger gehalten.“

Vergiss die Vernunft. „Halt die Klappe und lass mich in Ruhe frühstücken.“

Er gehorchte, weil er auf diese Weise Zeit hatte nachzudenken und sie zu beobachten. Sie ist immer noch ein bisschen blass, überlegte er. Und ihre Augen waren von letzter Nacht geschwollen. Aber sie würde sich keine Schwäche anmerken lassen. Er musste ihre unerschöpflichen Kraftreserven bewundern. Sie will kein Mitgefühl, erinnerte er sich, sie will Verständnis. Und doch, sie würde lernen müssen, beides von ihm anzunehmen.

In der vergangenen Nacht hatte sie seinen Trost angenommen. Egal ob sie es wusste oder nicht, aber sie hatte bereits angefangen, sich auf ihn zu verlassen. Und er hatte nicht die Absicht, sie im Stich zu lassen.

„Wie ist der Kaffee?“

„Gut.“ Und weil es so war, wie es war, weil das Frühstück, das er zubereitet hatte, ihre Kopfschmerzen besiegt hatte, ließ sie sich erweichen und sagte: „Danke.“

„Gern geschehen, nichts zu danken.“ Er beugte sich vor, streifte mit seinem Mund ihren. „Ich darf wohl nicht annehmen, dass ich dich nach dem Frühstück in eine kleine Balgerei verwickeln kann?“

Jetzt lächelte sie, breit und entspannt. „Ich werde später noch mal darauf zurückkommen." Aber sie legte ihm eine Hand auf die Brust und erwiderte seinen Kuss. Ihre Finger schlossen sich um das Medaillon. „Warum trägst du das?"

„Hat mir meine Großmutter geschenkt. Sie sagte, wenn ein Mann schon entschlossen ist, sich nie an einem festen Ort niederzulassen, sollte er wenigstens jemanden haben, der auf ihn aufpasst. Es hat bis jetzt prima funktioniert." Er stellte das Tablett auf dem Boden ab, beugte sich über Althea und hob sie hoch.

„Nightshade, ich sagte doch ..."

„Ich weiß, ich weiß." Er verlagerte sie ein bisschen, damit er sie bequemer tragen konnte. „Aber ich habe mir überlegt, dass wir diese kleine Balgerei auch unter der Dusche austragen können, dann kommst du mit deinem Zeitplan nicht so in Verzug."

Sie lachte und knabberte an seiner Schulter. „Ich glaube fest an Zeitmanagement."

Ihr reichten vierundzwanzig Stunden am Tag nicht aus. Auf ihrem Schreibtisch wartete ein riesiger Berg Papierkram, und bevor sie Kline und Donner verhören würde, musste sie mit Boyd sprechen, ob sich bei den beiden etwas ergeben hatte. Außerdem wollte sie sich, beruflich wie auch rein persönlich, noch einmal mit Liz unterhalten.

Sie setzte sich an ihren Schreibtisch und begann zielstrebig, den Papierberg abzutragen.

Wenig später klopfte es, und als sie den Kopf hob, sah sie

Cilla in der offenen Tür stehen. „Entschuldigung, Lieutenant. Hast du eine Minute Zeit?"

„Für die Frau des Captains habe ich sogar anderthalb", gab sie lächelnd zurück und winkte Cilla herein. „Was machst du denn hier?"

„Boyd hat mir alles erzählt." Cilla beugte sich vor, musterte sie und sah selbst durch das sorgfältig aufgetragene Make-up, dass Althea eine unruhige Nacht hinter sich hatte. „Alles okay mit dir?"

„Mir geht es gut. Ich bin zwar zu der Erkenntnis gelangt, dass sich jeder, der auf die Idee kommt zu zelten, umgehend in psychiatrische Behandlung begeben sollte, aber das verbuche ich unter Erfahrung."

„Dann solltest du es mal mit drei Kindern versuchen."

„Nein", sagte Althea in endgültigem Ton. „Das sollte ich mit Sicherheit nicht."

Cilla lachte und hockte sich auf die Schreibtischkante. „Ich bin so froh, dass ihr das Mädchen gefunden habt. Wie geht es ihr?"

„Sie wird noch eine ganze Weile schwer daran zu kauen haben, aber sie wird es überleben."

„Diese Dreckskerle sollten ..." Cillas Augen schleuderten wütende Blitze, aber sie unterbrach sich. „Ich bin nicht gekommen, um über irgendwelche Verbrecher zu wettern. Ich bin hier, um mich über einen Truthahn zu unterhalten."

„Ach ja?"

„So einen Thanksgiving-Truthahn, weißt du? Jetzt komm, sieh mich nicht so an." Cilla reckte kampfeslustig das Kinn. „Jedes Jahr an Thanksgiving hast du irgendeine Ausrede, um nicht zum Essen kommen zu müssen, aber diesmal lasse ich dich nicht davonkommen."

„Cilla, du weißt, dass ich die Einladung zu schätzen weiß."

„Zum Teufel damit. Du gehörst zur Familie. Wir wollen, dass du kommst." Auch als Althea den Kopf schüttelte, gab Cilla nicht auf. „Deb und Gage kommen auch. Du hast sie schon seit einem Jahr nicht mehr gesehen."

Althea dachte an Cillas jüngere Schwester Deborah und ihren Mann. Sie würde sich freuen, Deb wieder einmal zu sehen. Als Deb in Denver das College besucht hatte, waren sie eng befreundet gewesen. Und Gage Guthrie würde sie auch gern wiedersehen. Althea spitzte die Lippen, als sie an ihn dachte. Sie mochte Deborahs Mann, der seine Frau vergötterte, sehr. Obwohl er irgendetwas an sich hatte – etwas, das Althea nicht genau benennen konnte. Nichts Schlechtes, befand sie jetzt, und bestimmt nichts, worüber man sich hätte Sorgen machen müssen. Aber irgendetwas war da.

„Machen deine Gedanken gerade eine kleine Wanderung?" fragte Cilla.

„Entschuldige." Althea kehrte in die Wirklichkeit zurück und kramte in den Papieren auf ihrem Schreibtisch herum. „Du weißt, dass ich sie unheimlich gern mal wiedersehen würde, Cilla, aber ..."

„Sie bringen Adrianna mit." Die kleine Tochter ihrer Schwester, die Althea bisher nur von Fotos und Videos kannte, war Cillas Geheimwaffe. „Wir wissen doch beide, was für eine Schwäche du für Babys hast."

„Gehts vielleicht ein bisschen leiser?" fragte Althea mit einem unsicheren Blick auf den Einsatzraum. „Ich habe hier einen Ruf zu verlieren." Sie seufzte und lehnte sich in ihren Stuhl zurück. „Du weißt genau, dass ich sie wiedersehen will, alle. Und da sie ja sicher die ganzen Feiertage über dableiben, werde ich sie auch sehen. Sagen wir am Samstag."

„Nein, an Thanksgiving." Cilla straffte sich und rieb sich die Hände. „Dieses Jahr kommst du, sonst werde ich Boyd bitten müssen, es dir zu befehlen. Ich will meine Familie bei mir haben. Und zwar die ganze."

„Cilla ..."

„Na gut." Cilla verschränkte entschlossen die Arme. „Dann wird mir wohl nichts anderes übrig bleiben, als das dem Captain vorzutragen."

„Du hast Glück", sagte Boyd, als er an die Tür kam. „Der Captain ist zufälligerweise zu sprechen. Und er hat dir ein Geschenk mitgebracht." Er kam herein.

„Natalie!" Mit einem Freudenschrei warf Cilla die Arme um ihre Schwägerin und drückte sie. „Ich dachte, du bist in New York."

„Gewesen." Natalies dunkelgrüne Augen funkelten vor Lachen, als sie Cilla an sich zog, um sie zu küssen. „Ich dachte mir, dass ich einen kurzen Abstecher zu euch machen könnte. Du siehst großartig aus."

„Und du traumhaft wie immer." Das stimmte ohne die geringste Einschränkung. Die hoch gewachsene gertenschlanke Frau mit den glatten blonden Haaren und dem konservativ geschnittenen Kostüm erregte durch ihre Schönheit stets Aufsehen. „Die Kinder werden ganz aus dem Häuschen sein."

„Ich kann es gar nicht erwarten, sie in den Arm zu nehmen." Natalie drehte sich um und streckte beide Hände aus. „Thea.

Ich kann es kaum fassen, dass ich das Glück habe, euch alle drei auf einmal zu sehen."

„Schön, dich zu sehen." Während sie ihr immer noch die Hand schüttelte, drückte Althea ihre Wange gegen die von Natalie. In den Jahren, in denen Boyd und Althea Partner gewesen waren, waren sie und seine jüngere Schwester gute Freundinnen geworden. „Wie geht es deinen Eltern?"

„Gut. Ich soll euch allen schöne Grüße bestellen." Sie schaute sich in Altheas Büro um und seufzte. „Sag mal, Thea, warum lässt du dir nicht wenigstens ein Büro mit Fenster geben?"

„Mir gefällt es. Auf die Weise habe ich weniger Ablenkung."

„Ich werde gleich Maria anrufen", verkündete Cilla. „Sie wird heute Abend etwas ganz Besonderes kochen. Es wird bestimmt ein wunderschöner Abend, und Natalie hat ganz sicher eine Menge zu erzählen. Wir haben uns ja so lange nicht gesehen. Du kommst natürlich auch, Thea."

„Das würde ich mir nicht entgehen lassen."

„Was ist denn hier los?" fragte Colt, während er versuchte, sich auch noch in den Raum zu quetschen. „Eine Konferenz? Thea, du wirst dir ein größeres ..." Er unterbrach sich überrascht. „Nat?"

Ihr sprachloser Gesichtsausdruck spiegelte seinen wider. „Colt?"

Auf seinem Gesicht breitete sich ein erfreutes Grinsen aus. „Na, das ist ja vielleicht eine Überraschung." Er stieß Boyd mit dem Ellbogen beiseite und riss Natalie in seine Arme. „Das gibts doch nicht. Die schöne Natalie. Wie lange ist es her? Sechs Jahre?"

„Sieben." Sie küsste ihn auf den Mund. „Wir sind uns in San Francisco in die Arme gelaufen."

„Richtig, beim Spiel der Giants. Du siehst besser aus denn je."

„Mir geht es auch besser denn je. Was hältst du davon, wenn wir später auf einen Drink irgendwo hingehen und uns erzählen, was in den letzten Jahren so alles passiert ist?"

„Ja klar, gern ..." Als sein Blick auf Althea fiel, unterbrach er sich. Sie hockte auf der Schreibtischkante und beobachtete Natalie und ihn mit einer Mischung aus dezenter Neugier und höflichem Interesse. Als er merkte, dass sein Arm immer noch um Natalies Taille lag, nahm er ihn schnell weg. „Obwohl ich eigentlich ... äh ..."

Herrgott noch mal, wie sollte ein Mann vernünftig mit einer alten Freundin reden, wenn ihn die Frau, die er liebte, taxierte, als ob er die Schmierprobe auf dem Glasstreifen unter einem Mikroskop wäre?

Natalie erhaschte den Blick, den Althea und Colt wechselten. Zuerst war sie überrascht, dann stieg ein Kichern in ihr auf, das sie durch ein Räuspern tarnte. Na so was, dachte sie, da bist du ja in einen interessanten Fettnapf getreten. Sie konnte nicht widerstehen, noch ein bisschen darin herumzutrampeln.

„Colt und ich kennen uns schon seit einer Ewigkeit", sagte sie zu Althea. „Als Teenager war ich heillos in ihn verknallt." Sie grinste Colt übermütig an. „Und jetzt warte ich schon seit Jahren darauf, dass er sich das zu Nutze macht."

„Wirklich?" Althea tippte sich mit einem Finger an die Lippen. „Er kommt mir gar nicht so vor wie jemand, der schwer von Begriff ist. Vielleicht ein kleines bisschen schwerfällig, aber nicht begriffsstutzig."

„Stimmt. Ist er nicht süß?" Sie zwinkerte Althea zu.

„Auf eine höchst offenkundige Art", stimmte Althea zu, erfreut über Colts sichtliches Unbehagen. „Was hältst du davon, wenn wir beide nachher zusammen was trinken gehen? Es hört sich an, als ob wir uns eine Menge zu erzählen hätten."

„Das glaube ich auch."

„Und ich glaube nicht, dass dies hier der geeignete Ort ist, um private Verabredungen zu treffen." Colt, der merkte, dass er ausgezählt war, schob die Hände in die Hosentaschen. „Althea sieht aus, als hätte sie zu tun."

„Oh, ein paar Minuten habe ich schon noch. Was führt dich her, Natalie?"

„Die Arbeit. Es ist immer schön, wenn man sie mit dem Privatleben verbinden kann. Ich habe in einer Stunde eine kurzfristig anberaumte Besprechung. Häuser zu besitzen ist ein Fulltimejob. Wenn man keine richtige Verwaltung hat, kann es einem eine Menge Kopfzerbrechen bereiten", erklärte sie.

„Euch gehört nicht zufällig ein Haus auf der Second Avenue, oder?" fragte Althea.

„Nein, warum? Ist eins zu verkaufen?" Ihre Augen begannen zu funkeln, dann lachte sie. „Es ist ein Tick von mir", erklärte sie. „Ich finde einfach, es hat etwas, Häuser zu besitzen, auch wenn es eine Menge Probleme mit sich bringt."

„Was ist denn jetzt schon wieder los?" fragte Boyd und versuchte, wenigstens ein bisschen Interesse für die Liegenschaften, die er zusammen mit seiner Schwester besaß, aufzubringen.

„Der Hausverwalter hat beschlossen, die Mieten zu erhöhen und die Differenz selbst einzustreichen", berichtete Natalie, deren Augen hart geworden waren und nun einen seltsamen Kontrast zu ihrem sanften, hübschen Gesicht bildeten. „Ich hasse es, wenn man versucht, mich zu verschaukeln."

„Das ist nur dein Stolz", sagte Boyd und tippte ihr mit einem Finger auf die Nasenspitze. „Du hasst es, Fehler zu machen."

„Ich habe keinen Fehler gemacht." Sie reckte das Kinn. „Der Mann hatte einen tadellosen Lebenslauf." Als Boyd weiterhin grinste, schnitt sie ihm eine Grimasse. „Das Problem ist, dass man einem Hausverwalter eine gewisse Handlungsfreiheit einräumen muss. Man kann schließlich nicht überall gleichzeitig sein. Ich weiß noch gut, dass wir mal einen Verwalter hatten, der in einem Apartment einen florierenden verbotenen Spielsalon unterhielt. Er hatte die Wohnung unter einem falschen Namen angemietet", fuhr sie jetzt fast belustigt fort. „Er hatte sogar einen Antrag ausgefüllt, komplett, mit gefälschten Referenzen. Er verdiente mit dem Glücksspiel so viel, dass die Miete ganz bequem abfiel. Ich wäre ihm nie auf die Schliche gekommen, wenn die Polizei nicht einen Tipp bekommen hätte und sie daraufhin die Wohnung durchsucht hätten. Am Ende stellte sich heraus, dass er dieselbe Nummer vorher schon zweimal woanders abgezogen hatte."

„Du lieber Gott." Althea schüttelte den Kopf.

„Ach, es war halb so schlimm", winkte Natalie ab. „Eigentlich war es sogar ziemlich aufregend. Ich war einfach nur ... was ist los?" fragte sie, als sie sah, dass Althea aufsprang.

„Los, gehen wir." Colt hatte das Zimmer bereits verlassen.

Althea schnappte sich ihren Mantel und sprintete hinter ihm her. „Boyd, sieh nach, was du über ..."

„Nieman“, rief Boyd ihr zu. „Alles klar. Brauchst du Verstärkung?“

„Ich sage dir Bescheid.“

Nachdem der Raum sich geleert hatte, warf Natalie die Hände in die Luft und schaute Cilla an. „Was soll das denn jetzt?“

Cilla zuckte die Schultern. „Cops.“ Es sagte alles.

12. KAPITEL

Ich fasse es nicht, dass wir nicht schon viel eher darauf gekommen sind." Colt knallte die Autotür hinter sich zu und fuhr aus der Parklücke. Diesmal machte er sich gar nicht erst die Mühe, den Strafzettel unter dem Scheibenwischer wegzunehmen.

„Es ist nur ein Verdacht", erinnerte sie ihn. „Kann immer noch sein, dass wir uns irren."

„Das glaubst du doch nicht im Ernst."

Sie schloss für einen Moment die Augen, erlaubte den Puzzleteilchen, an ihren Platz zu fallen. „Es passt", sagte sie grimmig. „Es gibt keinen einzigen Mieter, der Mr. Davis je gesehen hat. Er war der Mann, der nicht da war – vielleicht, weil es ihn nie gab."

„Und wer hatte Zugang zu dem Penthouse? Wer konnte Referenzen fälschen – Referenzen, die vielleicht überhaupt nicht existieren? Wer konnte sich praktisch unbemerkt in dem Gebäude bewegen, einfach, weil er immer da war?"

„Nieman."

„Ich habe es dir gleich gesagt, dass er ein Gauner ist", sagte Colt zwischen den Zähnen hindurch.

Sie sah sich gezwungen zuzustimmen, wenn auch vorsichtig. „Pass auf, dass es dir nicht zu Kopf steigt, Nightshade. Wir stellen nur ein paar zusätzliche Nachforschungen an. Das ist alles."

„Ich hole mir Antworten", konterte er. „Das ist alles."

„Halt dich zurück, Colt", sagte sie leise. „Wir gehen da rein, um ein paar Fragen zu stellen. Vielleicht verplappert er sich ja.

Aber es kann auch sein, dass wir unerledigter Dinge wieder abziehen müssen. Aber zumindest haben wir etwas, wo wir nachgraben können."

Okay, graben wir, dachte Colt. Tief genug, um Nieman zu begraben. „Du machst den Anfang, und ich folge dir", sagte er. Für Erste zumindest. Als er vor einer roten Ampel anhalten musste, trommelte er mit den Fingerspitzen ungeduldig auf dem Lenkrad herum. „Ich würde dir gern das ... äh ... mit Nat erklären."

„Was denn erklären?"

„Dass wir nichts ... dass wir nie etwas miteinander hatten", sagte er mit Nachdruck. „Verstehst du?"

„Wirklich?" Später würde sie darüber lachen, davon war sie überzeugt. Wenn sie nicht mehr so viele andere Dinge im Kopf hatte. Trotzdem war sie nicht so in Anspruch genommen, dass sie eine Gelegenheit ausgelassen hätte, ihn zu provozieren. „Warum nicht? Sie ist schön, sie ist lustig, sie ist intelligent. Ich dachte, auf solche Frauen stehst du, Nightshade?"

„Na ja, es war nicht so, dass ich nicht ... also, ich meine, darüber nachgedacht habe ich schon. Anfangs zumindest ..." Er gab fluchend Gas, als die Ampel umschaltete. „Sie war Boyds Schwester, okay? Und bevor ich anfing, über sie nachzudenken, war sie für mich auch wie eine Schwester. Deshalb ging es einfach irgendwie nicht."

Sie warf ihm einen langen neugierigen Blick zu. „Warum verteidigst du dich eigentlich?"

„Ich verteidige mich ja überhaupt nicht." In seiner Stimme schwang ein scharfer Unterton mit, weil ihm klar war, dass er genau das tat. „Ich will es dir nur erklären. Obwohl ich wirklich nicht weiß, warum ich mir die Mühe überhaupt mache. Du denkst ja sowieso, was du willst."

„Schon gut. Ich denke, dass du auf ganz typische und vorhersehbare männliche Art und Weise überreagierst." Er erdolchte sie mit Blicken, aber sie lächelte nur, als sie fortfuhr: „Ich werfe es dir nicht vor. Genauso wenig, wie ich es dir vorgeworfen hätte, wenn ihr beide wirklich etwas miteinander gehabt hättet. Die Vergangenheit ist vorbei. Das weiß niemand besser als ich."

„Ich schätze, das weißt du wirklich." Er schaltete herunter, dann legte er seine Hand auf ihre. „Aber wir hatten nichts miteinander."

„Das ist dein Pech, Kumpel. Sie ist nämlich toll."

„Du auch."

Sie lächelte ihn an. „Ja, ich auch."

Colt fuhr an den Bordstein und parkte in einer Ladezone. Er wartete, bis Althea ihren Standort über Funk durchgegeben hatte.

„Bereit?"

„Jederzeit." Sie stieg aus dem Auto. „Ich will dies hier jetzt möglichst niedrig hängen", sagte sie zu Colt. „Nur ein paar weitere Fragen. Wir haben nichts gegen ihn in der Hand. Absolut nichts. Wenn wir zu viel Druck machen, könnte es auf uns zurückfallen. Und wenn wir mit unserem Verdacht Recht haben ..."

„Wir haben Recht. Ich spüre es genau."

Sie auch. Sie nickte. „Dann will ich ihn drankriegen. Für Liz. Für Wild Bill." Und für sich selbst, wie ihr klar wurde. Damit die Tür zu der Hölle, durch die sie gegangen war, wieder zufiel.

Sie betraten das Haus und gingen zu Niemans Wohnung. Althea warf Colt einen letzten warnenden Blick zu, dann klopfte sie.

„Ja?“ fragte Nieman durch die Tür. „Wer ist da?“

„Lieutenant Grayson, Mr. Nieman.“ Sie hielt ihren Ausweis vor den Spion. „Polizeidezernat Denver. Wir haben nur noch ein paar Fragen.“

Er machte die Tür auf, soweit es die Sicherheitskette zuließ. Sein Blick ging von Althea zu Colt und wieder zurück. „Hat das nicht Zeit? Ich bin im Augenblick beschäftigt.“

„Ich fürchte nicht. Es dauert nicht lange, Mr. Nieman. Nur eine Routineangelegenheit.“

„Also gut.“

Unüberhörbar ungehalten schob er die Kette lautstark zurück. „Kommen Sie rein.“

Althea sah beim Eintreten die Kartons auf dem Boden stehen. Viele davon waren mit geschreddertem Papier gefüllt. Was in Altheas Augen so verdächtig wirkte wie ein rauchender Colt.

„Wie Sie sehen, kommen Sie zu einem ungünstigen Zeitpunkt.“

„Ja, das sehen wir. Sind Sie dabei umzuziehen, Mr. Nieman?“

„Glauben Sie vielleicht, dass ich nach diesem ... diesem Skandal weiter hier wohne und arbeite?“ Empört zerrte er an seiner festgezurrten Krawatte. „Ich denke ja gar nicht daran. Polizei, Reporter, Mieter, die einen ständig mit irgendwelchen Fragen nerven. Seit dieser Sache hatte ich hier einfach keinen Moment Ruhe mehr.“

„Ich kann mir vorstellen, dass es eine Prüfung für Sie ist", bemerkte Colt. Er hätte diese Krawatte gern noch ein bisschen fester gezogen.

„Das ist es wahrlich. Nun, ich nehme an, Sie wollen sich setzen. Bitte." Nieman deutete auf Stühle. „Aber viel Zeit habe ich nicht. Ich muss noch eine Menge packen. Den Möbelpackern will ich das nicht anvertrauen", setzte er hinzu. „Sie achten nicht auf die Dinge."

„Sie haben einige Erfahrung mit Umzügen?" Das kam von Althea, die schon ihr Notizbuch herausgeholt und ihren Stift gezückt hatte.

„Natürlich. Ich bin, wie schon gesagt, viel herumgekommen. Mir macht meine Arbeit Spaß." Er verzog den Mund zu einem gekünstelten Lächeln. „Aber ich finde es langweilig, zu lange auf derselben Stelle zu sitzen. Und erfahrene Hausverwalter werden immer gesucht."

„Davon bin ich überzeugt." Althea tippte mit ihrem Stift gegen den Block. „Die Besitzer dieses Hauses hier heißen ..." Sie begann, ihr Notizbuch durchzublättern.

„Johnston und Croy, Inc."

„Ja." Sie nickte, als sie die Eintragung fand. „Es hat Sie doch bestimmt nicht gefreut zu hören, was sich da oben im Penthouse abgespielt hat, oder?"

„Das kann man wohl sagen." Nieman lüpfte die Hosenbeine und setzte sich. „Es handelt sich um eine angesehene Firma. Sehr erfolgreich im Westen und Südwesten. Natürlich haben sie es mir angekreidet. Aber das war ja zu erwarten."

„Weil Sie mit dem Mieter kein persönliches Gespräch geführt haben?" fragte Althea.

„Das Wichtigste bei der Hausverwaltung ist, dass jeden Monat die Mieten pünktlich eingehen und dass nicht so eine große Fluktuation herrscht. Das habe ich sichergestellt."

„Und Sie haben auch sichergestellt, dass in einer der Ihnen anvertrauten Wohnungen strafbare Handlungen begangen wurden."

„Man kann mich ja wohl kaum für das persönliche Verhalten meiner Mieter verantwortlich machen."

Althea beschloss, dass es Zeit war, ein Risiko einzugehen. Ein genau kalkuliertes. „Und Sie haben die Wohnung nie betreten? Sich nie davon überzeugt, dass alles in Ordnung ist?"

„Warum hätte ich? Ich hatte keinen Grund, Mr. Davis zu stören oder das Penthouse zu betreten."

„Sie waren also in der Zeit, in der Mr. Davis die Wohnung bewohnte, nie drin?"

„Das habe ich doch eben gesagt."

Sie runzelte die Stirn, blätterte ein paar Seiten zurück. „Und wie erklären Sie sich dann Ihre Fingerabdrücke?"

Niemans Augen flackerten ganz kurz. „Ich verstehe nicht, was Sie meinen."

Sie war nah dran, aber noch nicht nah genug. „Ich frage mich, was Sie sagen würden, wenn ich Ihnen erzählte, dass man Ihre Fingerabdrücke in dem Penthouse gefunden hat – obwohl Sie behaupten, die Wohnung nie betreten zu haben."

„Ich verstehe nicht ..." Mittlerweile musste er sich schon ganz schön abstrampeln. „Ach ja. Jetzt erinnere ich mich wieder. Ein paar Tage vor ... vor dem Vorfall ... ging im Penthouse der Feuermelder los. Und nachdem auf mein Klopfen hin niemand öffnete, verschaffte ich mir natürlich mit meinem Ersatzschlüssel Zugang zu der Wohnung."

„Und? Hat es gebrannt?“ fragte Colt.

„Nein, nein, der Feuermelder war einfach nur defekt. Es war ein so geringfügiger Vorfall, dass ich es vergessen habe.“

„Vielleicht haben Sie ja noch mehr vergessen“, sagte Althea höflich. „Vielleicht haben Sie auch vergessen, uns von dem Blockhaus westlich von Boulder zu erzählen. Verwalten Sie dieses Haus auch?“

„Ich weiß nicht, wovon Sie reden. Ich verwalte im Moment nur dieses Haus hier.“

„Dann benutzen Sie es also nur zur Erholung“, fuhr Althea fort. „Mit Mr. Donner, Mr. Kline und Mr. Scott.“

„Ich weiß nichts von einem Blockhaus“, sagte Nieman steif, aber auf seiner Oberlippe standen winzige Schweißtröpfchen. „Und Leute, die so heißen, kenne ich auch nicht. Und jetzt möchte ich Sie bitten, mich zu entschuldigen.“

„Mr. Scott darf leider noch keinen Besuch empfangen“, berichtete Althea ihm und blieb sitzen. „Aber wir können in die Innenstadt fahren und Kline und Donner besuchen. Das frischt Ihre Erinnerung vielleicht auf.“

„Ich fahre mit Ihnen überhaupt nirgendwohin.“ Nieman erhob sich. „Ich habe alle Ihre Fragen geduldig und korrekt beantwortet. Wenn Sie weiterhin versuchen, mich zu schikanieren, werde ich meinen Anwalt anrufen müssen.“

„Tun Sie sich keinen Zwang an.“ Althea deutete auf das Telefon. „Wir können uns dann alle auf dem Revier treffen. In der Zwischenzeit könnten Sie überlegen, ob Sie noch wissen, wo Sie sich am 25. Oktober abends aufgehalten haben. Sie könnten ein Alibi brauchen.“

„Wofür?“

„Mord.“

„Das ist eine Vorverurteilung.“ Er zog ein Stofftaschentuch aus seiner Brusttasche und wischte sich damit über die Stirn. „Sie können nicht einfach hier hereinkommen und mich beschuldigen.“

„Ich beschuldige Sie nicht, Mr. Nieman. Ich frage nur, wo Sie am 25. Oktober zwischen neun und elf Uhr abends waren. Sie können Ihrem Anwalt auch mitteilen, dass wir Ihnen einige Fragen über eine vermisste junge Frau namens Lacy stellen werden und über die Gefangenhaltung von Elizabeth Cook. Liz ist ein sehr intelligentes, mit einer hervorragenden Beobachtungsgabe ausgestattetes Mädchen, hab ich Recht, Nightshade?“

„Ja.“ Sie ist erstaunlich, dachte Colt. Absolut erstaunlich. Sie hatte nichts Handfestes gegen Nieman in der Hand, aber sie riss ihn trotzdem in Stücke. „Mit Liz’ Aussagen und den Phantombildern hat der Staatsanwalt eine Menge in der Hand“, fuhr er an Nieman gerichtet fort.

„Ich glaube, von den Phantombildern haben wir Mr. Nieman noch gar nichts erzählt.“ Althea schloss ihr Notizbuch. „Oder von der Tatsache, dass Kline und Donner gestern sehr sorgfältig befragt wurden. Aber da sich Scott immer noch in einem kritischen Zustand befindet, werden wir auf seine Bestätigung noch ein bisschen warten müssen.“

Niemans Gesicht wurde wachsbleich. „Sie lügen. Ich bin ein ehrbarer Mann. Ich habe Empfehlungsschreiben.“ Seine Stimme brach. „Auf die Aussage von zwei drittklassigen Schauspielern können Sie gar nichts geben, und eine Anklage können Sie damit erst recht nicht gegen mich zusammenzimmern.“

„Ich glaube nicht, dass wir erwähnt haben, dass Kline und Donner Schauspieler sind, oder, Nightshade?"

„Nein." Er hätte sie küssen mögen. „Nein, das haben wir nicht."

„Sie müssen ein Hellseher sein, Nieman", bemerkte Althea. „Warum fahren wir nicht alle aufs Revier, vielleicht fällt Ihnen dort ja noch ein bisschen mehr ein."

„Ich kenne meine Rechte." Niemans Augen glitzerten vor Wut. „Ich fahre mit Ihnen überhaupt nirgends hin."

„Dann werde ich wohl darauf bestehen müssen." Althea stand auf. „Los, machen Sie, rufen Sie Ihren Anwalt an, Nieman, aber mit aufs Revier zum Verhör kommen Sie trotzdem."

„Ich lasse mich doch von einer Frau nicht herumkommandieren." Nieman war mit einem Satz bei ihr, und obwohl Althea damit gerechnet hatte und schon darauf wartete, trat Colt zwischen sie und schob den Hausverwalter fast mit dem kleinen Finger zurück auf die Couch.

„Widerstand gegen die Staatsgewalt", sagte er milde. „Das dürfte fürs Erste reichen und müsste dir eigentlich genug Zeit geben, einen Durchsuchungsbefehl zu erwirken."

„Mehr als genug", stimmte sie zu. Sie zog ihre Handschellen heraus.

„Äh ... Lieutenant ..." Colt beobachtete, wie sie Nieman mit ein paar schnellen Griffen die Handschellen um die mageren Handgelenke legte. „Sie haben oben doch keine Fingerabdrücke gefunden, oder?"

„Nein, aber das habe ich auch nie behauptet." Sie warf ihr Haar zurück. „Ich habe ihn nur gefragt, was er sagen würde, wenn ich sage, dass sie welche gefunden hätten."

Er grinste und sagte: „Ich habe mich geirrt. Lieutenant. Ich mag deinen Stil doch."

„Danke." Sie lächelte zufrieden. „Ich frage mich nur, was wir in all diesen ordentlich gepackten Kisten wohl finden werden."

Sie fanden mehr als genug. Videobänder, Fotos, sogar ein Tagebuch in Niemans Handschrift, in dem er akribisch alle seine Aktivitäten, alle seine Gedanken, seinen Frauenhass festgehalten hatte. Außerdem stand darin, wie die Frau namens Lacey ermordet worden war und dass man ihre Leiche hinter dem Haus in den Bergen verscharrt hatte.

Bis zum Nachmittag hatten sich genug Anklagepunkte gegen ihn angesammelt, um ihn sein Leben lang von der Gesellschaft fern zu halten.

„Ein bisschen enttäuschend ist es schon", bemerkte Colt, während er Althea in ihr Büro folgte, wo sie ihren Bericht verfassen wollte. „Aber ich fand ihn so abstoßend, dass ich mich nicht mal aufraffen konnte, ihn umzubringen."

„Glück für dich", sagte sie, während sie ihren Computer einschaltete. „Hör zu, ich weiß nicht, ob es dir ein Trost ist, aber ich glaube ihm, wenn er sagt, dass er selbst Liz nicht angerührt hat. Ich bin mir sicher, dass es das psychiatrische Gutachten bestätigt. Impotenz, einhergehend mit Frauenhass und voyeuristischen Neigungen."

„Ja, er liebt es nur zuzusehen." Sein Zorn kam und ging. Althea hatte Recht, wenn sie sagte, dass sich das, was einmal passiert war, nicht mehr ändern ließ.

„Und aus seinem Hobby Geld zu machen", fügte sie hinzu. „Nachdem er einen Kameramann und zwei drittklassige Schauspieler aufgetrieben hatte, begann er, aus seinen mehr als zweifelhaften Vorlieben ein Geschäft zu machen. Und das machte er so gut, dass er sich Antiquitäten und Seidenkrawatten leisten konnte."

„Im Gefängnis wird er weder das eine noch das andere brauchen können." Er legte ihr die Hände auf die Schultern. „Gut gemacht, Thea. Wirklich gut."

„Das ist normal für mich." Sie musterte ihn über die Schulter hinweg. Jetzt musste sie nur noch überlegen, wie sie mit Colt verfahren sollte. „Hör zu, Nightshade, ich würde wirklich gern diesen Papierkram fertig machen, und dann brauche ich ein bisschen Zeit für mich, okay?"

„Klar. Wie ich gehört habe, wollen die Fletchers heute Abend einen draufmachen. Kommst du auch?"

„Aber sicher. Warum treffen wir uns nicht dort?"

„In Ordnung." Er drückte ihr einen Kuss aufs Haar. „Ich liebe dich, Thea."

Sie wartete, bis er gegangen war, dann machte sie die Tür hinter ihm zu. Ich weiß, dachte sie. Ich liebe dich auch.

Sie ging zu Liz. Es tat ihr gut, dem Mädchen und seiner Familie eine Art Lösung des Falls präsentieren zu können. Obwohl ihr Colt damit zuvorgekommen war. Er war bereits vor ihr da gewesen und wieder gegangen. Aber Althea spürte, dass Liz es von ihr auch noch einmal hören musste.

„Dafür werden wir uns nie revanchieren können." Marleen hatte den Arm fest um ihre Tochter gelegt, als wolle sie Liz nie wieder loslassen. „Ich kann Ihnen gar nicht sagen, wie dankbar wir Ihnen sind."

„Ich …“ Althea hätte fast gesagt, dass sie nur ihren Job gemacht hatte. Das war zwar die Wahrheit, aber es war nicht alles. „Passen Sie in Zukunft nur gut aufeinander auf“, sagte sie stattdessen.

„Wir haben uns vorgenommen, viel mehr Zeit miteinander zu verbringen.“ Marleen presste ihre Wange an die von Liz. „Morgen fahren wir nach Hause.“

„Wir werden eine Familientherapie machen“, berichtete Liz Althea. „Und ich … ich werde zu einer Selbsthilfegruppe für … für Vergewaltigungsopfer gehen. Obwohl, ein bisschen Angst habe ich schon.“

„Ein bisschen Angst zu haben ist nur gesund.“

Liz nickte und schaute zu ihrer Mutter. „Mom, kann ich … ich möchte gern einen Moment allein mit Lieutenant Grayson sprechen.“

„Aber ja.“ Marleen drückte ihre Tochter. „Ich gehe so lange runter in die Lobby und sehe nach, wo dein Vater mit dem Eis bleibt.“

„Danke.“ Liz wartete, bis ihre Mutter das Zimmer verlassen hatte. „Dad weiß noch nicht, wie er mit mir über das, was passiert ist, reden soll. Es fällt ihm schrecklich schwer.“

„Er liebt dich. Gib ihm Zeit.“

„Er hat geweint.“ Liz’ eigene Augen füllten sich mit Tränen. „Ich habe ihn vorher noch nie weinen sehen. Ich dachte immer, dass er zu viel berufliche Sachen im Kopf hat, um sich über mich Gedanken zu machen. Es war total blöd, von daheim abzuhauen.“ Nachdem sie das alles losgeworden war, atmete sie tief aus. „Jetzt sehe ich erst, wie weh ich ihnen damit getan habe. Es wird zwischen uns bestimmt nie mehr so wie früher, stimmts?“

„Nein, Liz, das wird es nicht, aber wenn ihr einander helft, darüber wegzukommen, kann es besser werden."

„Hoffentlich. Ich fühl mich innerlich immer noch so leer. Als ob da in mir ein Loch wäre."

„Du wirst es mit etwas anderem auffüllen. Du darfst nicht zulassen, dass deine Gefühle für andere Menschen darunter leiden. Es kann dich stark machen, Liz, aber du darfst nicht erlauben, dass es dich hart macht."

„Colt hat gesagt ..." Sie schniefte und streckte die Hand nach der Schachtel mit Papiertüchern aus, die ihre Mutter auf den Nachttisch gestellt hatte. „Er hat gesagt, dass ich, immer wenn ich das Gefühl habe, nicht mehr zu können, an Sie denken soll."

Althea starrte sie überrascht an. „An mich?"

„Weil Sie so viel Schlimmes erlebt haben und etwas so Schönes daraus gemacht haben. Innerlich und äußerlich. Dass Sie nicht nur überlebt, sondern triumphiert haben." Sie lächelte mit Tränen in den Augen. „Und dass ich das auch kann. Es war lustig, ihn so reden zu hören. Ich glaube, er mag Sie sehr."

„Ich mag ihn auch." Und Althea wurde klar, dass sie ihn wirklich mochte, ja, mehr noch, dass sie ihn liebte. Es war keine Schwäche, einen Mann zu lieben, nicht wenn man ihn gleichzeitig achten und respektieren konnte. Und nicht, wenn der andere einen so sah, wie man war, und einen wiederliebte.

„Colt ist echt klasse", stellte Liz fest. „Er lässt einen nie hängen, egal was passiert, wissen Sie?"

„Ich glaube, das weiß ich."

„Ich habe mir überlegt ... ich weiß, dass die Therapie wichtig ist und alles, aber ich habe mir trotzdem überlegt, ob ich Sie vielleicht manchmal anrufen könnte. Wenn ich ... wenn ich das Gefühl habe, dass ich es nicht schaffe."

„Ich hoffe, du machst es wirklich."

Althea stand auf, setzte sich neben Liz und nahm sie in den Arm. „Du rufst an, wenn du dich schlecht fühlst. Und wenn du dich gut fühlst, auch. Wir brauchen alle jemanden, der uns versteht."

Fünfzehn Minuten später überließ Althea die Cooks ihrer Eiscreme. Es gab eine Menge, worüber sie nachdenken musste. Als Erwachsene hatte sie immer gewusst, wo ihr Leben hinsteuerte. Jetzt hatte es eine plötzliche und dramatische Wendung genommen, und sie musste ihre Fassung wieder finden.

Aber Colt erwartete sie in der Lobby.

„Hey, Lieutenant." Er zog ihren Kopf zurück und küsste sie leicht.

„Was machst du noch hier? Marleen sagte, du seist bereits gegangen."

„Ich war mit Frank spazieren. Er musste mit jemandem reden."

Sie legte ihm eine Hand an die Wange. „Du bist ein guter Freund, Nightshade."

„Andere Freunde gibt es nicht." Sie lächelte, weil sie wusste, dass er es ernst meinte. „Soll ich dich mitnehmen?"

„Ich bin selbst mit dem Auto da." Aber als sie zusammen nach draußen gingen, wurde ihr klar, dass sie diese Auszeit gar nicht wollte. „Hast du Lust, einen Spaziergang zu machen? Ich bin so aufgewühlt."

„Klar." Er legte ihr einen Arm um die Schultern. „Du könntest mir helfen, ein Geschenk auszusuchen. Meine Mutter hat nächste Woche Geburtstag."

Ihr Widerstand erwachte umgehend – ein Reflex. „Ich kann nicht gut für Leute, die ich nicht kenne, Geschenke aussuchen."

„Du wirst sie bald kennen lernen." Er schlenderte zur Ecke und bog dann nach links ab, wo es eine Reihe von Geschäften gab. Er schaute in ein elegant dekoriertes Schaufenster, in dem teures Porzellan und Kristall ausgestellt war. „He, du bist doch nicht der Typ, der so eine Liste aufstellt, oder? Du weißt schon, für Hochzeitsgeschenke und so?"

„Reiß dich zusammen, Nightshade." Sie ging so schnell an ihm vorbei, dass er Mühe hatte, Schritt mit ihr zu halten.

„Was ist mit einer Aussteuer? Gibt es das heutzutage überhaupt noch?"

„Keine Ahnung, und es interessiert mich auch nicht."

„Nicht, dass ich etwas gegen das Männerunterhemd hätte, das du letzte Nacht im Bett anhattest. Ich könnte mir nur vorstellen, dass etwas mehr ... nein, etwas weniger für die Hochzeitsreise ganz nett wäre. Wohin willst du fahren?"

„Hörst du jetzt auf?"

„Nein."

Mit einem ungehaltenen Seufzer drehte sie sich um und schaute in das nächste Schaufenster. „Das ist ein hübscher Pullover." Sie deutete auf eine Schaufensterpuppe, die einen tiefblauen Pullover mit einem Schalkragen anhatte. „Vielleicht mag sie Kaschmir ja."

„Vielleicht." Er nickte. „Schön. Kaufen wir ihn."

„Siehst du, genau das ist dein Problem." Althea wirbelte, die Hände in die Hüften gestemmt, herum. „Du denkst einfach nicht genug nach. Du siehst etwas und zack – das wars dann auch schon."

„Warum sollte ich noch länger suchen, wenn es das Richtige ist?" Er lächelte und zog sie spielerisch an den Haaren. „Ich weiß, was gut für mich ist, wenn ich es sehe. Komm." Er nahm ihre Hand und zog sie in den Laden. „Der blaue Pullover draußen im Schaufenster", sagte er zu der Verkäuferin. „Haben Sie ihn in Größe ..." Er deutete die ungefähre Größe mit den Händen an.

„Zehn?" rief die Verkäuferin. „Natürlich, Sir. Einen Moment."

„Du hast nicht gefragt, was er kostet", erinnerte Althea ihn.

„Wenn etwas richtig ist, ist es egal, was es kostet." Er lächelte sie an. „Du wirst mich an der Kandare halten. Das weiß ich zu schätzen. Ich neige dazu, über Einzelheiten hinwegzusehen."

„Das ist ja etwas ganz Neues." Sie wandte sich ab und stöberte in einem Ständer mit Seidenblusen herum.

Er ist so unbesonnen, ermahnte Althea sich. Er war impulsiv und voreilig, ein Heißsporn. Alles, was sie nicht war. Sie zog Ordnung, Routine, sorgfältige Überlegung vor. Sie musste verrückt sein zu glauben, sie könnten zusammenpassen.

Sie wandte den Kopf und beobachtete ihn, während er darauf wartete, dass die Verkäuferin den Pullover abkassierte und als Geschenk einpackte.

Doch dann wurde ihr klar, dass sie trotzdem zusammenpassten. Alles an ihm passte zu ihr wie angegossen. Seine Haare, die weder richtig blond noch richtig braun waren und nie wirklich ordentlich. Die Augen, zwischen blau und grün changierend, konnten mit einem Blick bewirken, dass ihr das Herz stehen blieb. Seine Unbekümmertheit. Seine Verlässlichkeit.

Sein totales bedingungsloses Verständnis.

„Gibts ein Problem?“ fragte er, als er sie ertappte, wie sie ihn anstarrte.

„Nein.“

„Möchten Sie eine rosa Schleife oder eine blaue, Sir?“

„Rosa“, sagte er, ohne den Blick von Althea zu nehmen. „Haben Sie auch Brautkleider?“

„Förmliche nicht, Sir, nein.“ Doch bei der Aussicht, unter Umständen noch etwas zu verkaufen, leuchteten die Augen der Verkäuferin auf. „Aber wir haben ein paar sehr elegante lange Kleider und Hosenanzüge, die sich für eine Hochzeit perfekt eignen würden.“

„Es sollte etwas Festliches sein“, entschied er, und der Humor war in seine Augen zurückgekehrt. „Für Silvester.“

Althea straffte die Schultern und wirbelte zu ihm herum. „Kapier es endlich, Nightshade. Ich werde dich an Silvester nicht heiraten.“

„Okay, okay. Such dir ein anderes Datum aus.“

„Thanksgiving“, sagte sie und hatte das Vergnügen zu beobachten, wie ihm die Kinnlade ebenso herunterfiel wie der Karton, den ihm die Verkäuferin gerade gegeben hatte.

„Was?“

„Ich sagte Thanksgiving. Mach damit, was du willst.“ Sie schüttelte sich das Haar zurück und verließ den Laden.

„Warte! Verdammt!“ Er kickte den Geschenkkarton durch den Raum und rannte ihr nach, im Rennen den Karton aufhebend, während die Verkäuferin hinter ihm herrief: „Und was ist mit den Kleidern, Sir?“

„Später.“ Er stürzte zur Tür hinaus und holte Althea einen halben Block weiter unten ein. „Hast du eben gesagt, dass du mich an Thanksgiving heiratest?“

„Ich hasse es, mich zu wiederholen, Nightshade. Wenn du nicht mitkommst, ist das dein Problem. Wenn du jetzt mit dem Einkaufen fertig bist, gehe ich wieder zurück an meine Arbeit.“

„Nur noch eine verdammte Minute.“ Verzweifelt stopfte er sich den Karton unter den Arm, wobei er die Schleife zerdrückte. Aber jetzt hatte er wenigstens die Hände frei, um sie bei den Schultern zu packen. „Wie kommts, dass du plötzlich deine Meinung geändert hast?“

„Es muss an deiner einfühlsamen Herangehensweise liegen“, gab sie trocken zurück. Gott, machte ihr das Spaß. Ganz tief drin machte ihr die ganze Sache inzwischen einen Riesenspaß. „Wenn du mich weiter so behandelst, mache ich dich fertig, Kumpel.“

Er schüttelte den Kopf, als wollte er so seine Gedanken ordnen. „Du willst mich heiraten?“

Sie zog eine Augenbraue hoch. „Dich legt keiner so schnell aufs Kreuz, was?“

„An Thanksgiving. An *diesem* Thanksgiving? In ein paar Wochen?“

Bekommst du kalte Füße? wollte sie fragen, doch dann merkte sie, dass sie den Mund zu voll hatte. Es war ein leidenschaftlicher Kuss, in dem ein Versprechen und überschäumende Freude mitschwangen.

„Weißt du eigentlich, wie viel man dafür bekommt, wenn

man eine Polizistin in der Öffentlichkeit küsst?“ fragte sie, als sie wieder sprechen konnte, und sah ihn mit einem herausfordernden Lächeln an.

„Ich gehe das Risiko ein.“

„Gut.“ Sie zog seinen Mund wieder zu sich herunter. Die Fußgänger mussten um sie herumgehen, während sie sich küssten. „Du wirst lebenslänglich dafür bekommen, Nightshade.“

„Damit rechne ich.“ Behutsam schob er sie ein Stück zurück, bis er ihr Gesicht sehen konnte. „Warum Thanksgiving?“

„Weil ich eine Familie möchte, mit der ich Thanksgiving feiern kann. Cilla nervt mich schon seit Jahren, dass ich zu ihnen kommen soll, aber ich ... ich habe es bis jetzt einfach nicht geschafft.“

„Warum nicht?“

„Ist das ein Verhör oder eine Verlobung?“ wollte sie wissen.

„Beides, aber das ist meine letzte Frage. Warum willst du mich heiraten?“

„Weil du mich so lange genervt hast, bis mein Widerstand erlahmt ist. Und aus Mitleid mit dir, weil du so versessen darauf bist. Davon abgesehen liebe ich dich, und irgendwie habe ich mich auch schon an dich gewöhnt, deshalb ...“

„Halt. Sag das noch mal.“

„Ich sagte, dass ich mich irgendwie schon an dich gewöhnt habe.“

Grinsend gab er ihr einen Kuss auf die Nasenspitze. „Nicht das. Was du vorher gesagt hast.“

„Dass ich Mitleid mit dir habe?“

„Oh Mann. Nein. Danach.“

„Ach, so, das mit der Liebe."

„Ja, genau das. Sag es noch mal."

„Okay." Sie holte tief Luft. „Ich liebe dich." Und atmete aus. „Es so ganz allein zu sagen, ist sogar noch schwerer."

„Du wirst dich schon noch daran gewöhnen."

„Wahrscheinlich hast du Recht."

Er lachte und drückte sie an sich. „Ich wette darauf."

EPILOG

„Ich glaube, ich muss es mir doch noch mal überlegen." Althea stand vor dem großen Spiegel in Cillas Schlafzimmer und schaute auf ihr Spiegelbild.

Sie sah eine blasse Frau mit einer wilden Flut roter Haare. Sie wirkte elegant in dem schmal geschnittenen elfenbeinfarbenen Seidenkostüm, dessen kurze enge Jacke mit winzigen Perlmuttknöpfen besetzt und an den Rändern mit Spitze eingefasst war.

Aber ihre Augen standen zu groß und zu angstvoll in ihrem Gesicht.

„Ich kann mir wirklich nicht vorstellen, dass das funktioniert."

„Du siehst fabelhaft aus", versicherte Deborah ihr. „Absolut perfekt."

„Ich habe nicht von dem Kleid gesprochen." Althea presste sich eine Hand auf den schmerzenden Magen. „Ich meine die Hochzeit."

„Tu das nicht."

Cilla zupfte am Revers von Altheas Seidenjacke herum. „Du wirst schon wieder nervös."

„Natürlich bin ich nervös."

In Ermangelung von etwas anderem, fasste sich Althea an die Ohrläppchen, um sich davon zu überzeugen, dass ihre Perlenohrringe auch wirklich festsaßen. Als sie daran dachte, dass sie die Ohrringe von Colts Mutter bekommen hatte, wurde ihr ganz warm ums Herz. Etwas zum Weitergeben, hatte Colts

Mutter gesagt. So wie Colts Großmutter die Ohrringe an seine Mutter weitergegeben hatte.

Dann hatte sie ein bisschen geweint und Althea auf die Wange geküsst und sie in ihrer Familie willkommen geheißen.

Familie, dachte Althea, während sie erneut von einer Welle der Panik überschwemmt wurde. Was wusste sie schon von Familie?

„Ich bin drauf und dran, mich fürs ganze Leben an einen Mann zu binden, den ich erst seit ein paar Wochen kenne", murmelte sie der Frau im Spiegel zu.

„Aber du liebst ihn doch, oder?" fragte Deborah.

„Was hat denn Liebe damit zu tun?"

Lachend nahm Deborah Altheas rastlose Hand in ihre. „Nur alles. Ich kannte Gage auch nicht lange." Und sein Geheimnis hatte sie sogar noch kürzer gekannt. „Aber ich war mir sicher, dass ich ihn liebe. Ich habe gesehen, wie du Colt ansiehst, Thea. Du weißt es auch."

„Anwälte", beschwerte sich Althea bei Cilla. „Sie drehen einem ständig das Wort im Mund herum."

„Sie ist toll, stimmts?" Cilla drückte ihre Schwester stolz. „Die beste Strafverteidigerin östlich des Mississippi."

„Wo du Recht hast, hast du Recht", gab Deborah mit einem Grinsen zurück. „So, jetzt lasst mich mal einen Blick auf die Ehrenjungfrau werfen." Sie legte den Kopf schräg und taxierte ihre Schwester. „Du siehst umwerfend aus."

„Du auch." Cilla fuhr ihrer Schwester durch das dunkle Haar. „Ehe und Mutterschaft bekommen dir prächtig."

„Wenn ihr zwei jetzt nicht sofort aufhört, euch gegenseitig zu beweihräuchern, bekomme ich auf der Stelle einen Nervenzusammenbruch." Althea setzte sich aufs Bett und machte die Augen ganz fest zu. „Ich könnte heimlich durch die Hintertür verduften."

„Er würde dich wieder einfangen", sagte Cilla.

„Wenn ich einen richtig guten Vorsprung hätte, nicht. Vielleicht wenn ich ..." Ein Klopfen an der Tür unterbrach sie. „Wenn das Nightshade ist, ich bin nicht zu sprechen."

„Natürlich nicht", stimmte Deborah zu. „Pech." Sie öffnete ihrem Mann und ihrer Tochter die Tür. Das ist Glück, dachte sie, während sie Gage anlächelte. Das größte Glück der Welt.

„Tut mir Leid, dass ich die Vorbereitungen störe, aber wir haben da unten ein paar Leute, die schon ganz unruhig werden."

„Wenn diese Kinder die Hochzeitstorte angerührt haben ..." begann Cilla.

Gage konnte sie beruhigen: „Boyd hat sie gerettet." In letzter Sekunde. Auf einem Arm das Baby, legte er den anderen seiner Frau um die Taille. „Colt hat den Teppich bald durchgelaufen."

„Dann ist er also nervös", bemerkte Althea. „Das sollte er auch sein. Ihr seht ja, in was für eine Situation er uns gebracht hat. Oh Mann, ich wünsche mir, die Fliege an der Wand dort zu sein."

Gage grinste und zwinkerte Deborah zu. „Es hat seine Vorteile." Er tätschelte seine kleine Tochter, als sie zu quengeln begann.

„Gib sie mir, Gage." Deborah nahm Adrianna auf den Arm. „Geh und hilf Boyd, den Bräutigam zu beruhigen. Wir sind gleich so weit."

„Wer sagt das?“ Althea rang die Hände, atmete tief durch und versuchte, ruhig zu bleiben.

Cilla scheuchte Gage aus dem Zimmer und schloss die Tür. Jetzt wurde es Zeit, schwere Geschütze aufzufahren. „Feigling“, sagte sie weich.

„Nur noch eine Minute …“

„Du hast Angst, nach unten zu gehen und dem Mann, den du liebst, in aller Öffentlichkeit ein Versprechen zu geben. Das ist erbärmlich.“

Deborah, die das Baby beruhigt hatte, fing den Ball auf. „Wirklich, Cilla, sei nicht so hart mit ihr. Wenn sie ihre Meinung geändert hat …“

„Das hat sie ja gar nicht. Sie kann sich nur einfach nicht entscheiden. Dabei tut Colt alles, um sie glücklich zu machen. Er will sogar seine Ranch verscherbeln und sich hier ein Stück Land kaufen.“

Althea stand auf. „Das ist unfair.“

„Das ist es wirklich.“ Deborah baute sich neben Althea auf und biss sich auf die Innenseite ihrer Unterlippe, um sich vom Grinsen abzuhalten. „Von dir hätte ich eigentlich ein bisschen mehr Verständnis erwartet, Cilla. Das ist schließlich eine Entscheidung, die man nicht alle Tage trifft.“

„Dann sollte sie sie endlich treffen und sich nicht hier oben verkriechen wie eine eiserne Jungfrau, kurz bevor sie geopfert wird.“

Althea reckte trotzig das Kinn. „Ich verkrieche mich nicht. Deb, geh raus und sag ihnen, dass sie mit der verdammten Musik anfangen sollen. Ich komme jetzt runter.“

„In Ordnung, Thea. Wenn du dir wirklich sicher bist.“

Deborah tätschelte ihren Arm, zwinkerte ihrer Schwester zu und eilte dann aus dem Zimmer.

„Also gut, komm." Althea stürmte zur Tür. „Gehen wir."

„Fein." Cilla schlenderte hinter ihr her, dann begannen beide, hintereinander die Treppe hinunterzugehen.

Althea war schon fast unten, als ihr klar wurde, dass sie reingelegt worden war. Die beiden Schwestern hatten die Guter-Cop-böser-Cop-Masche abgezogen wie zwei Profis.

Jetzt rebellierte ihr Magen. Es gab überall Blumen, eine Wand aus Farben und Düften. Und Musik, weiche, romantische Klänge. Sie sah Colts Mutter, die sich schwer an seinen Vater lehnte und tapfer durch einen Tränenschleier lächelte. Sie sah Natalie strahlen und sich die Augen betupfen, und Deborah, ebenfalls mit nassen Augen, mit Adrianna auf dem Arm.

Da war Boyd, der nach Cillas Hand griff und ihr einen Kuss auf die nasse Wange gab, bevor er wieder zu Althea schaute und ihr aufmunternd zuzwinkerte.

Althea blieb ruckartig stehen. Wenn die Leute bei Hochzeiten weinen, müssen sie einen Grund dafür haben, schloss sie.

Dann schaute sie zum Kamin und sah nur noch Colt.

Und er sah nur noch sie.

Das Zittern in ihren Beinen ließ nach. Sie ging zu ihm hinüber, um ihm eine einzelne weiße Rose und ihr Herz zu übergeben.

„Schön, dich zu sehen, Lieutenant", murmelte er, während er ihre Hand nahm.

„Schön, dich zu sehen, Nightshade." Sie spürte die Wärme des Kaminfeuers, das neben ihnen brannte, die Wärme, die er ausstrahlte. Sie lächelte, als er ihre Hand an seine Lippen zog, und ihre Finger hörten augenblicklich auf zu zittern.

„Happy Thanksgiving."

„Danke, gleichfalls." In Erwiderung auf seine Geste zog sie seine Hand ebenfalls an ihre Lippen. Vielleicht kannte sie sich mit Familie nicht aus, aber sie würde von ihm lernen. Sie würden beide voneinander lernen. „Ich liebe dich sehr."

„Gleichfalls. Bist du bereit?"

„Ja, jetzt schon."

Und im Schein des knackenden Kaminfeuers schauten sie einander und ihrer gemeinsamen Zukunft in die Augen.

– ENDE –

Nora Roberts
Die Stanislaskis 4
Heißkalte Sehnsucht

Band-Nr. 25144
6,95 € (D)
ISBN 3-89941-183-8

Vorschau
Dieser Roman erscheint im Oktober 2005

Nora Roberts
Die Stanislaskis 5
Der lange Traum vom Glück

Band-Nr. 25152
6,95 € (D)
ISBN 3-89941-191-9

Vorschau
Dieser Roman erscheint im Dezember 2005

Nora Roberts
Die Stanislaskis 6
Tanz der Liebenden

Deutsche Erstveröffentlichung

Band-Nr. 25160
6,95 € (D)
ISBN 3-89941-199-4

Band-Nr. 25145
6,95 € (D)
ISBN 3-89941-184-6

Lori Foster

Frauen mögen's sexy

Zwei erotische Lovestorys machen sexy Träume wahr! Ein sinnliches Lesevergnügen, das geheimste Wünsche erfüllt ...

Der Liebesdienst
Ganz gezielt setzt die Privatdetektivin Celia für einen Fall ihre aufregenden Reize ein. Aber nicht nur ein Verdächtiger geht ihr ins Netz. Auch ihr Kollege Alec Sharpe wird schwach ...

Blind-Date um Mitternacht
Ganz unverhofft begegnet Josie ihrem Traummann – und genießt jede Sekunde der heißesten Nacht, die sie jemals erlebt hat ...

MIRA®

Vorschau
Dieser Roman erscheint im Oktober 2005

Nora Roberts

Nachtgeflüster 4
Das verhängnisvolle Rendezvous

Band-Nr. 25153
6,95 € (D)
ISBN 3-89941-192-7

Vorschau
Dieser Roman erscheint im Dezember 2005

Nora Roberts

Nachtgeflüster 5
Die riskante Affäre

Deutsche Erstveröffentlichung

Band-Nr. 25161
6,95 € (D)
ISBN 3-89941-200-1

Nora Roberts
Das Geheimnis von Orcas Island
Band-Nr. 25134
6,95 € (D)
ISBN 3-89941-173-0

Tess Gerritsen
Verrat in Paris
Band-Nr. 25135
6,95 € (D)
ISBN 3-89941-174-9

Sandra Brown
Unbestechliche Herzen
Band-Nr. 25136
6,95 € (D)
ISBN 3-89941-175-7

Nora Roberts
Sommerträume 3
Band-Nr. 25143
7,95 € (D)
ISBN 3-89941-182-X